HET VERSLAG VAN BRODECK

PHILIPPE CLAUDEL BIJ DE BEZIGE BIJ

Grijze zielen
Zonder mij
Het kleine meisje van meneer Linh
Rivier van vergetelheid
De wereld zonder kinderen

Philippe Claudel

Het verslag van Brodeck

Vertaling Manik Sarkar

2008

DE BEZIGE BIJ

AMSTERDAM

Eerste druk (gebonden) maart 2008
Tweede druk maart 2008
Derde druk april 2008
Vierde druk (gebonden) juli 2008
Vijfde druk juli 2008
Oorspronkelijke titel *Le rapport de Brodeck*
Oorspronkelijke uitgever Éditions Stock, Parijs
Omslagontwerp Studio Jan de Boer
Omslagillustratie Trevillion Images / Andrew Sanderson
Foto auteur Francesca Mantovani
Vormgeving binnenwerk CeevanWee, Amsterdam
Druk Bariet, Ruinen
ISBN 978 90 234 2791 9
NUR 302

www.debezigebij.nl

Voor al diegenen
die denken dat ze niets zijn

Voor mijn vrouw en mijn dochter,
zonder wie ik niet veel zou zijn

‘Ik ben niets, ik weet het,
maar dat niets laat ik bestaan
uit een heel klein stukje alles.’

Victor Hugo, *Le Rhin*

I

Mijn naam is Brodeck en ik heb er niets mee te maken.

Laat dat duidelijk zijn. Dat moet iedereen weten.

Ik heb niets gedaan, en toen ik hoorde wat er gebeurd was had ik het liefst mijn geheugen gekneveld, de teugels strak aangetrokken zodat het zich zo koest zou houden als een marter in een stalen fuik, en er nooit meer een woord over gesproken.

Maar ze hebben me gedwongen. 'Zeg, jij kunt toch schrijven?' hadden ze gezegd. 'Jij hebt toch gestudeerd?' Ik antwoordde dat het nauwelijks een studie was geweest, dat ik hem bovendien niet had afgemaakt en dat ik het meeste alweer vergeten was. Maar ze wilden er niets van weten. 'Jij weet hoe je moet schrijven, jij weet hoe je woorden moet gebruiken en wat ze betekenen, hoe je ze iets kan laten uitdrukken. Meer is niet nodig. Wij kunnen dat niet. Wij zouden het spoor bijster raken. Als jij het vertelt, zullen ze het geloven. En bovendien heb je een schrijfmachine.'

Die schrijfmachine is al heel oud. Sommige toetsen zijn gebroken. Onderdelen om hem te repareren heb ik niet. Hij heeft kuren. Hij is doodmoe. Af en toe loopt hij zonder enige aanleiding vast, alsof hij er genoeg van heeft. Maar dat zei ik niet, want ik had geen zin om net zo te eindigen als de Anderer.

Vraag me niet hoe hij heette, want dat hebben we

nooit geweten. Al heel gauw werd hij door iedereen aangeduid met termen die uit alle hoeken van het dialect bijeen waren gegraaid en die ik hier zal vertalen: 'Vollaugä' – Vol-oog, vanwege zijn uitpuilende ogen; de 'Murmelnër' – de Mompelaar, omdat hij zo weinig sprak en zo'n dun stemmetje had dat het meer een zucht leek; 'Mondlich' – Maanman, omdat hij er altijd uitzag alsof hij er was en tegelijkertijd ook niet; en 'Gekamdörhin' – hij die van daar komt.

Maar voor mij was hij altijd de 'Anderer' – de Andere; misschien niet alleen omdat hij van elders was gekomen, maar ook omdat hij anders was, en dat was iets wat ik herkende; ik moet zelfs bekennen dat ik soms het gevoel had dat hij en ik een beetje dezelfde persoon waren.

Niemand heeft hem ooit gevraagd hoe hij echt heette – alleen de burgemeester een keer, maar die kreeg toen geen antwoord. En nu zullen we er wel nooit meer achter komen. Het is te laat, en het is ongetwijfeld beter zo. Aan de waarheid kun je je vingers branden, daar kun je je zo aan verwonden dat je niet verder kunt leven, terwijl dat toch juist is wat de meesten van ons willen: leven. Met zo min mogelijk leed. Dat is de mens eigen. Ik weet zeker dat u dat ook zou hebben als u hier de oorlog had meegemaakt met alles wat die heeft aangericht, en dan ook nog de periode na de oorlog, de weken en maanden nadat die man naar het dorp was gekomen en zich hier zomaar opeens had gevestigd – en vooral het laatste deel van zijn verblijf. Waarom had hij juist dit dorp gekozen? Er liggen heel veel dorpen op de berghellingen, verscholen in de bossen als eieren in een nest, en de meeste daarvan lijken sprekend op het onze. Waarom had hij juist dit dorp gekozen dat zo ver van alles af ligt, dat zo geïsoleerd is?

Wat ik net vertelde over die keer dat ik in de herberg

van Schloss was en de opdracht kreeg om te schrijven, vond een maand of drie geleden plaats. Direct na de... na de – hoe zal ik het noemen? Laat ik 'de gebeurtenis' zeggen, 'het drama', of 'het incident'. Nee, ik noem het de 'Ereigniës' – Ereigniës, een spookachtig, in nevelen gehuld woord dat min of meer 'dat wat gebeurd is' betekent. Misschien is het beter om een term uit de streektaal te gebruiken, die een taal is en tegelijkertijd ook niet, maar die wel heel nauw om de huid, de adem en de ziel sluit van de mensen die hier wonen. De Ereigniës, om het onbenoembare een naam te geven. Ja, ik noem het de Ereigniës.

Het was net gebeurd. Met uitzondering van twee of drie grijsaards die bij hun kachel waren gebleven en ongetwijfeld van pastoor Peiper, die zijn roes wel zal hebben liggen uitslapen in het kleine kerkje met de muren zo dik als de spanwijdte van een adelaar, waren alle mannen aanwezig in de herberg die op een grote, schemerige grot lijkt, waar ze stikten van de tabakswalm en de rook van de haard, versuft en verdoofd door wat er net gebeurd was en tegelijkertijd ook – hoe zal ik het zeggen – opgelucht, omdat er toch echt een keer een einde aan moest komen, op welke manier dan ook. Ze konden er niet meer tegen, moet u weten.

Iedereen leek zich in zijn eigen stilzwijgen te hebben teruggetrokken, ook al stonden ze met z'n veertigen in de herberg even dicht op elkaar gepakt als wilgentakken in een bezem; het was er bloedheet en het stonk er naar andere mensen, naar hun adem, hun voeten, de bittere ellende van hun zweet, hun vochtige kleren van stoffig oud linnen en wol, en naar bos, mest, stro, bier en wijn – vooral naar wijn. Ze waren niet dronken; nee, dat zou te gemakkelijk zijn. Dat zou de gruwelijkheid in één klap uitwissen. Dat zou een te gemakkelijk excuus zijn. Veel te gemakkelijk. Ik zal mijn best doen om dat wat moeilijk en ingewikkeld is niet te versimpelen. Ik doe mijn best, maar ik garandeer niet dat het lukt.

Ik zeg het nog maar een keer, want ik wil dat het duidelijk is: ik had mijn mond kunnen houden, maar ze vroegen me om alles te vertellen, en toen ze het vroegen, hadden ze hun vuisten gebald of hun handen in hun zak, en ik vermoedde dat die handen het heft van messen omklemden, dezelfde messen waarmee ze daarvoor...

Ik moet me niet overhaasten, maar dat valt niet mee, want ik voel allerlei dingen in mijn rug: bewegingen, geluiden, blikken. Sinds enige dagen vraag ik me af of ik niet langzaam maar zeker opgejaagd wild ben geworden, of er geen drijfjacht op me wordt gehouden met snuivende honden. Ik voel me bespied, belaagd, beloerd, alsof er continu iemand achter me staat die de kleinste beweging die ik maak onderschept en mijn gedachten leest.

Ik zal straks wel vertellen waarvoor die messen zijn gebruikt. Ik zal wel moeten. Wat ik probeer te vertellen is dat het in die buitengewone atmosfeer, toen alle hoofden vol zaten met bloeddorst en barbaarsheid, onmogelijk en levensgevaarlijk zou zijn geweest om te weigeren wat ze me vroegen. Daarom stemde ik met tegenzin toe. Ik was gewoon op het verkeerde moment in de herberg, een paar minuten na de Ereigniës, op dat moment van verbijstering toen alles op zijn grondvesten schudde, toen er nog niets vaststond en men zich op de eerste de beste die de deur opendeed stortte, óf om een verlosser van hem te maken óf om hem aan stukken te rijten.

De herberg van Schloss is de grootste herberg van het dorp; er zijn er nog vijf, en verder nog een postkantoor, een garen-en-bandwinkel, een ijzerwarenhandel, een slagerij, een kruidenier, een orgaanslagerij, een school, een bijgebouw van het notariskantoor van S., dat zo smerig is als een varkensstal en waar het aftandse knijpbrilletje van Siegfried Knopf, die we meester noemen hoewel hij eigenlijk maar klerk is, de scepter zwaait, en het bureau van Jenkins, die de functie van politieman vervulde maar in de oorlog is omgekomen. Ik weet nog dat hij toen hij vertrok – als eerste – breed lachte en iedereen een hand gaf, alsof hij naar zijn eigen bruiloft ging, hij die gewoonlijk nooit lachte. Hij was onherkenbaar. Toen hij om de hoek van de zagerij van Möberschwein verdween, zwaaide hij met zijn armen en gooide hij zijn helm in de lucht, als een vrolijke afscheidsgroet. We hebben hem nooit teruggezien. Hij werd ook niet vervangen. De rolluiken van het kleine bureau zijn neergelaten. Er groeit wat mos op de drempel. De deur is op slot en ik weet niet wie die sleutel heeft. Ik heb het nooit aan iemand gevraagd. Ik heb geleerd om niet te veel vragen te stellen. Ik heb ook geleerd om de kleur aan te nemen van de muren en van het stof van de straat. Dat is niet moeilijk. Ik lijk op niets.

Zodra bij zonsondergang het rolluik van de kruidenierszaak van de weduwe Bernarht wordt neergelaten, neemt de herberg van Schloss haar functie over. Daarnaast is het ook de drukst bezochte herberg. Er zijn twee zalen: de grote voorzaal, met zwart geworden houten wanden en zaagsel op de vloer, waar je bijna naar binnen valt als je door de deuropening komt, want je moet twee smalle treden af die zijn uitgehakt in de rots en in het midden hol zijn uitgesleten door de voetstappen van duizenden drinkers die er een voor een overheen zijn gelopen. En dan is er nog een kleine achterzaal die ik nooit heb gezien. Hij is van de andere zaal gescheiden door een sierlijke deur van larikshout waarin een jaartal is uitgehouwen: 1812. De kleine zaal is gereserveerd voor een groep mensen die er eenmaal per week op dinsdagavond samenkomt; ze drinken er en ze roken zelfverbouwde tabak in porseleinen pijpen met bewerkte steel en slechte sigaren die ik weet niet waar vandaan komen. Ze hebben zelfs een naam voor zichzelf: de 'Erweckens'Bruderschaf', wat zoiets betekent als De broederschap van het ontwaken. Een merkwaardige naam voor een merkwaardig genootschap. Niemand weet precies wanneer het is opgericht, wat de doelstellingen zijn, hoe je er binnen komt en wie er al lid is: herenboeren waarschijnlijk, meester Knopf misschien, Schloss zelf, en natuurlijk Hans Orschwir, de burgemeester en de meest vermogende man uit het dorp. Ook weet niemand wat er op die bijeenkomsten gebeurt of waarover er gesproken wordt. Sommige mensen zeggen dat er verstrekkende besluiten worden genomen, vreemde pacten worden bezegeld en geloften worden afgelegd. Anderen denken eenvoudigweg dat ze er hun kelen smeren met eau-de-vie en zich vermaken met roken, scherts, vrouwen en kaarten. Ook zijn er lieden die beweren dat ze muziek onder de deur door hebben horen komen. Misschien wist Diodème de onderwijzer het wel; die stak overal zijn neus in, in boeken en in andermans zaken; hij had een enorme dorst naar kennis over alles wat los en vast zat. Maar helaas, de arme stakker is er niet meer om het te vertellen.

Ik kom bijna nooit in de herberg van Schloss omdat ik me eerlijk gezegd slecht op mijn gemak voel bij Dieter Schloss, met zijn valse, achterbakse blik, het zweterige voorhoofd onder de knalroze kale schedel en de bruine tanden die stinken naar gebruikt verband. De tweede reden is dat ik sinds mijn terugkeer uit de oorlog geen menselijk gezelschap meer opzoek. Ik ben aan de eenzaamheid gewend geraakt.

Op de avond van de Ereigniës had de oude Fédorine me naar de herberg gestuurd omdat ze boter nodig had. Ze wilde zandkoekjes bakken. Meestal deed zij de inkopen, maar op die noodlottige avond lag mijn kleine Poupchette in bed met een gemene koorts en zat Fédorine aan haar hoofdeinde en vertelde het verhaal van de arme kleermaker Bilissi; Emélia, mijn vrouw, zat vlak bij hen en bracht de lucht zachtjes in beroering met het liedje dat ze neuriede.

Naderhand heb ik vaak aan die boter gedacht, aan dat klontje boter dat in de voorraadkast ontbrak. Je beseft niet vaak dat de loop van je leven kan afhangen van kleinigheden: een klontje boter, een pad dat je verlaat ten gunste van een ander pad, een spookbeeld dat je najaagt of waarvoor je juist vlucht, een merel die je doodschiet met een stukje lood of juist spaart.

Met haar mooie ogen die glansden van de koorts luisterde Poupchette naar de stem van de oude vrouw, die ik indertijd zelf ook uit diezelfde mond had horen komen, die toen weliswaar jonger was geweest, maar waarin toen ook al tanden ontbraken. Poupchette keek me aan met haar grote, zwarte, verhitte ogen. Haar wangen hadden de kleur van bosbessen. Ze glimlachte naar me, stak haar handen naar me uit en zwaaide ermee door de lucht terwijl ze sjilpte als een eendenjong: 'Papa, papa, kom terug!'

Ik ging naar buiten met in mijn oren de muziek van mijn kind en de gefluisterde woorden van Fédorine: 'Bilissi zag drie ridders op de drempel van zijn huisje staan, met wapenrustingen die bleek waren van de ouderdom. Alle drie droegen ze een rode lans en een zilveren schild. Hun gezichten zag je niet, zelfs hun ogen niet. Zo is het vaak als het al te laat is.'

II

De nacht had zijn mantel over het dorp geworpen zoals een voerman zijn cape werpt over de gloeiende resten van een kampvuur in de berm. Uit de huizen ontsnapte lome blauwe rook; de daken waren bedekt met langwerpige schubben dennenhout, die deden denken aan de ruwe ruggen van oude diersoorten uit fossiele tijden. Het begon kouder te worden, en hoewel de kou nog meeviel waren we haar ontwend, want de laatste dagen van september waren zo warm geweest als bakkersovens. Ik herinner me dat ik naar de hemel keek en, bij het zien van al die sterren die zo dicht op elkaar stonden als jonge vogeltjes die beschutting bij elkaar zoeken, bedacht dat we binnenkort in één klap midden in de winter zouden staan. De winter die bij ons zo lang duurt als eeuwen die aan een groot zwaard worden geregen en waarin het enorme, door bossen verstikte dal in een soort gevangenis verandert.

Toen ik de herberg binnenkwam, waren bijna alle mannen van het dorp er; ze hadden zulke donkere blikken en stonden er zo roerloos bij dat ik meteen begreep wat er was gebeurd. Orschwir deed de deur achter me dicht; toen liep hij op me af. Hij trilde een beetje. Hij boorde zijn grote blauwe ogen in de mijne alsof hij me voor het eerst zag.

Mijn maag begon zo tekeer te gaan dat ik dacht dat hij

mijn hart zou verzwelgen; toen keek ik naar het plafond, alsof ik er dwars doorheen probeerde te kijken om de kamer van de Anderer te zien, en ook de Anderer zelf, met zijn bakkebaarden, zijn dunne snorretje, de schaarse krullen die vanaf zijn slapen omhoog wezen en zijn vollemaansgezicht als van een dik, gehoorzaam kind; heel slapjes vroeg ik: 'Jullie hebben hem toch niet...?' Het was nauwelijks een vraag. Het was meer een jammerklacht die me ontsnapte zonder om toestemming te hebben gevraagd.

Met zijn grote handen zo breed als de hoeven van een muilezel greep Orschwir me bij de schouders. Zijn gezicht was nog paarser dan anders, en over het puntje van zijn pokdalige neus gleed uiterst langzaam een minuscule zweetdruppel naar beneden, glimmend als een rotskristal. Hij trilde nog toen hij me vastgreep, en dus trilde ik mee. 'Brodeck... Brodeck...' Meer wist hij niet uit te brengen. Toen stapte hij achteruit en verdween weer, hij versmolt met de menigte mannen die me aanstaarde.

Ik voelde me net een klein kikkervisje, verdwaald in een grote plas lentewater. Mijn hoofd bonkte. En om de een of andere reden bedacht ik op dat moment dat ik hier was gekomen om boter te halen. Ik richtte me tot Dieter Schloss die achter zijn toog stond en zei: 'Ik kom alleen boter halen, verder niets, ik kom alleen wat boter halen...' Hij haalde zijn smalle schouders op en trok de flanellen ceintuur om zijn peervormige buik recht, en dat was geloof ik het moment waarop Wilhem Vurtenhau naar voren stapte, een boer met een kop als een konijn, die alle grond bezit tussen het bos van Steinühe en het Plateau van Haneck. Hij zei: 'Als jij het verhaal voor ons vertelt, krijg je zo veel boter als je wilt, Brodeck. Jij wordt onze scribent.' Ik zette grote ogen op. Ik vroeg me af waar Vurtenhau dat woord 'scribent' vandaan had – al sprak hij het verkeerd uit: de b lag voor in zijn mond en werd een p – hij die zo dom is en die waarschijnlijk van zijn leven nog nooit een boek heeft opengeslagen.

Verhalen vertellen is een vak, en niet het mijne; het enige wat ik schrijf, zijn korte nota's over de waterstand van de Staubi en de toestand van de flora, de bossen, de seizoenen, het wild, de sneeuw en de regen: onbelangrijk werk voor de ambtenarij die ver weg zit, op enkele dagreizen hiervandaan, en die er niet in is geïnteresseerd. Ik weet niet eens of mijn verslagen hun bestemming wel bereiken en of ze ooit gelezen worden.

Sinds de oorlog werken de posterijen niet meer zo goed, en ik denk dat het nog lang zal duren voordat ze weer op orde zijn. Ik krijg mijn geld haast nooit meer. Ik heb het gevoel dat ze me vergeten zijn, dat ze denken dat ik dood ben of dat ze me niet meer nodig hebben.

Alfred Wurtzwiller, de belastingontvanger die iedere twee weken te voet naar S. gaat – hij is de enige die dat mag, want hij heeft de 'Genähmigung', de vergunning om de post uit te wisselen – komt wel eens bij me langs met de boodschap dat hij een postwissel voor me heeft en dan geeft hij me wat bankbiljetten. Ik vraag hem om uitleg. Dan maakt hij grote gebaren die ik niet kan duiden en hortende geluiden, misvormd door zijn hazenlip, die ik ook niet kan duiden. Ik neem het onleesbare, gekreukte formulier in ontvangst dat hij met drie klappen van zijn stempel buiten westen heeft geslagen en het beetje geld dat erbij hoort. Zo houden we ons in leven.

'We vragen je niet om een roman.' Nu is Rudi Gott, de hoefsmid, aan het woord. Ondanks zijn lelijkheid – een trap van een paardenhoef heeft zijn neus verbrijzeld en een deuk in zijn linker jukbeen geslagen – is hij met een beeldschone vrouw getrouwd: Gerde heet ze, en ze zit altijd voor de smederij te poseren alsof ze eeuwig wacht op een kunstenaar die haar zal portretteren. 'Je moet alleen de feiten vermelden. Alsof je zo'n verslag van je schrijft.' Gott hield zijn grote hamer stevig in zijn rechterhand. Zijn blote schouders staken boven zijn leren schort uit. Hij stond vlak bij de schouw. Het vuur wierp een gloed op zijn gezicht en het ijzer van zijn werktuig blonk als het lemmet van een zorgvuldig vertinde zeis. 'Goed,' zei ik. 'Ik schrijf wel iets – ik zal het proberen, ik beloof dat ik het zal proberen. Ik zal de ik-vorm gebruiken, net als in mijn verslagen, want dat is de enige vorm waarin ik kan schrijven, maar ik vertel jullie vast dat dat "ik" op ons allemaal slaat – ons allemaal, horen jullie? "Ik" is iedereen in het dorp en de gehuchten eromheen – "ik", dat zijn we allemaal, akkoord?'

Er klonk wat geroezemoes, als het geluid van een lastdier dat slap in de disselbomen hangt en tevreden gromt; toen zeiden ze: 'Goed, doe dat maar – maar let op: je mag niets veranderen of weglaten. Je moet alles vertellen, zodat degene die het leest ons begrijpt en vergeeft.'

Wie zou het lezen? dacht ik. En stel dat hij het zou begrijpen, dan is vergeven nog iets anders, maar daar durfde ik niet over te beginnen, het was een loze gedachte in het diepst van mezelf. Toen ik ja zei, ging er door de hele herberg een opgelucht gemompel; de vuisten ontspanden zich. De handen werden uit de zakken gehaald. Ik had het gevoel dat de standbeelden weer mensen werden. En ik haalde heel diep adem. Ik was iets op een haar na genaderd. Wat dat was, wilde ik liever niet weten.

Dat was aan het begin van de herfst. De oorlog was een jaar voorbij. Op de hellingen groeide zachtpaarse herfsttijloos en vaak liet de jonge sneeuw haar poederige witheid 's avonds achter op de granieten kammen van de Prinzhornï's, die onze vallei aan de oostkant begrenzen, om daarna in de uren van zonlicht weer te smelten. Het was bijna op de dag drie maanden geleden dat de Anderer was aangekomen, met zijn grote hutkoffers, zijn kleding vol borduursel, zijn geheimen, zijn roodbruine paard en zijn ezel – 'Dit is Monsieur Socrate,' had hij gezegd, wijzend op de ezel, 'en dit is Mademoiselle Julie. Mademoiselle Julie, zeg eens gedag, alstublieft,' waarop het prachtige paard twee keer met het hoofd neeg en de drie vrouwen die erbij waren, terugdeinsden en een kruis sloegen. Ik herinner me nog hoe hij klonk toen hij ons aan zijn dieren voorstelde alsof het mensen waren, en dat niemand van ons een woord wist uit te brengen.

Schloss haalde voor iedereen glazen, kroezen, kommen en kopjes tevoorschijn, en wijn. Ik moest meedrinken. Alsof we een pact hadden gesloten. Doodsbang dacht ik aan het gezicht van de Anderer, aan de kamer waar hij nu lag, een kamer die ik kende omdat ik er een paar keer op zijn uitnodiging geweest was, drie keer om precies te zijn, om raadselachtige woorden te wisselen en vreemde zwarte thee te drinken, thee die anders was dan alle thee die ik ooit had gedronken. Hij had grote boeken met ingewikkelde titels, sommige in talen die in een ander schrift dan het onze werden geschreven en die wel zouden klinken als steenslag en gerinkel, boeken waarvan de kaften waren versierd met verguldsel of daarentegen zo slap als hoopjes lompen waren; ook had hij een servies van Chinees porselein dat hij in een bespijkerd leren kistje bewaarde, een schaakspel van been en ebbenhout, een wandelstok met een knop van gesneden kristal en nog allerlei andere dingen, die allemaal netjes lagen opgeborgen in zijn hutkoffers. Op zijn gezicht lag altijd een brede glimlach, een glimlach die dikwijls de plaats innam van woorden, want daarmee was hij zuinig. Hij had mooie, jadeachtig groene ogen die erg rond waren en een beetje uitpuilden, wat zijn blik nog doordringender maakte. Hij sprak weinig; hij luisterde vooral.

Ik dacht aan wat ze hadden gedaan, die mannen die ik al jaren kende. Het waren geen monsters. Het waren boeren, handwerkslieden, landarbeiders, houtvesters, kleine ambtenaren. Kortom: mensen zoals u en ik. Ik zette mijn glas neer. Ik pakte de boter die Dieter Schloss me had gegeven, een dikke kluit verpakt in vetvrij papier dat ritselde als duivenvleugels. Ik verliet de herberg en rende naar huis.

Ik heb van mijn leven nog nooit zo hard gerend.

Nog nooit.

III

Toen ik thuiskwam, was Poupchette in slaap gevallen en zat Fédorine knikkebollend naast haar, met haar mond halfopen zodat je haar drie laatste tanden kon zien. Emélia hield op met zingen en keek me aan. Ze glimlachte. Ik kon niets uitbrengen. Haastig liep ik de trap op naar de slaapkamer. Ik sprong tussen de lakens zoals je de vergetelheid in duikt. Het voelde als een val in een diepe afgrond.

Die nacht heb ik nauwelijks geslapen en bovendien erg slecht. Ik bleef maar rondjes lopen om de 'Kazerskwir'. De Kazerskwir is een gevolg van de oorlog. Bijna twee lange jaren heb ik ver van het dorp doorgebracht. Samen met duizenden anderen werd ik weggevoerd omdat we namen, gezichten of overtuigingen hadden die anders waren dan die van de rest. Ver weg werd ik gevangengezet op een plek waar alle menselijkheid was geweken en waar alleen nog gewetenloze beesten waren die een menselijke gestalte hadden aangenomen.

Het was een volledig duister jaar. Ik bedoel dat het voelt alsof er in mijn leven een pikdonkere, diepe leegte bestaat; die noem ik de 'Kazerskwir', de Krater, en 's nachts waag ik mij dikwijls aan zijn randen.

De oude Fédorine komt nooit de keuken uit. Dat is haar koninkrijk. De nachtelijke uren brengt ze door op een stoel. Zonder te slapen. Ze zegt dat ze daar te oud voor is. Hoe oud ze precies is, heb ik nooit geweten. Zelf zegt ze dat ze het ook niet meer weet, en dat dat haar niet verhinderd heeft geboren te worden en ook niet zal verhinderen te sterven. En ze zegt dat ze niet slaapt omdat ze zich niet door de dood wil laten verrassen, maar hem goed wil zien aankomen als hij komt. Ze zit met gesloten ogen en mompelt wat voor zich uit, ze verstelt haar verhalen en herinneringen en weeft tapijten van haar tot op de draad versleten dromen; haar handen liggen op haar knieën, en in die handen, die droge handen getekend met kronkelende aderen en rimpels zo recht als het lemmet van een mes, kun je haar leven lezen.

Ik heb haar verteld over de jaren die ik ver van deze wereld heb doorgebracht. Zij was degene die voor me zorgde toen ik terugkwam, Emélia was nog te zwak. Fédorine nam me onder haar hoede, net als toen ik klein was. Ze vond de bewegingen weer terug. Ze voerde mijn kapotte mond met een lepel, verzorgde mijn wonden, bracht langzaam maar zeker weer wat vet op mijn blootliggende botten, wekte me als de koorts te hoog werd, als ik ijlde en klappertandde alsof ik in een trog vol ijs was gegooid. Zo gingen de weken voorbij. Ze heeft nooit iets gevraagd. Ze wachtte tot de woorden vanzelf zouden komen. En toen luisterde ze, heel lang.

Ze weet alles. Of bijna alles.

Ze weet van de donkere leegte die altijd terugkeert in mijn dromen. Van mijn roerloze wandelingen langs de randen van de Kazerskwir. Ik heb vaak bedacht dat zij wel iets dergelijks zal hebben, dat ook zij een grote leegte moet hebben die haar bespookt en achtervolgt. Die hebben we allemaal.

Ik weet niet of Fédorine ooit jong is geweest. Ik heb haar altijd als een krom, gebogen vrouwtje gekend, een gevlekte mispel, drie seizoenen lang in de provisiekelder vergeten. Ook toen ze zich over mij ontfermde toen ik nog een kind was, zag ze er al uit als een gehavende heks. Onder haar grijze jasschort hingen haar melkloze borsten slap naar beneden. Ze kwam van heel ver weg, ver in de tijd en ver in de ruimte. Ze was uit de verrotte buik van Europa ontsnapt.

Heel lang geleden stond ik voor de rokende puinhopen van wat eens een huis was geweest. Het huis van mijn vader, van mijn moeder? Ik moet een gezin hebben gehad, dat heeft iedereen. Ik was alleen, alleen met mijn vier jaren. Ik speelde met de resten van een hoepel die half door het vuur was verteerd. Dat was aan het begin van een andere oorlog. Fédorine kwam voorbij, ze trok haar handkar voort. Ze zag me. Ze bleef staan. Ze groef in haar reiszak en haalde een prachtige glimmende rode appel tevoorschijn. Ze gaf hem aan mij. Uitgehongerd at ik hem op. Fédorine praatte tegen me. Ze zei dingen die ik niet begreep en stelde vragen waarop ik het antwoord niet wist; ze raakte mijn voorhoofd en mijn haar aan.

Ik ging met de oude vrouw met de appels mee alsof ze op een fluit blies. Ze hees me op de kar en maakte een plaatsje voor me tussen een paar zakken, drie steelpannen en een hooibaal. Ze had een konijn met mooie bruine ogen, een rossige vacht en een heerlijk zachte warme buik. Ik herinner me hoe ik hem aaide en dat hij dat toeliet. Ik herinner me ook dat Fédorine stilhield in een bocht waar bremstruiken groeiden, dat ze in mijn taal vroeg hoe ik heette, toen vertelde hoe ze zelf heette – Fédorine – en zei dat ik naar het dal moest kijken, naar wat er over was van mijn dorp.

'Kijk goed, kleine Brodeck. Daar kom je vandaan. En

je zult er nooit meer naar terugkeren, want binnenkort is er niets meer van over. Kijk dus goed!'

En daarom keek ik uit alle macht naar de dode dieren met hun opgezette buik, de schuren zonder ramen en deuren en de ingestorte muren. Ook lagen er heel veel ledenpoppen in de straten, met gekruiste armen of opgerold tot een bolletje. Grote ledenpoppen, maar door de afstand leken ze piepklein. En toen keek ik recht in de zon, zodat hij kokend goud in mijn ogen goot en de aanblik van mijn dorp uitwiste.

Ik lag te draaien in mijn bed. Ik wist dat Emélia net zomin sliep als ik. Als ik mijn ogen dichtdeed, zag ik het gezicht van de Anderer voor me, zijn ogen met de kleur van vijvers, zijn hoge jukbeenderen die eruitzagen alsof ze waren beschilderd met amarant, zijn schaarse krullen. Ik rook zijn geur van viooltjes.

Emélia bewoog. Ik voelde haar adem tegen mijn wang en lippen. Ik deed mijn ogen open. Haar oogleden waren dicht. Ze zag er heel vredig uit. Ze is zo mooi dat ik me dikwijls afvraag waar ik het aan verdiend heb dat ze om me geeft. Dankzij haar ben ik niet ten onder gegaan. In het kamp heb ik iedere minuut aan haar gedacht.

De mannen die ons bewaakten en afranselden vertelden ons dat we minder waren dan stront, nietiger dan rattenpoep. We mochten ze niet aankijken. We moesten onze blik naar de grond gericht houden en de schoppen zwijgend in ontvangst nemen. Iedere avond goten ze onze soep in de etensbakken van de waakhonden, doggen met een honingkleurige vacht, een ingedeukte kop en ogen waaruit roodachtige tranen lekten. We moesten op handen en voeten staan, als honden, en om te eten mochten we alleen onze tong gebruiken, als honden.

De meesten die samen met mij zaten opgesloten weigerden. Ze zijn omgekomen. Ik at als een hond, op vier poten, met mijn tong. Ik leef nog.

Als de bewakers dronken waren of zich verveelden, deden ze me een halsband om en lijnden me aan. Zo moest ik dan rondlopen, aangelijnd en wel. Ik moest opzitten, omrollen, blaffen, mijn tong uit mijn mond laten hangen en laarzen aflikken. De bewakers noemden me niet langer Brodeck, maar Hond Brodeck. En dan moesten ze nog harder lachen. De meeste anderen die er zaten weigerden een hond na te doen en zij kwamen om, van de honger of van de trappen die ze voortdurend van de bewakers kregen.

De andere gevangenen spraken al een tijd niet meer met me. 'Je bent nog erger dan de bewakers, Brodeck. Je bent nog minder dan een beest, je bent stront!' Net als de bewakers zeiden ze de hele tijd dat ik geen mens meer was. Ze zijn allemaal omgekomen. Allemaal. En ik leef nog. Misschien hadden ze geen reden om te blijven leven? Misschien hadden ze in hun dorp of in het diepst van hun hart niemand om van te houden? Ja, misschien hadden ze geen reden om te willen blijven leven.

Ten slotte bonden de bewakers me 's nachts aan een paaltje bij het hok van de doggen. Ik sliep op de grond, in het stof en de geur van hun vacht, hun adem en hun urine. Boven mij de blote hemel. Iets verderop de uitkijktorens, de wachtposten, en nog verder weg het platteland, de velden die je overdag zag liggen waar de halmen ongelooflijk brutaal golfden in de wind, de kruinen van de berkenbosjes, het geluid van een grote rivier met het zilveren water die niet ver van ons langs stroomde.

Eigenlijk was ik heel ergens anders. Ik was helemaal niet vastgebonden aan een paaltje. Ik droeg geen leren halsband. Ik lag niet halfnaakt op de grond tussen de doggen. Ik was thuis, in onze bedstee, en lag dicht tegen Emélia's lauwe lijf aan in plaats van in het zand. Ik had het heerlijk warm en voelde haar hart tegen het mijne kloppen. Ik hoorde haar stem die allerlei lieve dingen tegen me zei die ze vaardig uit de duisternis van de kamer wist te plukken. Daarom ben ik teruggekeerd.

Hond Brodeck is levend naar huis teruggekeerd en zag zijn Emélia terug, die op hem wachtte.

IV

Op de ochtend na de dag van de Ereigniës stond ik heel vroeg op. Ik schoor me, kleedde me aan en ging geruisloos naar buiten. Poupchette en Emélia sliepen nog, en Fédorine zat knikkebollend op haar stoel voor zich uit te praten. Ze zei onsamenhangende woorden zonder betekenis; het vormde een vreemd gekwetter, een weefsel van verschillende talen.

De dag was nog maar net begonnen aan het uitwassen van de hemel, en het dorp was nog gevangen in de slaap. Ik deed de deur zachtjes achter me dicht. Het gras voor het huis was doordrenkt met een wittige, bijna melkachtige dauw die licht trilde en van de randen van de klaverblaadjes druppelde. Het was koud. De bergkammen van de Prinzhorni's leken nog hoger en spitser dan anders. Ik wist dat dat een voorbode was van slecht weer, en ik dacht bij mezelf dat er nu wel gauw sneeuw zou gaan vallen, die het dorp zou bedekken en nog meer dan gewoonlijk van de buitenwereld zou afsluiten.

'Zehr mogenhilch, Brodeck!'

Ik maakte een sprongetje, als iemand die op heterdaad betrapt wordt. Ik wist dat ik niets verkeerds deed en dat me niets te verwijten viel, en toch maakte ik een sprong als een geitje dat door de geitenhoeder met zijn rietje tot de orde wordt geroepen. Ik herkende de stem niet. Terwijl het toch mijn buurman Göbbler was.

Hij zat op de stenen bank die tegen de gevel van zijn huis staat. Hij leunde op een wandelstok die hij met beide handen vasthield. Ik had hem vrijwel nooit eerder op dat bankje zien zitten, misschien een of twee keer, op een van die zeldzame verstikkend warme zomeravonden als de lucht uit de straten van het dorp verdwijnt en alle frisheid meeneemt.

Hij is een man van over de zestig met een grof, hoekig gezicht; hij glimlacht nooit en praat ook niet veel meer. Zijn ogen worden steeds verder aangetast door een witte sluier en hij ziet niets dat meer dan vijf meter ver is. De oorlog heeft hem terug naar het dorp gebracht nadat hij, naar men beweert, jarenlang een baan bij de Ambtenarij van S. heeft gehad, maar niemand weet er het fijne van, en ik geloof niet dat iemand hem er ooit naar heeft gevraagd. Nu leeft hij van zijn pensioen en zijn kippenren. En met de jaren is hij een beetje op zijn hanen gaan lijken. Zijn ogen bewegen net zoals de hunne en de huid die onder zijn kin hangt is bloedrood van kleur. Zijn vrouw, die veel jonger is dan hij, heet Boulla. Ze is dik en ze kletst graag. Ze ruikt naar graan en uien. Er wordt gezegd dat er een brand tussen haar dijen woedt en dat er heel wat emmers water nodig zijn om die te blussen. Ze jaagt op mannen zoals anderen op redenen om te leven.

'Ja, je bent vroeg op!' vervolgde hij. 'Waar gaat de reis naartoe?'

Het was de eerste keer dat Göbbler me een vraag stelde. Ik aarzelde. Ik was in de war. In mijn mond buitelden de woorden over elkaar heen, ze botsten op elkaar als keitjes in een bergstroom. Göbbler duwde met zijn stok tegen een slak die langzaam op hem af kwam en draaide hem toen op zijn rug. Het was een kleine slak met een geel met zwart huisje en een dun, delicaat getekend lijfje, lief en onschuldig. Het beest was lichtelijk overrompeld en had wat tijd nodig om zijn lichaam en zijn kwetsbare voelhoorns in zijn huisje terug te trekken. Toen tilde Göbbler zijn stok op en liet hem neerkomen op het kleine beestje, dat als een noot uit elkaar spatte.

'Pas goed op jezelf, Brodeck...' mompelde hij toen, zonder zijn blik af te wenden van de resten van het huisje en het slakkenlijfje, waarvan niets anders meer over was dan een uitgelopen, lichtbruine brij.

'Pas goed op jezelf, er is al genoeg kwaad geschied...' zei hij.

Hij keek weer naar mij. Hij stroopte zijn lippen op bij wijze van glimlach. Het was de eerste keer dat ik hem had zien glimlachen en ik was me erg bewust van zijn tanden: grijs en scherp – vlijmscherp, alsof hij ze iedere avond vijlde. Ik gaf geen antwoord. Ik haalde bijna mijn schouders op, maar hield me net op tijd in. Er trok een hevige rilling door me heen en mijn nekharen gingen recht overeind staan. Ik trok mijn muts nog dieper over mijn oren, drukte de oorkleppen tegen mijn slapen en liep verder zonder hem nog aan te kijken. Het zweet stond op mijn voorhoofd. Een van zijn hanen kraaide; toen begonnen ze allemaal. Het lawaai galmde door mijn hoofd. Windvlagen uit het diepst van het dal wervelden om me heen; ze voerden een geur van hars, moerasland, mist en vochtige rots met zich mee.

In de Püppensaltzstraat, onze hoofdstraat, ging de oude 'Ohnmeist' de deuren langs. Het is een heel bijzondere hond, die zijn naam te danken heeft aan het feit dat hij geen baasje heeft en er nooit een heeft gewild. Hij gaat andere honden en kinderen uit de weg en is met weinig tevreden; hij bedelt zijn kostje bij elkaar onder de keukenramen. Hij loopt mee met wie hij maar wil naar de akkers of het bos, slaapt onder de sterren, en als het te koud is krabt hij aan een schuurdeur waar hij maar al te graag wat stro en soep krijgt aangeboden. Het is een grote bruine snoever met rossige vlekken, zo groot als een griffon maar met de korte, dikke vacht van een staander. Ongetwijfeld is zijn bloed een mengeling van diverse bloedsoorten, maar een slimme jongen die kan zeggen welke. Toen hij naar me toe kwam en mijn geur opsnoof, herinnerde ik me dat hij bij het zien van de Anderer altijd hevig begon te kwispelen en vrolijk ging blaffen. Dan bleef de Anderer staan, trok zijn handschoenen uit – prachtige handschoenen van fijn, soepel leer – en aaide hem over zijn bol. Ze waren een vreemd stel met z'n tweeën: de blije, gelukkige hond die de streling braaf onderging terwijl er gewoonlijk niemand bij hem in de buurt mocht komen, laat staan dat je hem kon aanraken, en de Anderer die hem met zijn blote hand aaide en aankeek alsof het een mens was. Deze ochtend had hij stralende, troebele ogen. Hij liep een stukje met me mee en slaakte af en toe een korte, melancholische zucht. Hij keek naar de grond alsof zijn kop opeens te zwaar voor hem was en vol zat met pijnlijke ideeën. Hij liet me achter bij de Urbïfontein en verdween over het pad naar de rivier.

In mijn onrustige nacht had zich een idee in mijn gedachten gevormd: ik moest Orschwir, de burgemeester, spreken. Ik moest met hem praten, en hij moest me vertellen wat er van me verwacht werd. Ik ging bijna zover dat ik me afvroeg of ik Göbblers woorden wel goed had begrepen, of ik niet had gedroomd dat hij op het bankje had gezeten, en of het tafereel in de herberg van de vorige avond, de bankschroef van lichamen om me heen, de nijptang van gezichten, het verzoek en mijn bevestigende antwoord niet allemaal uit dezelfde materie bestonden als mijn bizarre dromen.

Orschwirs huis is het enige huis dat echt aan het bos grenst. Het is ook het grootste huis van het dorp. Het straalt welvaart en macht uit, terwijl het toch een gewone boerderij is, een grote, oude, welvarende, dikbuikige boerderij met enorme daken en muren waarin graniet en zandsteen elkaar in een onregelmatig dambordpatroon afwisselen, maar de mensen beschouwen het als een soort kasteel. Trouwens, ik ben ervan overtuigd dat Orschwir zichzelf af en toe als een kasteelheer beschouwt. Het is geen slecht mens, al is hij zo lelijk als een bataljon barbaren. Er wordt gezegd dat hij vroeger, toen hij de leeftijd had om de bals af te lopen, vreemd genoeg zijn veroveringen aan die lelijkheid van hem te danken had. Maar mensen praten wat af, terwijl het vaak niets betekent. Wat wel vaststaat is dat Orschwir uiteindelijk met de rijkste partij uit de omgeving trouwde: Ilde Popenheimer, wier vader vijf zagerijen en drie molens bezat. Naast deze erfenis heeft ze hem ook twee zoons geschonken: het evenbeeld van hun vader.

Die gelijkenis deed er niet toe. Ik gebruik de verleden tijd, want ze zijn al dood. Ze zijn helemaal aan het begin van de oorlog gesneuveld. Hun namen staan in het monument gebeiteld dat het dorp tussen de kerk en het kerkhof heeft opgericht en dat een vrouw voorstelt die gehuld in lange sluiers neerknielt en van wie je niet met zekerheid kunt zeggen of ze bidt of op wraak zint. Günter en Gehrart Orschwir, eenentwintig en negentien jaar. Mijn naam stond ook in het monument, maar omdat ik ben teruggekeerd heeft Baerensbourg, de kantonnier, hem uitgebeiteld. Dat was nog niet zo makkelijk. Het is altijd erg moeilijk om iets uit te wissen dat in steen gehouwen staat. Daarom lukt het me nog steeds om mijn voornaam op het monument te lezen. Ik lach erom, maar Emélia krijgt er de rillingen van. Ze gaat er liever niet langs.

Er wordt gefluisterd dat Orschwir zijn burgemeesterschap te danken heeft aan het verlies van zijn zoons. Toch was er niets heroïsch aan hun dood: ze kwamen om het leven in een uitkijkpost waar ze als kinderen met een handgranaat zaten te spelen. Eigenlijk waren het ook nog grote kinderen, die dachten dat de oorlog in één klap mannen van ze zou maken. De explosie was tot in het dorp te horen. Het was de eerste. We renden allemaal naar de kleine uitkijkpost die we in de richting van de grens hadden gebouwd, pal in het midden van het weiland van Schönbehe, op het hoogste punt van een soort heuveltje, beschut door rossige rotsen versierd met jadekleurig korstmos. Er was niets over: niet van het wachthuisje en niet van de jongens. De een drukte zijn handen tegen zijn buik om zijn ingewanden binnen te houden. Het hoofd van de ander was netjes van de romp gescheiden en staarde ons aan. De volgende dag werden ze in witte linnen lakens gewikkeld en begraven in eikenhouten kisten die met zorg waren gebouwd door Fixheim, de timmerman. Het waren de eerste slachtoffers. Pastoor Peiper, die het in die tijd nog bij water hield, hield een preek waarin hij sprak over lot en verlossing. Slechts een paar van ons begrepen hem, maar de mensen waardeerden de woorden die hij uitkoos: voornamelijk ongebruikelijke of archaïsche woorden, die hij langdurig liet rondgalmen tussen de pilaren, de gewelven, de wierookdampen, het zachte licht van de waskaarsen en de ramen van het kerkje.

Ik betrad de binnenplaats van de boerderij die op dit

uur nog verlaten was. Het is een enorme binnenplaats. Een land op zich, begrensd door enorme mestvaalten. Boven de ingang bevindt zich een grote poort van bewerkt hout, vuurrood geschilderd en versierd met een uitgesneden motief van kastanjebladeren met in het midden de tekst: 'Böden und Herz geliecht', wat zoiets betekent als Buik en hart tezamen.

Ik heb me dikwijls afgevraagd wat die spreuk betekent. Iemand heeft me verteld dat de grootvader van Orschwir hem heeft laten uithakken. En als ik zeg 'iemand', bedoel ik Diodème, de onderwijzer. Hij was ouder dan ik, maar we gingen als vrienden met elkaar om. Als hij tijd had, vergezelde hij me op mijn missies, en ik mocht graag met hem praten omdat hij een ongewoon mens was en vaak – niet altijd, maar wel vaak – ook wijs, omdat hij heel veel wist, ongetwijfeld nog veel meer dan hij liet merken, en uitstekend kon lezen, schrijven en rekenen, wat overigens ook de reden was dat de vorige burgemeester hem tot onderwijzer had benoemd, ook al kwam hij niet uit ons dorp maar uit een ander, op vier uur lopen naar het zuiden.

Het is nu drie weken geleden dat Diodème is gestorven, onder zulke vreemde en onduidelijke omstandigheden dat het me nog meer bewust maakt van alle kleine signalen die ik om me heen opvang en die in mijn hoofd heel geleidelijk aan een grote angst hebben doen ontkiemen, zodat ik op de dag na zijn dood ben begonnen aan het schrijven van dit verhaal in de kantlijnen van het Verslag dat ik voor de anderen moet opstellen. Ik schrijf ze naast elkaar.

Diodème bracht het grootste deel van zijn vrije tijd in de dorpsarchieven door. Soms zag ik 's avonds heel laat nog licht achter zijn raam. Hij woonde alleen, boven de school, in een piepklein, oncomfortabel, stoffig logement. Boeken, documenten en oude registers vormden zijn enige meubilair. 'Wat ik wil, is begrijpen,' had hij me op een dag toevertrouwd. 'Er wordt niets of bijna niets begrepen,' vervolgde hij. 'De mensen leven over het algemeen alsof ze blind zijn, en ze willen ook niet meer. Ik zou haast zeggen dat ze ervoor kiezen, zodat ze geen hoofdpijn hoeven te krijgen of duizelig hoeven te worden: ze vullen hun maag, slapen, kruipen tussen de dijen van hun vrouw als hun bloed te heet wordt, voeren oorlog omdat hun dat wordt opgedragen, en sterven uiteindelijk, zonder precies te weten wat er daarna komt maar in de hoop dat er iets is. Zelf doe ik al sinds mijn jonge jaren niets liever dan vragen stellen en de wegen naar de antwoorden vinden. Soms kom ik niet verder dan de weg, maar dat geeft niet, dan heb ik toch vooruitgang geboekt.'

Misschien is Diodème wel gestorven omdat hij alles wilde begrijpen en woorden en verklaringen wilde vinden voor alles wat niet uit te leggen valt en wat je niet behoort te weten. Toen hij dat zei, wist ik niet hoe ik moest reageren. Ik geloof dat ik maar wat glimlachte. Glimlachen is gemakkelijk.

Maar over Orschwir, de poort en het devies kwamen we een andere keer te spreken, op een lentedag. Het was nog voor de oorlog. Poupchette was nog niet geboren. Diodème en ik zaten op het kortgeschoren gras van de stoppelvelden van Bourenkopf, bij de doorgang naar de vallei van de Doura en, verder weg, naar de grens. Voordat we weer afdaalden, gingen we even zitten bij het kruisbeeld waarop Jezus staat afgebeeld met een heel raar gezicht; Hij lijkt wel een neger of een Mongool. Het was laat in de middag. Van waar wij zaten konden we het hele dorp zien liggen en het met onze hand omvatten. De huizen leken wel speelgoed. In de schittering van de ondergaande zon leken de daken, glanzend door een verse regenbui, van goud. Overal kwam damp vanaf, en door de afstand vermengden de langzame, stroperige rookpluimen zich met de trillende lucht die de horizon in beweging bracht en haast tot leven wekte.

Diodème haalde wat velletjes papier uit zijn zak en las me de laatste pagina's voor van de roman die hij aan het schrijven was. Dat schrijven was een manie van hem. Hij schreef minstens een roman per jaar, die hij voor zichzelf hield en aan niemand liet lezen, op gekreukelde blaadjes, stukjes pakpapier en etiketten. Ik was de enige aan wie hij af en toe iets liet lezen. Hij las ze voor, maar hij verwachtte niets van mij. Hij vroeg niet om raad en hoefde ook niet te weten wat ik ervan vond. Gelukkig maar. Ik zou niet weten wat ik had moeten zeggen. Al zijn verhalen leken op elkaar: ze waren enorm ingewikkeld, vol kronkelende zinnen waar geen einde aan kwam, en gingen over complotten, schatten die in diepe kuilen lagen begraven en jonge meisjes die gevangen werden gehouden. Ik mocht Diodème graag. Ik was ook erg gesteld op zijn stem. Ik droomde erbij weg en warmde me eraan. Ik keek naar het landschap en ik hoorde zijn stem. Het waren mooie momenten.

Ik heb nooit geweten hoe oud Diodème was. Soms dacht ik dat hij heel oud was. Andere keren was ik ervan overtuigd dat hij maar een paar jaar ouder was dan ik. Hij had een trots uiterlijk. Zijn profiel deed denken aan Griekse of Romeinse medailles. En zijn gitzwarte krullen die losjes op zijn schouders vielen deden me denken aan de helden uit vervlogen tijden, die in tragedies en epossen liggen te sluimeren en door niets meer dan een toverspreuk tot leven gewekt worden of voor eeuwig ten onder gaan. Of anders aan een van die herders uit de Oudheid die, zoals bekend, meestal goden in vermomming zijn die de mensen bezoeken om ze te leiden, verleiden of vernietigen.

'"Böden und Herz geliecht", een vreemd devies...' besloot Diodème, die op een strootje kauwde terwijl de avond langzaam maar zeker over onze schouders neerdaalde. 'Ik vraag me af waar die oude man dat vandaan heeft: uit zijn hoofd of uit een boek? In boeken staan soms zulke rare dingen.'

V

Orschwir zat aan het hoofd van zijn keukentafel – een tafel uit één stuk hout, vier meter lang, gezaagd uit de stam van een eikenboom van een paar eeuwen oud, zo'n boom die in het hart van het Tannäringenbos groeit en op een edelman lijkt. Naast hem stond een jonge dienstmeid. Ik kende haar niet. Ze was hooguit zestien. Ze had een mooi, rond gezicht, als het gelaat van de Maagd of de gezichten op antieke schilderijen, en ondanks haar roze wangen was ze heel bleek, zodat ze net een pioenroos leek. Ze bewoog zo weinig dat je haar voor een kleermakerspop of een levensgrote ledenpop had kunnen houden. Later hoorde ik dat ze blind was; dat was vreemd, want hoewel haar ogen inderdaad nauwelijks bewogen, leken ze alles om zich heen op te kunnen nemen, en bovendien leek ze zich zonder moeite te verplaatsen: ze botste nooit tegen meubels, muren of mensen op. Ze was een verre nicht van de Orschwirs en door hen in huis genomen. Ze kwam uit het land van Nehsaxen. Haar ouders waren dood, hun huis verwoest en het land onteigend. De mensen noemden haar de 'Keinauge', de Blikloze.

Met een kort fluitje stuurde Orschwir haar weg. Ze verdween geruisloos. Hij wenkte me naderbij en gebaarde me te gaan zitten. Nu, in de ochtend, was hij iets minder lelijk dan anders, alsof de slaap zijn huid had gladgestreken en de onvolkomenheden had uitgewist. Hij was nog in zijn onderbroek. Een leren riem wachtte om zijn middel op de bijbehorende broek. Over zijn schouders hing een korte overjas van geitenvacht en hij had zijn muts van otterbont al op. Voor hem stond een groot bord met eieren en spek te dampen. Hij at traag en sneed zo nu en dan een snee bruin brood af.

Hij schonk me een glas wijn in, keek me aan met een blik waarin geen enkele verbazing lag en zei toen alleen: 'En, hoe gaat het?' Zonder mijn antwoord af te wachten, sneed hij de laatste plak spek systematisch in stukken van gelijke grootte; het was een dikke plak, waar het vet, dat door het bakken bijna doorzichtig was geworden, vanaf drupte in zijn bord, als tranen langs een kaars. Ik keek toe, of beter gezegd: ik keek naar het mes, dat mes dat hij deze ochtend zo behendig hanteerde om te eten en dat hij de vorige avond ongetwijfeld meerdere malen in het lichaam van de Anderer had geplant.

Spreken over mijn diepste gedachten is me nooit gemakkelijk afgegaan. Ik schrijf liever. Dan heb ik het gevoel dat de woorden braaf naar me toe komen en als kleine vogeltjes uit mijn hand eten, en ik met ze kan doen wat ik wil, maar als ik ze uit de lucht moet plukken, fladderen ze weg. En door de oorlog is het er niet beter op geworden. Die heeft me nog zwijgzamer gemaakt. In het kamp heb ik gemerkt hoe je woorden kunt gebruiken en wat je ermee kunt aanrichten. Voor die tijd las ik nog boeken, vooral dichtbundels, waarvan ik tijdens mijn studie in de Hoofdstad de smaak te pakken had gekregen dankzij professor Nösel, en wat me sindsdien was bijgebleven als een aangename afwijking. Ik begon nooit aan een missie zonder een dichtbundel op zak, en vaak als ik om me heen het grootse schouwspel zag van de bergen, de steile, beboste hellingen en het dambord van de bergweiden met boven dat alles de hemel die erover leek te waken en blijkbaar genoeg had aan zijn eigen weidsheid, las ik de dichtregels hardop, en zodra ik de aangename galm voelde die ze in me teweegbrachten, als een echo van al de onduidelijkheid die ik in het diepst van mezelf voelde maar die ik niet kon uitdrukken, las ik ze opnieuw.

Toen ik terugkwam uit het kamp heb ik al mijn poëziebundels in de haard geworpen en verbrand. Ik keek hoe de vlammen eerst de woorden vervormden, toen de zinnen, toen de bladzijden. De rook die opsteeg van de brandende gedichten was niet beter, nobeler of gracieuzer dan andere rook. Er was niets bijzonders aan. Later hoorde ik dat Nösel bij een van de eerste razzia's was opgepakt, zoals zo veel docenten en anderen die zich inspanden om de wereld beter te leren kennen en begrijpen. Niet veel later kwam hij om het leven in een kamp dat als twee druppels water op het mijne leek, net zo'n kamp als de honderden andere kampen die aan de andere kant van de grens als giftige bloemen uit de grond schoten. Zijn gedichten hadden hem op geen enkele manier geholpen om te overleven. Misschien hadden ze zijn dood zelfs bespoedigd. Al die duizenden dichtregels in het Grieks, Latijn en allerlei andere talen die in zijn geheugen lagen opgeslagen alsof het grote schatten waren – ze hadden nergens toe gediend. In mijn geest bestaat er geen twijfel over dat hij, anders dan ik, geweigerd zou hebben om een hond na te doen. Ja, dat moet wel. In de poëzie bestaan geen honden. Die worden verzwegen.

Orschwir veegde zijn bord af met een stukje brood.

'Brodeck, Brodeck... Ik zie dat je slecht geslapen hebt,' begon hij op zachte, verwijtende toon. 'Terwijl ik juist beter heb geslapen dan in lange tijd, ja, in heel lange tijd... Ik kon hiervoor juist geen oog dichtdoen. En vannacht voelde ik me weer alsof ik een jaar of zes, zeven oud was. Mijn hoofd lag drie seconden op het kussen en ik sliep al...'

Het was nu helemaal dag en het witte licht viel in schuine stralen op de scharlakenrode plavuizen van de keukenvloer. Er klonken boerderijgeluiden: dieren, knechten, krakende assen, gesprekken en ondefinieerbaar gebonk.

'Ik wil het lichaam zien.' Het kwam eruit zonder dat ik er erg in had. Het welde uit zichzelf in me op en ik liet het ontsnappen. Orschwir zag er verbaasd en verdrietig uit. In een oogwenk veranderde zijn houding. Hij klapte dicht, als een schelpdier waar je drie druppels azijn op laat vallen. In één klap werd hij weer afzichtelijk lelijk. Hij nam zijn muts af, krabde op zijn hoofd, stond op, draaide me de rug toe, liep naar een raam en keek naar buiten.

'Wat heb je daar nou aan, Brodeck? Heb je in de oorlog je portie lijken nog niet gehad? Wat lijkt er meer op een lijk dan een ander lijk? Leg me dat eens uit. We hebben je gevraagd om op te schrijven wat er is gebeurd. Je mag niets overslaan, maar je hoeft ook geen overbodige details te vermelden die zouden kunnen afleiden van het verhaal en de lezer op een dwaalspoor zouden kunnen brengen of zelfs irriteren – want Brodeck, vergeet niet dat je gelezen zult worden door mensen op belangrijke posten in S.; ja, je zult gelezen worden, al merk ik dat je daaraan twijfelt...'

Orschwir draaide zich weer om en nam me van hoofd tot voeten op.

'Ik sla je hoog aan, Brodeck, maar het is mijn plicht je te waarschuwen, zowel als burgemeester als als... Wijk in godsnaam niet af van het pad, ga niet op zoek naar dingen die niet meer bestaan of die er nooit zijn geweest.'

Hij ontvouwde zijn grote gestalte en stak zijn enorme armen geeuwend uit naar het plafond.

'Kom, ik wil je iets laten zien.'

Hij was ruim een kop groter dan ik. We liepen door de keuken naar een lange gang die door het hele huis slingerde. Ik had de indruk dat we die gang nooit meer zouden verlaten. Hij verdoofde me en ik raakte al mijn zelfvertrouwen kwijt. Dat Orschwirs huis groot was wist ik, maar dat het zo'n labyrint was had ik nooit vermoed.

Het was een oeroud gebouw dat heel vaak was verbouwd; een getuige van een tijd die zich niet druk maakte om logica of rechte lijnen. Diodème had me verteld dat de vroegste muren meer dan vierhonderd jaar oud waren en dat hij in de archieven een akte had gevonden die aantoonde dat de Keizer hier in de herfst van 1567 een tussenstop had gemaakt op weg naar de mark Karinthië, waar hij de Sultan zou treffen. Ik volgde Orschwir, die gehaast liep en veel lucht verplaatste. Het voelde alsof ik door hem werd meegezogen, door zijn geur van leer, nacht, gebakken spek, baard en vuile huid. We kwamen niemand tegen. Af en toe gingen we een paar treden omhoog of daalden we er twee of drie af. Ik zou niet kunnen vertellen hoe lang het duurde, een paar minuten of een paar uur, zozeer wiste die gang alle ijkpunten van ruimte en tijd uit. Eindelijk hield Orschwir stil; we stonden voor een zware deur, beslagen met groen uitgeslagen koper en vierkante spijkers. Hij maakte hem open. Ik werd verblind door een melkachtig licht. Ik moest even in de duisternis van mijn gesloten oogleden verblijven voor ik kon terugkeren naar de dag en iets kon zien.

We stonden aan de achterkant van zijn huis, waar ik nooit eerder was geweest; ik had het alleen vanuit de verte gezien, als ik hoog over de toppen van de bergkam liep. Ik wist dat hier de gebouwen stonden die zijn fortuin huisvestten en daarvoor het fortuin van zijn vader en de vader van zijn vader hadden gehuisvest. Een roze, lawaaiig fortuin dat zijn tijd doorbracht met wroeten in de modder. Een knorrend fortuin dat de hele dag een hels kabaal voortbracht.

Orschwirs goud waren zijn varkens. Al een paar generaties voedde en verrijkte de familie zich met varkensvet. In een straal van vijftig kilometer was er geen fokker zo groot. Iedere ochtend verlieten een paar wagens het terrein om beesten af te voeren, die of al geslacht waren, of doodsbang en krijsend op het punt stonden geslacht te worden, richting de dorpen, markten en slagerijen in de omtrek. Het was een goed georganiseerd ballet dat zelfs de oorlog niet had weten te verstoren. Ook in tijden van oorlog moet er gegeten worden. Door sommige mensen in ieder geval.

Toen drie maanden na het begin van de oorlog, na dat grote moment van stilte en verbijstering waarop iedereen de blik naar het oosten richtte en zijn oren spitste om het geluid van de laarzen te horen van de nog onzichtbare 'Fratergekeime' – zoals we diegenen noemden die hier dood en verderf kwamen zaaien, degenen die een beest van me maakten: mannen die op ons leken en die ik goed kende omdat ik twee jaar in hun Hoofdstad had gestudeerd, mannen die we wel eens ontmoetten omdat ze vaak hier kwamen, gedreven door handel en jaarmarkten, en die een taal spraken die de tweelingzus van de onze is en die we dus moeiteloos begrepen – toen dus de grensposten werden weggeblazen als papieren bloemen door de adem van een kind, bleef hij doorgaan met varkens fokken, verkopen en opeten. Zijn deur werd niet ingetrapt. Er werden geen obscene tekens op gekalkt. En hoewel degenen die als overwinnaars door onze straten marcheerden in zekere zin toch verantwoordelijk waren voor de aartsdomme dood van zijn zoons, ruilde hij zonder een spoor van emotie zijn vetste varkens tegen de zilverstukken die ze met handenvol tegelijk uit hun zakken haalden en die ze ongetwijfeld ergens hadden gejat.

In de eerste omheining die Orschwir me liet zien, waren tientallen biggetjes van een paar weken oud op het verse stro aan het spelen. Ze joegen achter elkaar aan, knalden tegen elkaar op, plaagden elkaar met hun snuit en slaakten kleine, vrolijke kreetjes. Orschwir wierp ze drie scheppen graan toe. Ze stortten zich op de fooi.

In de volgende omheining liepen varkens van acht maanden oud heen en weer; ze botsten tegen elkaar op en daagden elkaar uit. Hun vreemde, redeloze gewelddadigheid en de agressie waren voelbaar, al leken die door niets te worden gerechtvaardigd of verklaard. Deze beesten waren al groot en dik, met hangende oren en felle, wrede koppen. Een bittere stank nam bezit van je neus. Het stro waarin ze zich wentelden was vuil van hun uitwerpselen. Het gekrijs sloeg tegen de houten wanden en dreunde tegen je slapen. Ik wilde zo snel mogelijk weer naar buiten.

Iets verderop, in de laatste omheining, lagen de volwassen dieren te dutten. Ze waren enorm groot. Vaalbleek. Lang en uitgestrekt als schuiten. Ze lagen met open bekken te hijgen in de zwarte modder die zo dik was als melasse. Sommige dieren keken ons dodelijk vermoeid aan, andere wroetten in de aarde onder zich. Het leken wel reuzen die in dieren waren veranderd, mensen veroordeeld tot een gruwelijke metamorfose.

'De stadia van het leven,' mompelde Orschwir; ik was

bijna vergeten dat hij er ook was en ik schrok op van zijn stem. ‘Eerst de onschuld, dan de redeloze woede en ten slotte wat je hier ziet: wijsheid...’ vervolgde hij. Hij liet een stilte vallen en zei toen met een trage, diepe stem: ‘Maar soms is wijsheid niet wat je denkt, Brodeck. Wat je hier ziet, zijn roofdieren. Echte roofdieren, ook al lijken ze nog het meest op landwalvissen. Ze hebben geen hart en geen geest. En geen geheugen. Hun maag is het enige wat telt; het enige waar ze zich druk over maken is hoe ze die kunnen vullen.’

Hij bleef staan en keek me aan met een raadselachtige glimlach die zijn slordige, grove gezicht in tweeën spleet. Er lagen wat broodkruimels op zijn snor en zijn lippen glansden nog na van het spekvet.

‘Ze zouden hun bloedeigen broers nog opvreten, hun eigen vlees, het zou ze niets uitmaken, ze maken geen onderscheid. Ze kauwen, slikken, schijten en beginnen weer opnieuw. Eindeloos. Ze hebben nooit genoeg, maar ze zijn met alles tevreden. Ze vreten alles, Brodeck, en ze stellen geen vragen. Álles. Begrijp je wat ik zeg? Ze laten niets over, geen sporen, geen bewijs, niets. En ze denken niet na, Brodeck, zij niet. Ze hebben geen berouw. Ze leven gewoon. Het verleden is ze onbekend. Denk je niet dat ze gelijk hebben?’

VI

Ik probeer zo dicht mogelijk in de buurt te komen van wat er is gebeurd, terwijl ik niets liever zou willen dan te vergeten en te vluchten, heel ver weg te vluchten, op gewichtloze benen en met een nieuw hoofd.

Ik voel me alsof ik niet geschikt ben voor dit leven. Wat ik bedoel is dat mijn leven aan alle kanten overstroomt, dat het niet bedoeld is voor een mens als ik, dat het te vol zit: te vol met gebeurtenissen, te vol met ellende. Te vol met gebreken. Misschien is het mijn eigen schuld. Misschien weet ik niet hoe je mens moet zijn. Hoe je onderscheid maakt tussen wat je moet aanpakken en wat je moet laten liggen. En misschien is het de fout van de tijd waarin ik leef, die tijd die lijkt op een grote trechter waarin het overschot van de dagen wordt gestort, alles wat hakt, vilt, plet en snijdt. Af en toe heb ik het gevoel dat mijn hoofd op springen staat, als een kookpot die tot de rand is gevuld met buskruit.

Die beruchte dag, de dag na de Ereigniës, is nog niet eens zo lang geleden. En toch glipt hij me door de vingers. Ik herinner me alleen nog bepaalde woorden en taferelen, heel precies en heel duidelijk, scherp afgetekend tegen een achtergrond van diepe duisternis. En ik herinner me ook mijn angst – vooral mijn angst. Alsof die angst mijn kleding was. Een kledingstuk dat ik overigens nog steeds niet heb weten uit te trekken en dat zelfs steeds strakker gaat zitten, alsof het iedere week een stukje krimpt. Het meest bizarre is dat ik in het kamp, toen ik Hond Brodeck was geworden, geen angst meer kende. Die bestond niet meer, die lag ver achter me. Want angst hoort bij leven. Zoals hyena's om een kadaver heen draaien, kan de angst niet zonder het leven. Het leven voedt haar en houdt haar in stand. En ik stond al aan de randen van het leven. Ik stond al in de rivier.

Toen ik de boerderij van Orschwir verliet, heb ik geloof ik door de straten gezworven. Het was nog heel vroeg. Ik zag nog steeds het beeld voor me van de varkens die uitgestrekt op hun zij lagen en me met hun lugubere ogen aankeken. Ik probeerde het beeld te verjagen, maar het was vasthoudend. Het schoot wortel in me, wortels die ik nooit kapot zou kunnen hakken. Hun enorme koppen, hun ronde buiken en hun ogen, hun bleekachtige ogen die me aanstaarden, en hun stank. O god... Uiteindelijk begon alles in mijn hoofd door elkaar te draaien: de varkens en het rustige, open gezicht van de Anderer, een wervelende dans met als enige muziek de viool van Orschwirs weerzinwekkende kalmte.

Ik kwam terecht bij het café van moeder Pitz, naast de oude wasplaats. Ik zal daar wel beland zijn om er zeker van te zijn dat ik niemand zou ontmoeten, in ieder geval geen mannen. Hier kwamen alleen maar oude vrouwen, die elkaar op alle uren van de dag, maar vooral in de namiddag troffen bij een kopje kruidenthee of kleine glaasjes marc vermengd met jenever en een beetje suiker – 'Liebleich' noemen we dat hier, verleidertjes.

Dit café is eigenlijk geen café. Het is een woonkamer die aan een keuken grenst. Er staan drie tafeltjes met geborduurde kleedjes en een paar stoelen eromheen, een smalle schoorsteen die slecht trekt, groene planten in geglazuurde potten en aan de muur hangt een verschoten foto van een jongeman die glimlacht naar de lens en met twee vingers zijn snor gladstrijkt. Moeder Pitz is al over de vijfenzeventig. Ze is zo krom dat ze in een haakse hoek is gebogen. Kinderen die haar op straat tegenkomen, noemen haar de 'Fleckarei' – de Winkelhaak. En de jongeman op de foto is haar echtgenoot, Augustus Pitz, die een halve eeuw geleden om het leven is gekomen.

Ik denk dat ik de enige man ben die ooit een voet over moeder Pitz' drempel zet. Ze is me wel eens behulpzaam. Daarom kom ik hier. Ze kent alle planten van het hoogland, ook de zeldzaamste, en als ik iets niet in mijn boeken kan vinden, vraag ik het haar en dan praten we een paar uur lang over bloemen en grassen, looppaden en onderhout, de weiden die worden aangevreten door de lippen van schapen, geiten en koeien en door de wind die nooit gaat liggen – allemaal plekken waar zij zelf al lang niet meer kan komen.

'Ik ben gekortwiekt, Brodeck... Mijn echte leven ligt daarboven, tussen de kuddes op de hoge stoppelvelden. Hier beneden stik ik, hier hangt de lucht te laag. We lijken wel wormen, we slepen ons voort over de grond. Hier drinken we stof, terwijl daarboven...'

Ze heeft het mooiste herbarium dat ik ooit heb gezien. Een grote kast barstensvol grote boeken met een roetbruine kartonnen kaft, waarin ze sinds jaar en dag de bloemen en planten van de berg te rusten heeft gelegd. Onder ieder exemplaar heeft ze in haar zorgvuldige handschrift de vindplaats, datum, geur, exacte kleuren en de groeirichting van de plant opgeschreven, alsook de luchtgesteldheid en soms een kort commentaartje dat niet ter zake doet.

'Zo, Brodeck, kom je weer voor het Grote Boek van de

Doden?' zegt ze dan – om precies te zijn zegt ze in het dialect '*De Buch vo Stiller un Stillie*', wat minder tragisch en lieflijker klinkt.

Zo verwelkomde ze me ook op die bewuste dag toen ik haar rinkeldeur openduwde. Haastig als een samenzweerder en met een gezicht dat wel grauw geweest zal zijn, deed ik hem achter me dicht, alsof ik gevolgd werd; toen ging ik zitten aan de tafel die het verst in de hoek staat, die erin wegkruipt alsof hij wil verdwijnen. Ik vroeg om iets heel sterks en heel warms, want ik rilde als een oude ratel in de paaswind. Ik was bevroren. Toch had de zon uiteindelijk bezit genomen van de hemel en er zijn heerschappij verspreid.

Algauw kwam moeder Pitz aanzetten met een dampende kom. Ze gebaarde dat ik moest drinken. Ik gehoorzaamde als een kind. Met mijn ogen dicht liet ik het brouwsel door me heen stromen. Eerst werd mijn bloed warm, toen mijn handen, toen mijn hoofd. Ik maakte de kraag van mijn vest wat losser, toen die van mijn overhemd. Moeder Pitz keek me aan. De muren deinden zachtjes heen en weer, als de bladeren van een populier, en de stoelen leken naar ze toe te bewegen en ze uit te nodigen voor een wals.

'Wat is er gebeurd, Brodeck? Heb je de duivel gezien?'

Ze hield mijn handen in de hare; haar gezicht was vlak bij dat van mij. Ze had grote, groene, prachtige ogen, met gouden schilfers rond de iris. Ik weet nog dat ik bedacht dat ogen geen leeftijd hebben, dat iedereen sterft met de ogen die hij als kind al had: ogen die op een dag opengingen voor de wereld en hem nooit meer hebben losgelaten.

Ze schudde me zachtjes door elkaar en herhaalde de vraag.

Hoeveel wist ze, wat kon ik haar vertellen? De vorige avond waren er in de herberg van Schloss alleen mannen geweest, en mijn pact had ik met mannen gesloten. Toen ik thuiskwam, had ik niets aan mijn vrouwen verteld en vanochtend was ik vertrokken voordat ze wakker waren. Hadden de anderen niet hetzelfde gedaan met hun echtgenotes, zussen, moeders en kinderen?

Ze bleef zachtjes in mijn handen knijpen alsof ze er een waarheid uit wilde persen. De woorden paradeerden door mijn hoofd.

'Niets. Er is niets, moeder Pitz, er is niets ergs, alleen maar gewone dingen: gisteravond hebben de mannen van het dorp de Anderer vermoord. Het is gebeurd in de herberg van Schloss, maar het is niets bijzonders, niet anders dan een spelletje kaart of een koopovereenkomst. Het zat er allang aan te komen. Ik kwam pas later, ik kwam boter kopen, toen de moord werd gepleegd was ik er nog niet. Ze hebben me alleen met het Verslag belast. Ik moet uitleggen wat er sinds zijn aankomst is gebeurd en waarom ze geen andere keus hadden dan hem te vermoorden. Verder niets.'

Maar er kwam geen woord over mijn lippen. Ze bleven binnen. Ze wilden niet naar buiten. Terwijl ik het wel probeerde. De oude vrouw stond op, ging naar de keuken en kwam terug met een roze geëmailleerd pannetje. Ze goot de rest van het brouwsel in mijn kom en gebaarde weer dat ik moest drinken. En ik dronk. De muren begonnen weer te deinen. Ik had het warm. Moeder Pitz verdween weer. En toen ze dit keer terugkwam had ze een van de grote boeken van het herbarium in haar armen. Op de kaft zat een etiket met een tekst: *Blüte vo Maï un Heilkraüte vo June*, wat je zou kunnen vertalen met: Bloemen uit mei en heelkruiden uit juni. Ze legde het boek voor me op tafel, kwam naast me zitten en sloeg het open.

'Kijk dan in ieder geval even naar mijn kleine Stillies, Brodeck; dat zal je zinnen verzetten.'

Toen voelde ik dat de Anderer achter mijn rug kwam aanlopen, alsof hij door die woorden werd geroepen; hij zette zijn goudomrande bril recht zoals ik hem zo vaak had zien doen, lachte me toe met zijn goedige gezicht van een uit de krachten gegroeid kind en boog zijn ronde, met bakkebaarden omlijste gezicht voorover om de gedroogde bladeren en ingeslapen bloemblaadjes in het boek van moeder Pitz te bestuderen.

Ik had al gezegd dat hij nooit veel zei. Heel weinig zelfs. Als ik hem zag, moest ik wel eens aan een heilige denken. Heiligheid is iets vreemds. Wanneer het op je pad komt, zie je het vaak voor iets anders aan: onverschilligheid, spot, kuiperijen, kilte, arrogantie, minachting misschien. Je ziet het niet, je wordt kwaad en je begaat iets vreselijks. Dat zal wel de reden zijn dat heiligen altijd als martelaar eindigen.

VII

Ik moet over de aankomst van de Anderer vertellen, maar ik ben bang: bang om geesten wakker te maken en bang voor de anderen. De mensen uit het dorp, die niet meer zoals eerst aan mijn kant staan. Zo beantwoordde Fritz Aschenbach, die ik al meer dan twintig jaar ken, gisteren mijn groet niet toen ik hem op de helling van Jornetz tegenkwam. Hij keerde terug van het houthakken en ik ging net kijken of er nog cantharellen te vinden waren. Ik stond paf. Ik bleef staan, draaide me om en riep: 'Hé, Fritz, wordt er niet meer gegroet?' maar hij draaide zich niet om en hield zijn pas niet in; hij spuwde alleen op de grond. Misschien was hij zo diep in gedachten verzonken dat hij me niet zag of hoorde... Maar waar dacht hij dan aan? Aan wie of aan wat? Ik ben toch niet gek. Ik ga niet gek worden. Diodème is dood, of niet soms? Nog een dode! En een hele vreemde dood ook, maar daarover zal ik later vertellen. Sinds het kamp weet ik dat er meer wolven dan lammeren zijn.

De Anderer arriveerde in de namiddag van de dertiende mei, volgende lente een jaar geleden. Een dag vol zachtheid en lichte tinten. De avond kwam op zijn tenen aangeslopen alsof hij de boel niet wilde verstoren. In de velden rondom het dorp en in de hoger gelegen weilanden zag je zover het oog reikte niets anders dan een deinende zee van geel en wit. Het jonge gras was bijna verdwenen onder een tapijt van paardenbloemen. De wind wiegde, streelde of boog ze, al naar gelang zijn humeur, terwijl daarboven de wolken gehaast westwaarts vluchtten en in de Poort van Prätze doken om daarna helemaal te verdwijnen. Op de stoppelvelden boden enkele sneeuwvachten nog weerstand aan de eerste warmte, die aan ze likte zodat ze van dag tot dag kleiner werden en spoedig alleen nog maar heldere, koude poeltjes zouden zijn.

Het moet een uur of vijf, halfzes zijn geweest toen Gunther Beckenfür, die het dak van zijn herdershut op de Rug van de Bourenkopf opknapte, een merkwaardige processie zag aankomen over de weg vanaf de grens, waar we sinds het einde van de oorlog nooit meer iemand op hadden gezien, waar niemand meer komt, omdat niemand zich dat ooit nog in zijn hoofd zou halen, nooit meer.

'Het ging echt stapvoets.' Op mijn verzoek vertelt hij erover, zodat ik ieder woord dat hij zegt in mijn opschrijfboekje kan noteren, en dan bedoel ik ook echt ieder woord. We zitten bij hem thuis. Hij heeft me een glas bier ingeschonken. Ik schrijf. Hij kauwt op een sigaret die hij net heeft gerold van half tabak, half mos, en die een stank van verbrande hoorn door de kamer verspreidt. In de hoek zit zijn oude papa; zijn moeder is al heel lang dood. De oude man praat in zichzelf, het rommelt in zijn kaak, waarin nog maar twee of drie tanden zitten, en hij schudt voortdurend met zijn fragiele vogeltjeshoofd, zoals een engeltje op de hoek van een kerkgebouw. Buiten was het gaan sneeuwen. De eerste sneeuw, die de kinderen zo blij maakt met zijn verblindende nieuwe witheid. Soms kwam hij tot vlak bij het raam, zo nieuwsgierig als honderd ogen die je aankeken, dan ging hij er geschrokken weer vandoor, met hele ladingen, richting straat.

'Ze kwamen nauwelijks vooruit, alsof die man in zijn eentje een hele berg granieten mijlpalen meesleepte. Ik bleef staan om het goed te kunnen zien en er zeker van te zijn dat ik niet droomde, maar nee, ik droomde niet, ik zag wel degelijk iets, maar wat het was wist ik nog niet – verdwaalde dieren, dacht ik eerst, of verdwaalde mensen, of anders handelaren in het een of ander, want ik begon langzaamaan te beseffen dat wat ik zag menselijk was. Ik weet nog dat er een rilling door me heen ging, een echte rilling, niet van de kou maar omdat ik terugdacht aan de oorlog, aan het hoerenjong dat die strontweg toen was, die hier niets anders dan leed en ellende kwam brengen, en die man daar, met die twee dieren waarvan ik nog niet eens kon zien of het paarden of runderen waren, liep er doodleuk overheen. Hij moest wel van daar komen, van de Fratergekeime, die vruchten van ongewassen teelballen geboren uit de rotte buiken van hun bejaarde hoerenmoeders... Herinner je je nog wat die laffe schijtluizen met Cathor hebben gedaan?'

Ik knikte. Cathor repareerde aardewerk. Hij was ook de zwager van Beckenfür. Toen de Fratergekeime in het dorp aankwamen had hij een spelletje met ze gespeeld en hij had verloren. Ik kom er misschien nog op terug.

'Ik was zo nieuwsgierig dat ik de leistenen en mijn houweel weglegde. Ik wreef mijn ogen uit en kneep ze samen om beter te kunnen zien. Hij leek wel een figuur uit een andere eeuw. Ik stond met open mond te kijken. Echt zo'n type dat je op de jaarmarkt tegenkomt, uitgedost zoals je het nooit meer ziet; hij sjokte voort met zijn circusbeesten alsof hij van een poppentheater kwam of op weg was naar een cabaret.'

Bij ons waren alle paarden lang geleden gedood en opgegeten. En sinds het einde van de oorlog was niemand ooit op de gedachte gekomen ze te vervangen. We hoefden geen paarden meer. We hadden liever ezels en muilezels. Oliedomme beesten waar niets menselijks aan is en die geen herinneringen op hun rug meetorsen. Zo kwam het dat je als je iemand op een paard zag, zeker kon weten dat hij van heel ver weg kwam en onbekend was met deze streek, alles wat er gebeurd was en al onze ellende.

Het was niet zozeer ouderwets om te paard te reizen, want sinds de oorlog leek het alsof we naar het verleden waren teruggekeerd: alle ellende die de oorlog had gezaaid, was ontkiemd als graan in een zachte winter. We hadden de werktuigen uit een ander tijdperk uit de schuren gehaald en we deden ons werk met alles wat niet gejat of vernield was: kreupele kruiwagens, opgelapte karren. We ploegden met ploegijzers die meer dan een eeuw geleden waren gesmeed. We hooiden met armkracht. Iedereen was terug in de tijd gestapt, alsof de menselijke tijd een oprisping had gehad en de mens een enorme trap onder zijn achterste had gegeven om hem bijna bij nul opnieuw te laten beginnen.

De verschijning draafde langzaam voort, keek naar rechts en naar links, streelde de hals van zijn rijdier en leek er uitvoerig mee te spreken, want zijn lippen bewogen. Het tweede dier zat aan het eerste vast. Het was een oude ezel, die echter nog sterk was en zelfverzekerd voortstapte, met vierkante poten, die geen enkel spoor van zwakte vertoonde en niet wiebelde, ondanks het feit dat hij drie grote, zwaar uitziende koffers op zijn rug meetorste, en er daarnaast nog een paar zakken links en rechts van hem afhingen als netten met uien aan een balk in de keuken.

'Uiteindelijk kwam hij dan toch bij mij terecht. Ik bekeek hem alsof hij een spook of de Teufeleuzeit was over wie mijn vader het altijd had toen ik een klein jochie was om me bang te maken en van wie hij zei dat hij in de plooien van het dal leefde, te midden van de vossen en de mollen, en zich voedde met verdwaalde kinderen en jonge vogeltjes. Hij nam zijn hoed af, zijn rare hoed in de vorm van een bolhoed met een platgeslagen dop, en begroette me plechtstatig. Toen steeg hij van zijn paard af, een prachtig beestje, opvallend gracieus en met een schitterende glanzende vacht. Hij liet zich langs de flank naar beneden glijden, luid hijgend, en wreef over zijn onwaarschijnlijk bolle buik. Toen hij op de grond stond, sloeg hij zijn operettekostuum af: een soort mantel van fluweel en linnen met allerlei vreemde frutseltjes en karmozijnrode biezen. Het leek of hij in plaats van een gezicht een bal had, met een nogal rode huid die strak om zijn jukbeenderen spande. De ezel kreunde een beetje. Het paard antwoordde door zijn hals te schudden en op dat moment zei die leukerd glimlachend: "Wat leeft u in een schitterende streek, meneer, werkelijk schitterend..."

Ik dacht dat hij me in de maling nam. De dieren bewogen niet, daar waren ze te beleefd voor, even beleefd als hun meester, ze zaten zelfs niet met hun lippen aan het gras dat onder hun hoofd groeide, wat elk ander beest zonder enige terughoudendheid wel zou hebben gedaan. Ze keken alleen en wisselden af en toe een paar woorden – dierenwoorden – met elkaar. Toen haalde die kerel een klokwerk tevoorschijn, verbaasde zich erover hoe laat het was en ging nog breder glimlachen. Toen vroeg hij de weg, heel eenvoudig, met een hoofdknik naar het dorp: "Ik moet er voor de avond zijn..."

Hij heeft de naam van ons dorp niet genoemd. Hij

knikte er alleen naar; trouwens, hij wachtte mijn antwoord niet eens af. Hij wist precies waar hij moest zijn. Hij wist het al! En dat was nog wel het vreemdste, dat hij niet verdwaald was in de bergen, maar echt naar hier op weg was – helemaal naar hier!'

Beckenfür zweeg en sloeg zijn vijfde glas bier in één teug achterover. Toen staarde hij met een doffe blik naar het tafelblad waarop de inkepingen en de houtnerf raadselachtige patronen vormden. Aan de andere kant van het raam viel de sneeuw nu loodrecht en regelmatig uit de hemel. Als het zo doorging, zou hij na slechts een nacht een meter hoog op de daken en de straten liggen. En dan zouden wij nog meer dan anders aan de rand van de wereld staan. Dat kan verschrikkelijk zijn: sommige mensen worden door de eenzaamheid op allerlei waanideeën gebracht en tot wankele, kreupele gedachtebouwsels bewogen. Ik ken heel wat lieden die zich op sommige winteravonden een vreemd soort architecten wanen.

VIII

Hoe dan ook, op die bewuste lentedag sprak de Anderer rustig en met een glimlach die niet van zijn gezicht verdween, klom toen weer op zijn paard, liet Gunther Beckenfür achter zonder nog een woord te zeggen en vertrok in onze richting. Beckenfür bleef hem lang nakijken, totdat hij achter de rotsen van de Kölnke verdween.

Voordat hij hier aankwam, moet hij ergens zijn gestopt. Dat kan niet anders. Ik heb de uren aan elkaar geplakt en er zit een gat tussen het moment waarop Beckenfür hem uit het zicht verloor en het ogenblik dat hij in de avondschemering onder de stadspoort door kwam, gadegeslagen door de oudste zoon van Dörfer, die niet naar huis wilde omdat zijn vader weer eens ladderzat was en brulde dat hij zijn buik ging openrijten. Een gat dat zelfs de lusteloze tred van het paard niet kan verklaren. Nu ik erover nadenk, vermoed ik dat hij bij de rivier heeft stilgehouden, in de buurt van de Baptisterbrücke waar de weg een vreemde slinger maakt door grasland dat zo zacht is als een kinderwang. Dat stel ik me voor. Het uitzicht is er prachtig en voor iemand die niet van hier is, is dat de plek waar je onze streek kunt bevoelen alsof het een lapje stof is, want je ziet de daken, je hoort het rumoer van het dorp en je verbaast je over de rivier.

De Staubi is geen waterweg die bij dit landschap past. Wat je hier zou verwachten is een trage rivier die zich breed maakt en buiten zijn oevers treedt, die de weilanden overstroomt en zich zowel tussen de gouden kopjes van de boterbloemen mengt als tussen het wier dat zo zacht en traag is als natte haren. Maar in plaats daarvan is het een onstuimige, uitgelaten stroom die schreeuwt en brult, die stenen door elkaar gooit en de rotsen waar hij langs stroomt afschuurt, die woest om zich heen slaat en schuim en nevel opwerpt. Een wildebras uit de bergen, helder en scherp als kristal en waarin je de grijze schichten van forellen ziet. Ongetemd. Zowel 's zomers als 's winters is het water zo koud dat de binnenkant van je schedel bevriest, en in de oorlog zag je er in de vroege ochtend soms nog andere schepsels in dan vissen, helemaal blauw, met een verbaasde blik of de ogen gesloten, alsof ze plotseling in slaap waren gebracht en in fijne vloeibare lakens waren gewikkeld.

Aangezien ik met de Anderer heb gepraat, ben ik ervan overtuigd dat hij lang naar de rivier heeft staan kijken. 'Staubi' is een merkwaardige naam. Een naam die niets betekent, ook niet in het dialect. Niemand weet waar hij vandaan komt. Zelfs Diodème heeft in de papieren die hij heeft bestudeerd en onderzocht nooit enige aanwijzing gevonden over de oorsprong of betekenis ervan. Namen zijn bizar. Soms weet je niets van een naam, hoewel je hem aan één stuk door gebruikt. Het is eigenlijk hetzelfde als met sommige mensen die je al jarenlang tegenkomt maar nooit leert kennen en die zich dan op een dag aan je openbaren op een manier waarvan je nooit zou verwachten dat ze zo konden zijn.

Ik weet niet waar de Anderer aan dacht toen hij voor het eerst onze daken en schoorstenen zag. Hij was er. De reis was ten einde. Hij was hiernaartoe gereisd en nergens anders. Dat was wat Beckenfür ervan begreep, en wij later ook. Er was geen vergissing in het spel. De Anderer was hier uit eigen beweging naartoe gekomen, daar kon geen twijfel over bestaan, en het was een tocht die hij had gepland – hij had spullen bij zich, het was geen gril of bevlieging geweest.

Zelfs het tijdstip van aankomst had hij berekend. Een tijdstip dat dicht langs de grond scheert, waarop het licht de dingen optilt – de bergen die het dal bewaken, de bossen, de weiden, de muren, de gevels, de levende hagen en de stemmen – om ze mooier en majestueuzer te maken. Een tijdstip dat niet volkomen transparant is, zodat iedere gebeurtenis een uniek patina krijgt, en de aankomst van een vreemdeling iets teweegbrengt in een dorpje van vierhonderd zielen dat het ook in gewone tijden al druk genoeg heeft met wroeten in de hersenen. Maar wel een tijdstip dat nog aan de stervende dag is verbonden en daardoor eerder nieuwsgierigheid opwekt dan angst. De angst komt later, als de luiken voor de ramen zijn gesloten, als het laatste houtblok in de as is gelegd en de stilte zijn koninkrijk uitstrekt tot in de verste hoeken van de huizen.

Ik heb het koud. Mijn vingertoppen verstenen, ze worden glad en hard. Ik zit in het berghok van mijn huis, omringd door planken, potten, zaaigoed, stukken touw en stoelen die opnieuw gemat moeten worden: een hele santenkraam die op instorten staat. Hier verzamelt zich het schuim der natie. En hier zit ik. Het was mijn eigen idee. Ik moet me afzonderen, om te proberen orde te scheppen in deze gruwelijke geschiedenis.

We wonen al bijna tien jaar in dit huis. Zodra we het konden betalen, met geld dat we gespaard hadden van mijn salaris en de verkoop van Emélia's borduursels, zijn we hier vanuit onze berghut naartoe verhuisd. Meester

Knopf schudde krachtig mijn beide handen toen ik mijn naam onder de koopakte had gezet: 'Nu ben je werkelijk thuis, Brodeck. Vergeet nooit dat je huis je land is.' Toen haalde hij glazen tevoorschijn en proostten we, alleen hij en ik, want de verkoper sloeg het glas af dat de notaris hem aanbood – Rudolf Sachs heette hij; hij droeg een monocle en witte handschoenen, was speciaal uit S. gekomen en keek ons uit de hoogte aan, alsof hij op een witte wolk leefde en wij in de modder. Het huis was van een oudoom van hem geweest, die hij nooit had gekend.

De berghut was de plek die ze ons ter beschikking hadden gesteld toen we hier waren aangekomen, Fédorine, de handkar en ik, nu al meer dan dertig jaar geleden. We kwamen van de andere kant van de wereld. De reis had weken geduurd, als een droom waar geen einde aan komt. We waren grenzen en rivieren overgestoken, heuvels, steden, bruggen, talen, volkeren, bossen en velden. Ik zat als een kleine prins op de kar, opgerold tegen de vracht en de buik van het konijn dat me met zijn fluwelen ogen aanstaarde. Iedere dag gaf Fédorine me brood, een appel en wat spek, dat ze tevoorschijn haalde uit grote zakken van blauwe stof, en ook woorden, woorden die ze zachtjes in mijn oor liet glijden, waarna ik ze door mijn mond weer tevoorschijn moest halen.

En toen kwamen we op een dag in dit dorp dat het onze zou worden. Fédorine zette de handkar stil voor de kerk en liet me de benen strekken. Het was een tijd waarin men nog niet bang was voor vreemdelingen, ook niet als ze straatarm waren. Iedereen kwam om ons heen staan. De vrouwen brachten ons eten en drinken. Ik herinner me de gezichten van de mannen die de handkar naar de berghut trokken, omdat ze niet wilden dat Fédorine nog iets zou hoeven doen. Ook pastoor Peiper was er, die nog jong was en vol vuur, en die nog geloofde in wat hij zei, en de burgemeester, een oude man met witte knevels en een achttiende-eeuwse haardracht, Sibelius Craspach geheten, die ooit gezondheidsofficier in het keizerlijk leger was geweest. Ze installeerden ons in de hut en lieten ons weten dat we er één nacht of jarenlang mochten blijven. Er stond een grote zwarte kachel, een bed van dennenhout, een kast, een tafel en drie stoelen, en dan was er nog een lege kamer. De houten wanden hadden de zachte, warme kleur van honing. Het was er lekker warm. 's Nachts konden we de wind horen fluisteren in de hoge takken van de dennenbomen om ons heen, en het houten huis kraakte als het werd geaaid door de adem van de haard. Ik sliep in met de gedachte aan eekhoorntjes, dassen en lijsters. Het was een paradijs.

Hier in het berghok ben ik alleen. Dit is geen plek voor vrouwen, jong of oud. 's Avonds strooien de kaarsen hier onwezenlijke schaduwen rond. De balken brengen een droog muziekje voort. Ik heb het gevoel dat ik heel ver weg ben. Ik heb het misschien onterechte idee dat ik hier door niets gestoord of geraakt kan worden, dat ik veilig ben voor alles en iedereen, hoewel ik midden in het dorp zit en er overal om me heen mensen zijn die alles van me weten, hoe ik adem, hoe ik beweeg en wat ik uitvoer.

Ik zette de typemachine op Diodèmes schrijftafel. Toen hij was overleden, heeft Orschwir alles laten weggooien en verbranden: zijn kleren, zijn schamele meubels en zijn romans, onder het mom dat er ruimte moest worden gemaakt om de nieuwe onderwijzer te huisvesten. Diodème werd vervangen door Johann Lülli, een zoon van de streek. Zijn ene been is korter dan het andere en hij heeft een mooie vrouw bij wie hij drie kinderen heeft verwekt, van wie de jongste nog in de kinderschoenen staat. Heel geletterd is hij niet, maar hij is ook niet dwaas. Voorheen was hij klerk op het gemeentehuis en nu schrijft hij letters en cijfers op het bord en laat de kinderen hun rijtjes opdreunen. Ook hij was erbij op de avond van de Ereigniës. Te midden van al die hoofden die me aankeken zag ik zijn rossige haardos en zijn schouders die zo breed en vierkant zijn dat het lijkt alsof hij altijd vergeet de kleerhanger uit zijn jas te halen voordat hij hem aantrekt.

Ik had Diodèmes tafel niet echt nodig, maar ik wilde graag iets van hem hebben, iets wat hij had aangeraakt, wat hem tot nut was geweest. Zijn tafel lijkt op hem. Twee verlijmde stukken geolied notenhout op vier eenvoudige poten, zonder franje of ornamenten. En een grote lade met een slot waarvan ik de sleutel niet heb. Ik ben nog niet zo nieuwsgierig dat ik hem heb opengebroken om te kijken of er iets in zit. Als ik aan de tafel schud, komt er geen enkel geluid uit. Ik denk dat hij leeg is.

IX

Ik kijk tegen de wand van het berghok aan. De schrijfmachine staat voor me. Het is stervenskoud. Niet alleen mijn vingers zijn versteend, maar ook mijn neus. Ik voel hem niet meer.

Als ik opkijk bij het zoeken naar de woorden zie ik de wand, en dan bedenk ik dat ik de tafel er misschien niet zo pal tegenaan had moeten schuiven. De wand heeft te veel persoonlijkheid. Hij is te aanwezig. Hij spreekt over het kamp. Daar was een wand die hierop leek.

Toen we in het kamp aankwamen, werden we naar de 'Büxte' gebracht – de Kist. Zo noemden de bewakers het kleine stenen hok van anderhalve bij anderhalve meter waarin je niet kon staan en niet kon liggen.

Met geschreeuw en knuppelslagen werden we uit de trein gejaagd. De weg naar het kamp moesten we rennend afleggen. Drie kilometer over een slechte weg, omringd door geschreeuw en honden die blaften en af en toe beten. Wie viel, werd ter plekke doodgeslagen. We waren verzwakt, we hadden al zes dagen niet gegeten en nauwelijks gedronken. Onze lichamen waren verstijfd. Onze benen konden ons nauwelijks dragen.

Naast mij liep een student, Moshe Kelmar geheten, die in dezelfde wagon had gezeten als ik. Zes dagen lang hadden we met elkaar gepraat, stikkend in de grote bankschroef die als een naaktslak door een landschap kroop dat we niet eens konden zien, terwijl onze keel zo droog werd als stro aan het einde van augustus en de mensenmassa om ons heen kreunde en huilde. Er was geen lucht, er was geen ruimte. Er waren bejaarden, jonge meisjes, mannen en vrouwen. Vlak bij ons stond een moeder met een kind van een paar maanden oud. Een heel jonge moeder en haar kindje. Ik zal ze van mijn leven niet vergeten.

Kelmar sprak de taal van Fédorine, de duizend jaar oude taal die zij in mij had geplant en die zonder moeite of vertraging weer naar mijn lippen steeg. Hij was zeer belezen, en hoewel hij zijn hele leven in de Hoofdstad had gewoond, dat wil zeggen ver van ons, ver van de bergen, kende hij de namen van heel veel bloemen – zelfs de ravijnmaagdenpalm, die in onze streek geldt als een legendarische bloem. Hij had nog nooit een voet op het hoogland gezet en stelde zich er van alles van voor. Hij had meisjesvingers, dun blond haar en een fijn gezicht. Hij droeg een overhemd van prachtig linnen dat ooit wit was geweest, met geborduurde slingermotiefjes op de borst, het soort overhemd dat je aantrekt voor een bal of een amoureuze ontmoeting.

Ik vroeg naar nieuws uit de Hoofdstad, die ik in mijn studietijd had leren kennen. In die tijd staken veel mensen uit onze provincie de grens over om ernaartoe te gaan. Hoewel de stad deel uitmaakte van het land van de Fratergekeime was onze streek er tijdens het Keizerrijk zo veel decennia lang mee verbonden geweest dat wij ons er nog steeds thuis voelden. Kelmar sprak over de cafés waar de studenten kwamen om er warme wijn te drinken en kaneeltaart met sesamzaad te eten, over de Elsipromenade die rondom het prachtige meer loopt waar je ’s zomers je meisje mee naartoe neemt om te varen en

’s winters om te schaatsen, over de Grote Bibliotheek in de Glockenspielstraat met de duizenden boeken met gouden band, over de eetzaal van Stüpe waar een dikke vrouw, Fra Geliche, de rol van onze moeder op zich nam en onze borden vol schepte met lepels ragout en soep met worst. Maar op mijn vragen over de plekken die ik had gekend en waarvan ik had gehouden, antwoordde Kelmar meestal dat hij er al minstens drie jaar niet was geweest, sinds de dag dat hij en alle anderen die ‘Fremdër’ werden genoemd, waren opgesloten in het oude deel van de Hoofdstad, waarvan een getto was gemaakt.

Maar binnen die omheining was één plaats waar hij vaak geweest was en waarover hij uitgebreid vertelde, een plek die mij zo dierbaar was dat ook nu nog alleen al het horen van die naam mijn hart sneller doet kloppen en een glimlach in mijn geest brengt: het kleine Stüpispieltheater, dat een piepklein podium had en niet meer dan vier rijen stoelen. De uitvoeringen die er werden gegeven, waren zonder twijfel de slechtste van de stad, maar de toegang was zo goed als gratis en in de koude dagen van november en december was het zaaltje heerlijk warm en zo zacht als een hooimijt.

Op een avond was ik er geweest in gezelschap van Ulli Rätte, een studievriend en bon vivant met een eeuwige lach als een waterval van koperen munten, die een oogje had op een aankomend actrice, een nogal ronde brunette die een bijrolletje speelde in een klucht waar kop noch staart aan zat. Ik zat half te dommelen toen er twee stoelen verderop een jong meisje ging zitten. Haar kleren, te dun voor het seizoen, maakten duidelijk dat ze hier om dezelfde reden kwam als ik. Ze rilde een beetje. Ze leek op een vogeltje, een kwiek, breekbaar koolmeesje. Met haar bleekroze lippen iets van elkaar glimlachte ze. Ze blies op haar kleine handen, draaide zich naar me toe en keek me aan. Een oud liedje uit de bergen zegt dat wanneer de liefde op je voordeur klopt, je niets anders meer ziet dan de voordeur en verder alles verdwijnt. Onze blikken spraken meer dan een uur met elkaar, en toen we als automaten het theater uit liepen, hadden we de koude buitenlucht nodig om ons uit onze droom te halen. Er viel wat sneeuw op onze schouders. Ik raapte de moed bijeen om te vragen hoe ze heette. Ze antwoordde, en haar naam was het kostbaarste geschenk dat ik had kunnen krijgen. Die nacht mompelde ik aan één stuk door haar naam, alsof de engel met de hazelnootkleurige ogen die hem droeg als bij toverslag aan mij zou verschijnen als ik hem maar vaak genoeg herhaalde: 'Emélia, Emélia, Emélia...'

Kelmar en ik kwamen op hetzelfde moment uit de wagon. We renden en beschermden het hoofd met onze handen. De bewakers schreeuwden. Sommigen slaagden er zelfs in om te schreeuwen en te lachen tegelijk. Het leek één groot toneelstuk, ware het niet dat er werd gekreund en het naar bloed rook. Kelmar en ik stikten bijna. We hadden al zes dagen niets gegeten en bijna niets gedronken. Onze benen konden ons nauwelijks dragen. Onze gewrichten waren verroest. We renden zo hard we konden. Er kwam geen einde aan. De ochtend begon zijn bleke licht op de weilanden in de omgeving te werpen, hoewel de zon nog niet aan de hemel was verschenen. We renden langs een grote, kromme eikenboom waarvan het bladerdak gedeeltelijk door bliksem was verschroeid. Niet veel later bleef Kelmar opeens staan.

'Verder ga ik niet, Brodeck.'

Ik zei dat hij gek geworden was, dat de bewakers er aankwamen, dat ze zich op hem zouden storten en hem zouden vermoorden.

'Verder ga ik niet. Ik kan niet leven met wat we allebei weten...' herhaalde hij.

Ik probeerde zijn mouw te pakken en hem tegen zijn zin mee te trekken. Ik kreeg geen beweging in hem. Ik trok nog harder. Ik hield een stuk van zijn overhemd in mijn hand. In de verte begonnen de bewakers iets in de gaten te krijgen. Hun gesprek stokte en ze keken onze kant op.

'Kom nou, schiet op!' smeekte ik.

Kelmar ging rustig midden in het stof van de weg zitten. Hij zei het opnieuw: 'Verder ga ik niet,' heel zachtjes, heel rustig, als iemand die een belangrijk besluit uitspreekt dat hij allang in de stilte van zijn gedachten heeft overdacht.

De bewakers kwamen op ons af, steeds sneller, en begonnen te schreeuwen.

'Kelmar...' mompelde ik, 'Kelmar... kom nou, ik smeek je!'

Hij keek me aan met een glimlach.

'Denk aan me als je terugkeert naar je land; als je je ravijnmaagdenpalm vindt, denk dan aan de student Moshe Kelmar. En vertel het, vertel alles. Over de wagon en over vanochtend, Brodeck, vertel het namens mij, vertel het namens iedereen...'

Opeens vlogen mijn lendenen in brand. De tweede stokslag raakte mijn schouder. De bewakers hadden ons bereikt, en ze brulden en sloegen. Kelmar deed zijn ogen dicht. Een van de bewakers gaf me een duw en schreeuwde dat ik op moest rotten. Een volgende klap deed mijn lippen openbarsten. Het bloed stroomde mijn mond in. Ik begon weer te rennen, huilend, niet vanwege de pijn maar vanwege Kelmar, die zijn keuze had gemaakt. Het gebrul klonk verder weg. Ik draaide me om. De twee bewakers hadden zich op de student gestort. Zijn lichaam vloog heen en weer als een marionet waarvan bullebakken voor de lol alle gewrichten en mechaniekjes hebben vernield. En ik dacht dat ik opnieuw de avond van de 'Pürische Nacht' – de nacht van de Zuivering – meemaakte, maar nu in een gruwelijke samenvatting.

Die ravijnmaagdenpalm ben ik hier in de bergen nooit tegengekomen. Maar wel in een boek, in een heel kostbaar boek: het is een vrij kleine bloem met een dunne stengel en diepblauwe bloemblaadjes die zo dicht op elkaar staan dat ze nooit echt kunnen ontluiken. Misschien bestaat hij al niet meer. Misschien heeft de natuur besloten hem voor altijd uit de grote catalogus te verwijderen en de mensen zijn schoonheid te onthouden, omdat ze die niet meer verdienen.

Aan het einde van de weg, het einde van mijn tocht, bevond zich de ingang van het kamp, een grote, bewerkte smeedijzeren poort, als de ingang van een pretpark of een siertuin. Aan weerszijden stonden vrolijk roze en groen geschilderde wachttorens met bewakers die stram in de houding stonden, en onder de poort hing een grote, glimmende haak, het soort haak waar slagers runderen aan ophangen. Aan die haak hing iemand met zijn handen vastgebonden op zijn rug, een touw om zijn nek, opengesperde ogen die uit de kassen puilden en een dikke, opgezwollen tong die op zijn lippen hing – een arme stakker die als een broer op ons leek en op wiens magere borstkas een bord hing waarop in hun taal, de taal van de Fratergekeime, die de tweelingzus van de onze was geweest, stond geschreven: 'Ich bin nichts.' Hij deinde een beetje in de wind. Drie kraaien zaten niet ver van hem vandaan te wachten en loerden op zijn ogen alsof het lekkernijen waren.

Iedere dag werd er iemand onder de poort van het kamp opgehangen. Iedereen bedacht 's ochtends bij het opstaan dat het nu wel eens zijn beurt zou kunnen zijn. De bewakers haalden ons uit de barakken waar we de nacht doorbrachten, dicht samengepakt op de blote aarde; we moesten in rijen gaan staan en dan moesten we heel lang wachten, ongeacht het weer; we moesten wachten totdat er iemand werd uitgekozen, het slachtoffer van de dag. Soms werd het in een oogwenk besloten. Andere keren werd er om ons gedobbeld of gekaart. En wij moesten vlak bij ze staan wachten, onbeweeglijk en in kaarsrechte rijen. Hun spelletjes duurden eindeloos, en ten slotte mocht de winnaar zijn keuze maken. Hij liep de rijen af. We hielden onze adem in. We probeerden ons zo onopvallend mogelijk te maken. De bewaker nam de tijd. Uiteindelijk bleef hij voor een van de gevangenen staan, raakte hem aan met de punt van zijn knuppel en zei eenvoudig: 'Du.' Wij, de anderen, voelden in ons binnenste een waanzinnige vreugde opkomen, een lelijke blijdschap die slechts tot de volgende ochtend standhield, tot de volgende ceremonie, maar die het mogelijk maakte vol te houden.

De 'Du' vertrok met de bewakers. Ze liepen richting de poort. Hij moest omhoogklimmen naar de haak, de gehangene van de vorige dag losmaken, hem op zijn rug naar beneden dragen, een kuil graven en hem erin begraven. Daarna hingen de bewakers hem het bord met 'Ich bin nichts' om, kreeg hij de strop om zijn nek, moest hij het krukje beklimmen en wachten tot de Zeilenesseniss er was.

De Zeilenesseniss was de vrouw van de kampcommandant. Ze was jong en vooral onmenselijk mooi, dankzij een overvloed aan blondheid en blankheid. Ze wandelde vaak door het kamp, en dan was het op straffe des doods verboden onze blik met de hare te kruisen.

De Zeilenesseniss miste de ochtendophanging nooit. Ze kwam langzaam aanlopen, fris, haar wangen rozig van zuiver water, zeep en crème, en soms blies de wind haar geur naar ons toe, een geur van blauweregen, en sindsdien kan ik geen blauweregen meer ruiken zonder over te geven en te huilen. Haar kleren waren schoon. Ze was onberispelijk gekapt en gekleed, en wij, die een paar meter van haar vandaan stonden, werden opgevreten door het ongedierte in onze kleur- en vormeloze lompen; onze smerige huid stonk, onze schedels zaten vol korsten, onze botten staken aan alle kanten uit – we maakten deel uit van een andere wereld dan zij.

Ze kwam nooit alleen. Ze droeg altijd haar kind op de arm, een zuigeling van een paar maanden oud, versierd met mooie linten. Ze wiegde hem, fluisterde in zijn oor en zong kinderliedjes voor hem – eentje herinner ik me, het ging zo: '*Welt, Welt von licht/ Manns hanger auf all recht/ Welt Welt von licht/ Ô mein kinder so wet stillecht*' – 'Wereld, wereld van licht/ Op alles ligt de hand der mensen/ Wereld, wereld van licht/ O mijn kindje slaap zacht.'

Het kind was altijd rustig. Hij huilde nooit. Soms sliep hij, maar dan wekte ze hem met kleine, uiterst tedere gebaren, en zodra hij zijn ogen opendeed en met zijn armpjes en beentjes begon te spartelen en naar de hemel geeuwde, maakte ze de bewakers met een eenvoudige hoofdknik duidelijk dat de ceremonie kon beginnen. Een van hen gaf een harde trap tegen het krukje, en het lichaam van de 'Du' viel naar beneden en werd opgevangen door het touw. De Zeilenesseniss bleef een paar minuten staan kijken en dan verscheen er een glimlach om haar lippen. Ze miste niets van het gespartel, het gerochel, de voeten die in de leegte trapten op zoek naar vaste grond, het gegrom van de ingewanden die zich leegden, en ten slotte de verslapping en de diepe stilte. Dan drukte ze een lange kus op het voorhoofd van haar kind, dat soms een beetje huilde, niet uit angst maar omdat hij honger had en gezoogd wilde worden, en ging ze kalm weer weg. De drie kraaien namen hun plaatsen in. Of het iedere dag dezelfde waren, weet ik niet. Ze leken allemaal op elkaar. De bewakers leken ook op elkaar, maar die vraten geen ogen, die namen genoegen met levens. Net als zij. Net als de vrouw van de directeur. Die vrouw die we onderling de bijnaam 'Zeilenesseniss' hadden gegeven: de Zieleneetster.

Later heb ik nog vaak aan dat kind van haar gedacht. Is hij dood, net als zij? Of leeft hij nog? Als hij nog leeft, is hij even oud als mijn kleine Poupchette. Hoe zou het gaan met dat kind, dat maandenlang 's ochtends werd gevoed met de lauwe melk uit zijn moeders borst en de aanblik van honderden ophangingen? Waar droomt hij van? Wat zegt hij? Kan hij nog lachen? Is hij zijn verstand verloren? Is hij alles vergeten of is er een regelmatig terugkerende gedachte in zijn kinderhersens van schokkende lichamen die steeds dichter bij de dood komen, verstikt gejank, tranen over holle grijze wangen, scherp gekras van vogels?

De eerste dagen in het kamp, in de Büxte, praatte ik aan één stuk door met Kelmar, alsof hij nog leefde. De Büxte was een cel zonder ramen. Het enige daglicht kwam onder de grote, met ijzer beslagen deur door. Als ik mijn ogen opendeed zag ik de muur tegenover me. Als ik mijn ogen dichtdeed zag ik Kelmar, en achter hem, verder weg, heel ver weg, Emélia met haar lieve ranke schoudertjes, en nog verder weg Fédorine, die huilde en zachtjes haar hoofd schudde.

Ik weet niet hoeveel tijd ik met die muur en die drie gezichten in de Büxte heb doorgebracht. Het moet heel lang geweest zijn. Weken, misschien wel maanden. Maar hoe dan ook: dagen, weken, maanden – het betekende allemaal niets in het kamp. De tijd telde niet.

De tijd bestond niet meer.

X

Ik zit nog steeds in het berghok. Ik kan mezelf niet tot bedaren brengen. Ongeveer een halfuur geleden meende ik bij de deur een vreemd, schurend geluid te horen. Ik hield op met typen en spitste mijn oren. Niets. Het geluid was verdwenen. Ik hield lang mijn adem in. Toch wist ik zeker dat ik iets gehoord had. Inderdaad, ik had niet gedroomd: iets later hoorde ik het weer, maar nu niet meer bij de deur maar bij de zijwand; het geluid verplaatste zich heel langzaam, alsof er iets rondkroop. Ik blies de kaars uit, haalde het papier uit de machine en verstopte het onder mijn overhemd; toen kroop ik weg in de hoek bij een oude mand vol kolen en rapen, achter het gereedschap. Het geluid hield aan en kwam nog steeds langzaam dichterbij, het gleed langs de wanden van het berghok.

Het duurde lang. Af en toe was het stil, dan begon het weer opnieuw. Tergend langzaam verplaatste het zich om het berghok. Het geluid gaf me het gevoel dat ik klem zat in een onzichtbare bankschroef, terwijl een even onzichtbare hand zich steeds vaster om mij sloot.

Het geluid had een volledige ronde gemaakt en klonk weer bij de deur. Ik zag de ijzeren deurklink bewegen; geluidloos ging hij naar beneden. Ik dacht aan de sprookjes uit Fédorines herinnering, waarin voorwerpen kunnen praten, kastelen in één nacht in vlaktes en bergen veranderen, koninginnen duizend jaar slapen, bomen in ridders blijken te veranderen als ze hun wortels naar boven steken die kelen omklemmen en dichtknijpen, en waarin bronnen je wonden en het grootste verdriet kunnen genezen.

De deur kwam geluidloos op een kiertje te staan. Ik probeerde me nog kleiner te maken, weg te kruipen in het donker. Ik zei nog steeds geen woord. Ik hoorde mijn hart niet meer. Het leek niet meer te slaan, het leek te wachten tot er iets gebeurde. Toen greep een hand de deur beet en duwde hem open. Tussen twee wolken liet de maan zijn gezicht zien. De gestalte van Göbbler, zijn kop als een hoenderhok tekende zich af in de deuropening, als het silhouet van zo'n monster of trol die de straatverkopertjes bij de Albergeplatz in de Hoofdstad uit zwart rookpapier knippen.

De luchtstroom door de deuropening bracht de geur van bevroren sneeuw mee. Göbbler bewoog niet en keek rond in de duisternis. Ik bewoog me niet. Ik wist dat hij me niet kon zien waar ik zat – ik zag hem trouwens ook niet, maar ik rook hem, zijn geur van natte vogels en kippenhokken.

'Lig je nog niet in bed, Brodeck? Waarom geef je geen antwoord? Ik weet dat je er bent, maar daar hoef je niet van op te kijken, want er kwam licht onder de deur door en ik hoorde je typemachine...'

De duisternis gaf zijn stem een bizarre klank.

'Ik let op je, Brodeck... Pas goed op!'

De deur ging weer dicht en Göbblers silhouet verdween. Een paar seconden lang hoorde ik zijn voetstappen. Ik dacht aan zijn grote laarzen van ingevet leer en de modderige zolen die op het dunne laagje sneeuw een smerig bruin spoor zouden achterlaten.

Een tijdlang bleef ik onbeweeglijk in de hoek zitten. Ik ademde zo min mogelijk en ik maande mijn hart tot kalmte. Ik praatte ertegen alsof het een dier was.

Buiten begon de wind nog harder te blazen. Het berghok schudde. Ik had het koud. Plotseling maakte mijn angst plaats voor woede. Wat moest die kippenkoopman van me? Waar bemoeide hij zich mee? Ik hield hem toch ook niet in de gaten, of dat dikke wijf van hem? Met welk recht liep hij zonder kloppen bij me binnen om me met zoveel woorden te bedreigen? Het feit dat hij en de anderen de meest afschuwelijke misdaad hadden begaan maakte nog geen rechter van hem! Ik was hier nog altijd degene die onschuldig was! Ik! Als enige! Als enige...

Als enige.

Ja, als enige.

Toen ik dat bedacht, besefte ik hoe gevaarlijk het klonk, en hoe weinig verschil er is tussen een onschuldige te midden van schuldigen en een schuldige te midden van onschuldigen. Ik begon me ook af te vragen waarom op die beruchte avond, de avond van de Ereigniës, alle mannen van het dorp op hetzelfde tijdstip bij elkaar waren gekomen in de herberg van Schloss – alle mannen, behalve ik. Daar had ik nog niet eerder aan gedacht. Daar had ik nog niet aan gedacht, omdat ik er tot dan toe heel naïef van uit was gegaan dat het stom geluk was dat ik er niet bij was geweest, en er verder niet meer bij had stilgestaan. Maar het kon toch eigenlijk geen toeval zijn dat ze allemaal op hetzelfde moment hadden besloten een glas wijn of een kan bier te gaan drinken? Ze waren er allemaal geweest, dus dat betekende dat ze hadden afgesproken, en bij die afspraak was ik niet betrokken geweest. En waarom niet? Waarom niet?

Ik begon weer te rillen. Ik tastte nog steeds in het duister: de duisternis van het berghok en die van mijn vragen. En plotseling zigzagde de herinnering aan de eerste dag door mijn hoofd als een zaag door hout dat nog te nat is. De dag van mijn terugkeer. Van mijn terugkeer uit het kamp, toen ik na mijn lange voettocht weer door de straten van het dorp liep.

Ik zag de gezichten weer voor me van iedereen die ik toen was tegengekomen: de gezusters Glacker bij de poort, de oudste met haar veldmuizenhoofd en de jongste met de ogen die verdrinken in het vet; toen, in de steeg waar de pers staat, Gott, de ijzersmid, met de rossige vacht op zijn armen, moeder Fülltach voor haar café op de hoek van de Unteralsteeg, Ketzenwir die bij de Biederfontein een zieke koe voorttrok, Otto Mielk die zijn buik met beide handen vasthield, die onder het afdakje van de markthal met boswachter Prossa stond te praten en wiens mond bij het zien van mijn gestalte zo wijd open zakte dat de kleine geknakte sigaar tussen zijn lippen uit viel; daarna al die mensen die uit hun huizen tevoorschijn kwamen als uit hun graven, en die een zwijgende cirkel om me heen vormden, die me bleven omringen totdat ik thuis was, en ook degenen die snel naar binnen gingen en haastig hun deuren sloten, alsof ik een hele vracht van ongeluk en haat meebracht en wraak door de lucht zou strooien als koude as.

Als ik het talent van de Anderer zou hebben, had ik hun gezichten met verf en kwasten kunnen schilderen, vooral hun ogen, ogen waarin ik indertijd niets anders dan verbazing las, maar die ik nu beter meen te doorgronden en waarvan ik vermoed dat er nog allerlei andere dingen in lagen, net zoals er in de waterplassen die aan het einde van de zomer achterblijven in de uitgedroogde venen van de open plek van Trauerprintz allerlei rottige beestjes ronddrijven, minuscule monden die alles verslinden wat een belemmering zou kunnen vormen voor de vervulling van hun eigen, nietige lotsbestemming.

Ik kwam uit het diepst van de aarde. Ik had het geluk dat ik uit de Kazerskwir had weten te komen door langs de wanden omhoog te klimmen, en iedere meter die ik aan hoogte won was een wedergeboorte geweest.

Maar mijn lichaam was het lichaam van een dode. En in de dorpen en steden waar ik op mijn lange reis doorheen was gekomen, vluchtten de kinderen huilend weg alsof ze de duivel zagen, terwijl de mannen en de vrouwen naar buiten kwamen, heel dicht bij me kwamen staan, me haast aanraakten en zich om me heen verdrongen.

Zo nu en dan kreeg ik wat brood, een stuk kaas, een in de as gegaarde aardappel. Maar soms werden er steentjes naar me gegooid en werd ik bespuugd en uitgescholden, alsof ze een kwade geest op hun pad troffen. Maar in vergelijking met waar ik vandaan kwam, stelde het allemaal niets voor. Ik wist dat ik te ver weg was geweest, en dat dat geen kwestie van louter kilometers was. Ik kwam uit een land dat in hun geest niet bestond, een land dat nooit op welke landkaart dan ook zou staan, dat in geen enkel verhaal was beschreven, dat in een paar maanden uit de grond was gestampt maar de herinnering nog eeuwenlang zou verzwaren.

Hoe ik zo ver heb kunnen lopen, hoe ik al die wegen aan mijn blote voeten heb weten te rijgen, zou ik niet kunnen zeggen. Misschien omdat ik zonder het te weten al dood was. Ja, misschien was ik ook omgekomen, net als de rest van het kamp, maar wist ik het alleen nog niet, wilde ik het niet weten en had ik zo de bewakers van de Hel, de echte Hel, in slaap gesust zodat ze ermee akkoord waren gegaan dat ik rechtsomkeert maakte, omdat er toch massa's mensen aan de poort kwamen en omdat ze wisten dat ik op een dag wel terug zou komen om mijn plaats in de grote schare in te nemen.

Ik liep en ik liep en ik liep. Ik was op weg naar Emélia. Ik liep naar haar toe. Ik was op de terugweg. Ik zei onophoudelijk dat ik naar haar terugging. Aan de horizon zag ik haar, haar zachtheid, haar lach, haar huid, haar stem van fluweel en van schelpjes, haar accent van elders dat ieder woord dat ze zei zo onhandig liet klinken als een kind dat over een steen struikelt en bijna ten val komt, zijn evenwicht hervindt en dan in lachen uitbarst. En ik rook haar geur van eindeloze hemel, mos en zon. Ik praatte met haar. Ik zei haar dat ik terugkwam. Emélia. Mijn Emélia.

Ik moet zeggen dat niet iedereen die ik op mijn lange reis ontmoette me behandelde als een zwerfhond of een aan de pest lijdende bedelaar. Want er was ook de oude man.

Op een avond, toen ik nog aan de andere kant van de grens was, bij de Fratergekeime, bereikte ik een stadje dat als door een wonder gespaard was gebleven, zodat alle huizen nog overeind stonden; er waren geen scheuren, geen gapende gaten, geen ingestorte daken, geen afgebrande boerderijen. De kerk stond nog rechtop, ongeschonden, en waakte over het kerkhofje dat zich aan zijn voeten uitstrekte, omringd door goed onderhouden moestuinen en een lindenlaantje. De winkels waren niet geplunderd. Het gemeentehuis was onbeschadigd en bij de drinkbakken van de grote fonteinen stonden prachtige koeien met een bruine vacht en vredige ogen in stilte hun dorst te lessen, terwijl de jongen die op ze paste en ze naar de melkplaats bracht met een rode houten tol speelde.

De oude man zat op een bankje tegen de gevel van een van de laatste huizen van het stadje. Hij leek te slapen, zijn pijp was uit en hij leunde met zijn handen op een wandelstok van hulst. De helft van zijn gezicht ging schuil achter een vilten hoed. Ik was hem al voorbijgelopen toen ik hem hoorde roepen, met een trage stem, een stem die aanvoelde als een broederlijke hand die op je schouder wordt gelegd: 'Komt u eens... Kom toch...'

Even dacht ik dat ik zijn stem in mijn dromen hoorde.

'Ja, ik heb het tegen u, jongeman!'

Een merkwaardige manier om me aan te spreken: jongeman. Ik moest er haast om glimlachen. Maar ik wist niet meer hoe dat moest. De spieren van mijn mond, mijn lippen, mijn ogen waren het vergeten en mijn gebroken tanden deden pijn.

Ik was geen jongeman meer. In het kamp was ik een paar eeuwen ouder geworden. Ik had al zo veel gezien. En terwijl wij daar die rare leergang doorliepen, verdampten onze lichamen. Rond als een tonnetje was ik vertrokken, nu zag ik mijn huid strak om mijn botten spannen. We waren allemaal op elkaar gaan lijken. We waren identieke schimmen geworden. We waren inwisselbaar, je kon er dagelijks een paar van ons afmaken omdat je er met hetzelfde gemak weer een paar kon toevoegen: niemand die het merkte. Het kamp werd altijd bewoond door dezelfde gedaantes, dezelfde knokige gezichten. We waren niet langer onszelf. We waren niet langer ons eigen bezit. We waren geen mensen meer. We waren alleen nog maar een soort.

XI

De oude man nam me mee naar zijn huis, dat rook naar frisse steen en hooi. Mijn bagage kon ik neerzetten op een prachtig opgewreven buffet – niet dat die bagage zo veel voorstelde: twee of drie lompen die ik op een ochtend uit de as van een schuur had getrokken, en een flard van een deken die nog naar vuur rook.

In de eerste kamer, die een heel laag plafond had en rondom was bekleed met dennenhout, stond een ronde gedekte tafel, alsof hij me verwacht had. Op het katoenen tafellaken stonden twee borden tegenover elkaar, en in een aardewerken vaasje stond een boeket veldbloemen, teer en ontroerend, dat bij het minste zuchtje tocht bewoog en dan een geur verspreidde die andere geuren in herinnering bracht.

Met een mengeling van verdriet en vreugde dacht ik terug aan de student Kelmar, maar de oude man legde een hand op mijn schouder en gaf me met een knikje te kennen dat ik moest gaan zitten.

'Wat u nodig hebt, is een goede maaltijd en een goede nachtrust. Mijn dienstmeisje heeft voordat ze naar huis ging konijn in het groen en pruimentaart gemaakt. Ze staan op u te wachten.'

Hij vertrok naar de keuken en keerde terug met een schotel van groen aardewerk, waarop een konijn lag, omringd door wortels, rode uien en tijmtakjes. Ik was niet in staat te bewegen of een woord uit te brengen. De oude man kwam bij me staan en schepte me overvloedig op; toen sneed hij een dikke snee witbrood voor me af. Hij vulde mijn glas met helder water. Ik wist niet zeker meer of ik hier echt was, of dat dit een van die regelmatig terugkerende wensdromen was die me 's nachts in het kamp kwamen bezoeken.

Hij ging tegenover me zitten.

'Sta toe dat ik niet mee-eet; op mijn leeftijd eet men nauwelijks meer, maar tast u alstublieft toe.'

Hij was de eerste in lange tijd die tegen me sprak alsof ik een mens was. De tranen sprongen me in de ogen. Het waren ook de eerste tranen in lange tijd. Ik omklemde de armleuningen van mijn stoel alsof ik mijn best moest doen niet in de afgrond te vallen. Ik deed mijn mond open om iets te zeggen, maar het lukte me niet.

'Zeg maar niets,' vervolgde hij. 'Ik vraag u niets. Ik weet niet waar u vandaan komt, maar ik denk dat ik het wel kan raden.'

Ik voelde me net een kind. Mijn bewegingen waren onhandig, gehaast, onsamenhangend. Hij keek me vriendelijk aan. Ik vergat mijn gebroken tanden en ik wierp me op het eten, zoals ik me in het kamp op de koolstronken, aardappels of broodkorsten had gestort die de bewakers me toewierpen. Ik at het hele konijn en al het brood op; ik likte de schaal af, toen verslond ik de pruimentaart. In mij voelde ik nog altijd de angst dat het eten weer zou worden afgepakt als ik te lang zou treuzelen. Mijn maag was voller dan hij in maanden was geweest; het deed pijn. Het voelde alsof hij uit elkaar zou barsten en dat ik hier, in dit heerlijke huis, onder de welwillende blik van mijn gastheer zou sterven omdat ik eerst bijna van honger was omgekomen en me nu had volgevreten.

Toen ik de schaal en het bord had schoongelikt en alle kruimels met mijn vingertoppen van de tafel had geplukt, bracht de oude man me naar mijn kamer. Er stond een houten kuip met warm zeepwater op me te wachten. Mijn gastheer kleedde me uit, zette me in de kuip en waste me. Het water stroomde over mijn huid die geen kleur meer had en die stonk naar vuil en pijn, maar de oude man waste mijn lichaam zonder walging, zo zacht als een vader.

De volgende dag werd ik wakker in een hoog mahoniehouten bed, tussen schone, gesteven geborduurde lakens die roken naar de wind. Aan alle muren van de kamer hingen gravures van besnorde mannen met een bef; sommige droegen militaire kentekenen. Ze keken me allemaal aan, maar konden me niet zien. Het zachte bed deed pijn aan mijn ledematen. Ik had moeite met opstaan. Door het raam kon je de goed onderhouden akkers rondom de stad zien, sommige waren al ingezaaid, andere werden omgeploegd door trekdieren die eggen voorttrokken die de aarde doorkliefden en beluchtten: het was lichte, zwarte aarde, heel anders dan de aarde bij ons, die rood en zo kleverig als vogellijm is. De zon stond dicht bij de met populieren en berken getande horizon. Wat ik aanzag voor de dageraad was in werkelijkheid de avondschemering. Ik had een nacht en een dag geslapen: een diepe, droomloze slaap, ononderbroken, ongeschonden. Ik voelde me tegelijk zwaar en bevrijd van een last waarvan ik niet eenvoudig zou kunnen beschrijven waaruit die bestond.

Op een stoel lagen schone kleren op me te wachten en ook een paar loopschoenen van sterk, soepel leer: onverslijtbare schoenen die ik terwijl ik dit schrijf nog steeds draag. Toen ik me had aangekleed, zag ik een man die me aankeek vanuit de spiegel, iemand die ik uit een ander leven meende te herkennen.

Mijn gastheer zat buiten op het bankje voor zijn huis, net als de vorige avond. Hij trok aan zijn pijp en blies rook naar de hemel, die aangenaam geurde naar honing en varens. Hij nodigde me uit naast hem te komen zitten. Toen besefte ik dat ik nog geen woord tegen hem had gezegd.

'Ik heet Brodeck.'

Hij trok wat harder aan zijn pijp; zijn gezicht verdween een ogenblik achter de geurende rook en toen herhaalde hij zachtjes: 'Brodeck... Brodeck... Ik ben erg blij dat u mijn uitnodiging hebt aangenomen. Ik vermoed dat u nog een lange weg te gaan hebt voordat u thuis bent...'

Ik wist niet wat ik moest zeggen. Ik was het spreken en denken ontwend.

'Begrijp me niet verkeerd,' vervolgde de oude man, 'maar soms is het beter om niet terug te gaan naar waar je vandaan komt. Je herinnert je wat je hebt achtergelaten, maar je weet niet wat je terugvindt, vooral wanneer de mensen zo lang waanzinnig zijn geweest. U bent nog jong... Vergeet dat niet.'

Zijn pijp was uitgegaan; hij streek een lucifer af aan de poot van de bank om hem weer aan te steken. De zon was inmiddels definitief naar de andere kant van de wereld gevallen. Alles wat er nog van resteerde aan de horizon waren roodachtige sporen, kladderige strepen vuur die uiteindelijk tegen de velden aan klotsten. Boven ons hoofd sloegen golven zwarte inkt in de bleekheid van de hemel, en tussen de strepen van de laatste zwaluwen begonnen een paar sterren hun schittering rond te strooien.

'Er wordt op me gewacht.'

Iets anders wist ik niet uit te brengen.

De oude man knikte langzaam. Ik slaagde erin het nog eens te zeggen, maar wie er op me wachtte vertelde ik niet, Emélia's naam sprak ik niet uit. Die had ik zo diep in mijn binnenste bewaard dat ik hem nu niet naar buiten durfde te laten komen, alsof ik hem dan zou kunnen kwijtraken.

Vier dagen bleef ik bij hem. Ik sliep als een os en at als een god. De oude man keek me welwillend aan, schepte me altijd opnieuw op, maar at zelf nooit iets. Soms zweeg hij. Soms voerde hij hele gesprekken met me. Gesprekken met slechts een enkele stem, de zijne, maar het leek hem niet te deren dat het een monoloog was, en zelf schepte ik er een merkwaardig genoegen in om door zijn woorden te worden omringd. Ze gaven me het gevoel dat ik terugkeerde naar de taal, de taal waarachter zich een mensheid bevond, uitgeblust, zwak en nog altijd ziek, maar die niets liever wilde dan genezen.

Ik kwam weer wat op krachten en op een ochtend besloot ik te vertrekken, heel vroeg in de ochtend toen de dag aanbrak en de geur van dauw en vers gras zich een weg tot in het huis baande. Doordat mijn haar op sommige plekken weer begon te groeien, zag ik eruit als een herstellende zieke van wie geen arts zou kunnen zeggen aan welke ziekte hij was ontkomen. Ik had nog altijd een leemkleurige huid en mijn ogen lagen nog heel diep in hun kassen.

Ik had de oude man de avond ervoor verteld dat ik van plan was te vertrekken, en hij stond op me te wachten op de drempel van het huis. Hij gaf me een draagtas van grijze stof met leren riemen. Er zaten twee grote ronde broden in, een zijde spek, een worst en wat kleding.

‘Neem maar mee,’ zei hij, ‘het is precies uw maat. Ze waren van mijn zoon, maar die komt niet meer terug. Zo is het vast het beste.’

Het leek of de tas die hij me gaf opeens loodzwaar werd. De oude man gaf me een hand.

‘Goede reis, Brodeck.’

Voor het eerst hoorde ik een trilling in zijn stem. Ik pakte zijn hand, een droge, koude hand met levervlekken, die verkreukelde in mijn palm. Ook zijn hand trilde.

‘En alstublieft,’ mompelde hij nog, ‘vergeef het hem... vergeef het ze...’ en toen stierf zijn stem weg.

XII

Ik heb al minstens vijf dagen niet meer aan dit verhaal geschreven. Toen ik de stapel papieren pakte die ik in een hoek van het berghok had opgeborgen, zat er op sommige papieren zelfs al wat gelig stof – net stuifmeel – en een beetje aarde. Ik moet een vriendelijker bergplaats voor ze vinden.

De anderen weten van niets. Ze zijn ervan overtuigd dat ik aan het Verslag schrijf dat ze van me gevraagd hebben en dat ik daar helemaal door in beslag word genomen. Het feit dat Göbbler me laat op die avond in het berghok verraste, heeft in mijn voordeel gewerkt. Toen ik de volgende ochtend toevallig Orschwir op straat tegenkwam, legde hij een hand op mijn schouder en zei: 'Je schijnt heel hard te werken, Brodeck. Ga zo door.' Toen liep hij verder. Het was nog heel vroeg. Ik probeerde te bedenken hoe Orschwir op dat uur al te horen had gekregen dat ik de vorige avond om middernacht in het berghok op de toetsen van de schrijfmachine ramde, toen zijn stem opnieuw oprees uit de bevroren ochtendmist: 'Zeg Brodeck, waar ga je eigenlijk met die tas naartoe, in dit weer?' Ik bleef staan. Orschwir keek me aan en pakte met beide handen zijn muts beet om hem dieper over zijn hoofd te trekken. Hij schopte met zijn voeten tegen elkaar om warm te worden en er kwamen grote dampwolken uit zijn mond, die naar boven stegen.

‘Moet ik voortaan antwoord geven op iedere vraag die ik krijg?’

Orschwir glimlachte flauwtjes, maar die glimlachjes van hem hebben iets van een grimas, en langzaam, heel langzaam schudde hij het hoofd, net zoals toen ik hem bezocht op de dag na de Ereigniës.

‘Brodeck, je doet me pijn. Het was zomaar een vriendschappelijke vraag. Waarom zo achterdochtig?’

Ik kreeg geen lucht. Ik slaagde er ternauwernood in mijn schouders op te halen en probeerde het er zo gewoon mogelijk uit te laten zien.

‘Ik probeer uit te vinden wat er met de vossen aan de hand is, daar moet ik een rapport over schrijven.’

Orschwir woog mijn woorden en wierp blikken op mijn tas in een poging iets te zien van wat erin zat.

‘De vossen? Natuurlijk, de vossen... Nu, een prettige dag nog, Brodeck, en blijf toch maar een beetje in de buurt – en hou me op de hoogte.’

Het was al twee weken geleden dat ik het van de jagers en sommige houthakkers had gehoord. Bij de eerste drijfjachten, houtkapexpedities en tochten naar de bossen waren er meerdere dode vossen gevonden, jong en oud, mannetjes en vrouwtjes. Eerst dacht iedereen aan hondsdolheid, die in deze bergstreek regelmatig de kop opsteekt om dood en verderf te zaaien en dan weer te verdwijnen. Maar geen van de gevonden beesten vertoonde er de symptomen van: een tong die wit is van het kwijl, ernstig gewichtsverlies, weggedraaide ogen en een doffe vacht die in plukken aan elkaar plakt. Het waren juist prachtige dieren, schijnbaar weldoorvoed en blakend van gezondheid – Brochiert, de slager, heeft er op mijn verzoek drie opengesneden; hun maag zat vol eetbare bessen, muizen, vogels en rode wormen – en er leek ook geen sprake te zijn van een gewelddadige dood, want hun lichaam vertoonde geen verwondingen of sporen van geweld. Iedereen die een dier had gevonden, had zich verbaasd over hun houding: ze lagen op hun zij of op hun rug en staken hun pootjes voor zich uit alsof ze iets vasthielden. Ze hadden hun ogen dicht en leken rustig te slapen.

Eerst bezocht ik Ernst-Peter Limmat, mijn voormalige schoolmeester en de onderwijzer van twee generaties dorpskinderen. Hij is al over de tachtig en zet bijna nooit meer een stap buiten de deur, maar de tijd druppelt tussen zijn hersenen door zonder ze te ondermijnen of aan te vreten. Meestal zit hij op een hoge stoel bij de haard waarin steevast een welriekend vuur brandt van dennenhout vermengd met haagbeuk. Hij kijkt naar de vlammen, herleest de boeken uit zijn bibliotheek, rookt tabak en poft kastanjes die hij pelt met zijn sierlijke lange vingers. Hij gaf me er een handvol van, we bliezen erop en aten er kleine stukjes van, we genoten van het warme, vettige vruchtvlees terwijl mijn doorweekte jas bij het vuur lag te drogen.

Ernst-Peter Limmat heeft niet alleen honderden kinderen leren lezen en schrijven, maar hij is ook zonder twijfel de grootste jager en houtvester uit deze contreien. Met zijn ogen dicht zou hij ieder bosje, iedere rots, ieder dal en iedere beek kunnen uittekenen en foutloos op de kaart kunnen plaatsen.

Vroeger ging hij zodra de lessen voorbij waren uit wandelen, omdat hij het gezelschap van hoge dennen, vogels en bronnen verre verkoos boven dat van mensen. In de jachttijd kon het gebeuren dat hij zodra de school dicht was, dagenlang verdween, waarna we hem zagen terugkomen met ogen die glommen van plezier en een jachttas vol korhanen, fazanten en kramsvogels of met een ree over zijn schouders, als het al geen gems was die hij had opgejaagd tot op de steile rotsen van de Hörni's, waar in het verleden al meer dan één jager zijn botten had gebroken.

Het vreemdste was dat hij het wild dat hij doodde nooit opat. Hij deelde het uit aan de meest behoeftigen. Dankzij hem stond er toen ik klein was af en toe wat vlees bij Fédorine en mij op tafel. Limmat zelf at alleen maar groente, magere bouillon, eieren, forellen en paddenstoelen, waarbij hij een bijzondere voorliefde had voor de hoorn-des-overvloeds, waarvan hij me op een dag uitlegde dat het de koning van de paddenstoelen is en dat de grafgeur er alleen maar toe dient om domoren uit de buurt te houden en onwetenden te ontmoedigen. Zijn interieur was altijd versierd met grote slingers van gedroogde exemplaren, waardoor zijn huis naar zoethout en naar mest rook. Hij was nooit getrouwd geweest. Er woonde een dienstmeid bij hem in, Mergrite, die bijna even oud was als hij en van wie kwade tongen vaak beweerden dat ze wel meer voor hem deed dan kleren wassen en meubels opwrijven.

Ik vertelde over de vossen, over de vredig uitziende kadavers die waren gevonden. Hoe diep hij ook in zijn herinnering groef, hij vond geen precedent, maar hij beloofde dat hij in zijn boeken zou duiken en me zou waarschuwen als hij iets las over gelijksoortige gevallen in andere streken of andere tijden. Toen kwam het gesprek op de winter die met rasse schreden naderbij kwam, op de sneeuw die iedere dag dichter bij het dorp lag, die langzaam over de hellingen naar beneden kwam en heel binnenkort vlak voor onze voordeuren zou liggen.

Net als de andere oude mannen was Limmat op de avond van de Ereigniës niet in Schloss' herberg geweest.

Ik vroeg me af of hij wist wat er gebeurd was, en zelfs of hij überhaupt weet had van de aanwezigheid van de Anderer in het dorp, of iemand het hem was komen vertellen. Ik had graag mijn hart bij hem uitgestort.

'Ik ben blij dat je je oude meester niet vergeten bent, Brodeck; het betekent veel voor me. Weet je nog dat je voor het eerst bij me in de klas kwam? Ik weet het nog precies. Je leek wel een magere hond, je ogen waren te groot voor je. Je sprak een taaltje dat alleen Fédorine en jij begrepen, maar je leerde snel bij, Brodeck, heel snel: onze taal en de rest ook.'

Mergrite bracht ons twee glazen warme wijn die naar peper, sinaasappel, kruidnagel en steranijs roken. Ze legde twee houtblokken op het vuur die gouden sterren in de duisternis wierpen; toen verdween ze.

'Je was anders dan de rest, Brodeck,' vervolgde de oude schoolmeester. 'En dan bedoel ik niet dat je niet van hier was, dat je van ver kwam. Je was anders dan de rest omdat je altijd verder dan de dingen keek... Je wilde altijd dingen zien die er niet waren...'

Hij zweeg, at langzaam een kastanje, nam een slok wijn en gooide de kastanjeschil in het vuur.

'Ik zit weer aan je vossen te denken. Vossen zijn merkwaardige dieren, wist je dat? Je hoort vaak dat ze sluw zijn, maar het is gecompliceerder. De mens heeft altijd een hekel aan ze gehad, en volgens mij is dat omdat we te veel op elkaar lijken. Ze jagen om te eten, maar ze zijn ook in staat om louter voor hun plezier te doden.'

Limmat liet een pauze vallen en ging dromerig verder: 'Met die oorlog zijn er de laatste tijd zo ontzettend veel mensen gestorven, dat weet jij helaas beter dan iedereen hier. Wie weet, misschien doen ze ons gewoon na, die vossen...'

Ik durfde niet tegen mijn oude schoolmeester te zeggen dat ik dat onmogelijk in mijn rapport kon zetten. Mijn lezers bij de Ambtenarij – als die er überhaupt nog zijn – zouden het niet begrijpen; misschien zouden ze denken dat ik mijn verstand was verloren en me helemaal de laan uit sturen, zodat ik ook de paar centen die ik met onregelmatige tussenpozen ontvang en waarvan we ons in leven houden, niet meer zou krijgen.

Ik bleef nog even bij hem. We hadden het niet meer over vossen, maar over een beuk die de houthakkers kort daarvoor op de flank van het Bösenthal hadden geveld omdat hij ziek was en waarvan later werd beweerd dat hij meer dan vier eeuwen oud was. Limmat herinnerde me eraan dat er in andere klimaten, op verre continenten bomen groeien die meer dan tweeduizend jaar oud kunnen worden. Dat had hij me als kind ook al verteld. Ik bedacht dat God, als Hij al bestaat, een vreemd sujet moet zijn als hij ervoor kiest om bomen eeuwenlang in alle rust te laten leven en het mensenleven kort en zwaar maakt.

Ernst-Peter Limmat deed me twee slingers met hoornen-des-overvloeds cadeau en bracht me naar de deur; hij vroeg naar Fédorine, en toen met een ernstiger, zachtaardiger gezicht naar Emélia en Poupchette.

Buiten regende het nog steeds. Maar nu hadden zich wat zware vlokken gesmolten sneeuw door de regen gemengd. Midden over de weg liep een waterstroompje dat de greskeien deed glanzen. De koude lucht rook heerlijk naar rook, mos en onderhout. Ik frommelde de gedroogde paddenstoelen onder mijn jasje en ging naar huis.

Ik stelde dezelfde vraag over de dode vossen aan moeder Pitz. Haar geheugen is niet zo goed als dat van de oude schoolmeester, en zij is lang niet zo'n expert op het gebied van wild en schadelijke dieren, maar ze heeft zo vaak over alle paden, velden en weggetjes gelopen als ze haar dieren naar de bergweides bracht, dat ik een kleine hoop had dat zij er toch licht op zou kunnen werpen. Door alle berichten te combineren was ik uitgekomen op een totaal van vierentwintig gevonden vossenkadavers, wat toch behoorlijk veel is, als je erover nadenkt. Helaas kon ze zich niet herinneren dat ze ooit zoiets gehoord had, en ik merkte dat het haar eigenlijk ook niet veel kon schelen.

'Laat ze creperen, dan ben ik dik tevreden! Vorig jaar hebben ze me drie kippen gekost, met de kuikens erbij. Ze hebben ze niet eens opgegeten! Ze hebben ze aan stukken gereten en zijn er toen weer vandoor gegaan. Die vossen van jou zijn 'Scheizznegeetz'zohns', vervloekte zonen, ze zijn het lemmet niet waard van het mes dat ze de keel afsnijdt.'

Voor mij moest ze een gesprek met Frida Niegel onderbreken, een bochelaarster met de ogen van een ekster die altijd naar stal ruikt; samen doen ze niets liever dan de weduwen en weduwnaars van het dorp en de omliggende gehuchten de revue te laten passeren om mogelijke tweede huwelijken te bedenken. Urenlang schrijven ze namen op kleine kartonnetjes die ze in tweetallen op tafel leggen, alsof ze zitten te kaarten, en onder het genot van kleine glaasjes bramenlikeur beramen ze trouwpartijen en door hen herstelde toekomsten, om zo de tijd te laten verstrijken en zich te verwarmen aan hun gekonkel. Ik begreep dat ik stoorde.

Ik concludeerde dat de enige die licht zou kunnen werpen in de duisternis Marcus Stern was, die moederziel alleen midden in het bos woont, op een uur lopen van het dorp. Naar hem was ik op weg toen ik Orschwir vanochtend tegenkwam.

XIII

Zodra je buiten het dorp komt, gaat het pad dat naar Sterns blokhut leidt steil omhoog. Na een paar haarspeldbochten door een loofbos kijk je algauw van boven op de daken. Als je halverwege bent, nodigt een tafelvormige rots je uit om even te pauzeren. Die rots wordt de Lingen genoemd, naar het woord in ons dialect voor bosfeetjes, die hier naar men zegt op heldere nachten naartoe komen om te dansen en liedjes te zingen die klinken als gesmoord gelach. Her en der wordt de harde steen verzacht door melkgroene moskussentjes en vormt de heide bloemstukjes. Het is een heerlijke plek voor dromers en geliefden. Ik herinnerde me dat ik de Anderer hier had zien zitten, op een dag midden in de zomer, de achtste juli – ik schrijf altijd alles op – rond een uur of drie 's middags, dat wil zeggen op het heetste uur van de dag, wanneer de zon zijn baan door de hemel lijkt te onderbreken om gesmolten lood over de wereld uit te storten. Ik kwam hier om frambozen te plukken waar mijn kleine Poupchette zo dol op is. Ik wilde haar verrassen terwijl zij haar middagdutje deed.

Het bos gonsde van de arbeid van de bijen, de vlucht van de wespen en de drukke muggen en paardenvliegen die kriskras door elkaar vlogen alsof ze hun verstand waren verloren. Het was één grote symfonie die leek op te borrelen uit de grond en de lucht. In het dorp was ik geen levende ziel tegengekomen.

Door de korte klim was ik buiten adem en mijn benen voelden zwaar aan. Mijn hemd was nat en plakkerig en kleefde tegen mijn huid. Ik bleef stilstaan op het pad om op adem te komen en toen besefte ik dat op de rots de Anderer zat, slechts een paar meter van mij vandaan, met zijn rug naar me toe en verzonken in de aanblik van de daken van het dorp. Hij zat op dat rare stoeltje van hem dat iedereen was opgevallen toen hij het voor het eerst voor de dag had gehaald: een opvouwbaar stoeltje, groot genoeg voor zijn brede achterwerk, maar in opgevouwen toestand niet groter dan een doodgewone wandelstok.

Zijn zwarte kleding, zijn eeuwige mantel van onberispelijk gestreken stof, wierp een misplaatste schaduw op het landschap dat een en al groen en helder geel was. Toen ik dichterbij kwam, zag ik dat hij ook het hemd met de bef weer droeg, het wollen vest, en boven de grote glanzende schoenen die het licht weerkaatsten als scherven van een spiegel, de beenwindsels.

Er kraakten wat takjes onder mijn voeten en hij draaide zich om.

Hij zag me. Ik moet eruit hebben gezien als een dief, maar hij leek niet verrast, want hij glimlachte naar me en zette met zijn rechterhand een denkbeeldige hoed af om me te begroeten. Zijn wangen waren heel roze en de rest van zijn gezicht – voorhoofd, kin en neus – was bedekt met loodzalf. Met de omhoog wijzende zwarte krullen aan weerszijden van zijn kale schedel zag hij eruit als een oude toneelspeler; er stroomden grote zweetdruppels over zijn gezicht, die hij droogdepte met een zakdoek waarop een onontwarbaar monogram stond geborduurd.

'U komt hier vast en zeker de toestand van de wereld opnemen?' zei hij met zijn prettige, zachte, gesoigneerde stem, en hij deed zijn woorden vergezeld gaan van een handgebaar dat de hele weidsheid van het landschap omvatte. Ik zag op zijn grote, nogal ronde knieën een notitieboekje liggen en hij hield een potlood vast. Op de bladzijde in het boekje stonden strepen, lijnen en arceringen. Toen hij merkte dat ik ernaar keek, sloeg hij het dicht.

Het was de eerste keer sinds zijn komst dat ik met hem alleen was en het was de eerste keer dat hij het woord tot mij richtte.

'Zou u zo goed willen zijn mij een gunst te verlenen?' vroeg hij, en aangezien ik geen antwoord gaf en mijn gezicht zich een beetje moet hebben gesloten, vervolgde hij met die eeuwige raadselachtige glimlach van hem: 'Wees gerust, het enige wat ik u zou willen vragen is of u mij de namen wilt noemen van de bergtoppen die het dal omsluiten. Ik vrees dat mijn kaarten niet erg nauwkeurig zijn.'

Hij maakte een handgebaar dat alle pieken besloeg die zich in de verte aftekenden, die trilden in de hitte van de zomerdag en hier en daar bijna versmolten met de hemel, die ze leek te willen oplossen. Ik liep naar hem toe, knielde neer om op gelijke hoogte met hem te komen en noemde de namen op, vanaf het oosten.

'Dat daar is de Hunterpitz, die zo heet omdat hij van opzij op een hondenkop lijkt, dan krijg je de drie Schnikelkopfs, de Bronderpitz, de kam van de Hörni's en de piek ervan – de hoogste berg hier –, dan de Dourapas, de kam van de Floria's, en ten slotte, helemaal in het westen, de piek van de Mausein, die eruitziet als een man die gebukt gaat onder een zware last.'

Ik zweeg; hij noteerde de namen in zijn notitieboekje dat hij even uit zijn zak haalde en er ook weer snel in liet verdwijnen.

'Ik ben u oneindig dankbaar,' zei hij en hij gaf me een warme handdruk, terwijl er in zijn grote groene ogen een gelukkige gloed lag, alsof ik hem een grote schat had geschonken.

Net toen ik wilde weggaan zei hij nog: 'Ik begrijp dat u geïnteresseerd bent in bloemen en planten? U en ik lijken op elkaar. Zelf ben ik een liefhebber van landschappen, figuren en portretten. Een volkomen ongevaarlijke zonde overigens. Ik heb een paar nogal zeldzame boekwerken bij me, die u wellicht zullen interesseren. Het zou me een groot genoegen zijn ze aan u te laten zien als u mij eens met een bezoek vereert.'

Ik knikte bijna onmerkbaar, maar ik zei niets. Zo veel had ik hem nog nooit horen zeggen. Ik liet hem achter op de rots en vervolgde mijn weg.

'En je hebt hem verteld hoe ze heten?' Wilhem Vurtenhau hief zijn handen ten hemel en wierp me een vernietigende blik toe. Hij was Gustav Röppels ijzerhandel binnengelopen toen ik daar een paar uur later over mijn ontmoeting met de Anderer vertelde. Gustav was een vriend van me. We hadden samen in een schoolbank gezeten en ik had hem dikwijls uit mijn schrift laten afkijken, in ruil waarvoor hij me spijkers, schroefjes en stukjes touw gaf die hij achteroverdrukte in de winkel die toen nog door zijn vader werd gedreven. Ik schreef dat Gustav een vriend *was*, want nu weet ik het niet meer. Hij was met de anderen bij de Ereigniës. Hij heeft het onvergeeflijke begaan. En sindsdien heeft hij geen woord meer tegen me gezegd, hoewel we elkaar iedere zondag na de mis tegenkomen op het kerkplein, waar pastoor Peiper zijn kudde naartoe vergezelt, hoogrood en wankelend, na hem nog een laatste keer met halve gebaren te hebben gezegend. Ik heb de deur van zijn ijzerhandel trouwens ook niet meer open durven duwen. Ik ben veel te bang dat er tussen ons niets anders meer is dan een grote leegte.

Ik had geloof ik al verteld dat Vurtenhau heel rijk en heel dom is. Hij gaf zo'n klap op Röppels toonbank dat er een doos punaises op de grond viel.

'Besef je wel wat je gedaan hebt, Brodeck? Je hebt hem de namen van onze bergen gegeven – en hij heeft ze nog opgeschreven ook, zei je?'

Vurtenhau was buiten zichzelf van woede. Zijn enorme, donkerpaarse oren leken al het bloed uit zijn lichaam te pompen. Het maakte niet uit dat ik zei dat de namen van de bergen niet geheim zijn, dat iedereen ze kent en dat je ze overal kunt terugvinden; het kon hem niet kalmeren.

'Je hebt er niet eens over nagedacht wat hij allemaal kan zitten te beramen. Hij steekt overal zijn neus in en bemoeit zich met alles en stelt almaar vragen die niets om het lijf lijken te hebben, met die vissenkop en die zoetsappige maniertjes van hem, hij die nergens vandaan komt!'

Om Vurtenhau een beetje tot bedaren te brengen vertelde ik wat de Anderer had gezegd over landschappen en figuren, maar daar werd hij alleen nog woedender van. Hij verliet de ijzerwarenwinkel met een opmerking die op dat moment niets om het lijf leek te hebben, maar waarvan ik me nu pas realiseer welke dreigementen er in besloten lagen.

'Als er iets gebeurt, dan is dat jouw schuld. Vergeet dat niet, Brodeck!'

Toen sloeg hij de deur dicht. Gustav en ik keken elkaar aan, haalden op hetzelfde moment onze schouders op en begonnen toen smakelijk te lachen, net als toen we klein waren.

XIV

Het kostte me bijna twee uur om Sterns blokhut te bereiken, terwijl je gewoonlijk aan een goed uur genoeg hebt. Maar niemand had nog een pad gebaand, en zodra ik boven de bladergrens kwam en het dennenbos betrad, lag er zo veel sneeuw dat ik er tot mijn knieën in wegzakte. Het was stil in het bos. Ik zag geen enkel dier, geen enkele vogel. Ik hoorde niets anders dan het geruis van de Staubi, die bijna tweehonderd meter lager een scherpe bocht maakt en tegen grote rotsen spat.

Bij het passeren van de Lingen was ik niet gestopt en had ik de andere kant op gekeken. Ik was zelfs sneller gaan lopen en de bevroren lucht was tot in het diepst van mijn longen doorgedrongen, alsof hij ze wilde drogen. Ik was bang dat ik de geest van de Anderer op zijn stoeltje zou zien zitten, in dezelfde houding als de vorige keer, uitkijkend over het landschap of met zijn armen vragend naar me uitgestrekt. Maar wat kon hij van me vragen?

Stel dat ik op de avond dat iedereen het verstand verloor in de herberg was geweest: wat had ik dan kunnen doen in mijn eentje? Ieder woord of gebaar zou mijn lot hebben bezegeld, en dan was ik op dezelfde manier geeindigd als hij. Ook dat was een angstaanjagend idee: de wetenschap dat ik als ik in de herberg was geweest, het gebeurde niet zou hebben kunnen voorkomen; ik zou me zo klein mogelijk hebben gemaakt en onmachtig getuige zijn geweest van de gruwelijke gebeurtenis. Ik walgde van mijn lafheid die niet eens had plaatsgevonden. Diep vanbinnen was ik net als de anderen, net als diegenen die me belast hadden met het Verslag waarvan ze hoopten dat het ze zou vrijpleiten.

Stern woont buiten de wereld – buiten de onze, bedoel ik. En alle Sterns voor hem leefden net zo; ze zijn altijd in het bos blijven wonen en onderhielden slechts oppervlakkige contacten met het dorp. Maar hij is de laatste Stern en hij is alleen. Hij is nooit getrouwd en heeft geen kinderen. Met hem zal het allemaal sterven.

Hij leeft van de huiden die hij looit. Iedere winter daalt hij tweemaal naar het dorp af, en in het goede seizoen iets vaker. Hij verkoopt de vachten en wat snuisterijen die hij uit de takken en stammen van dennenbomen snijdt. Met het geld dat hij daarmee verdient, koopt hij wat meel, een zak aardappelen, gedroogde erwten, tabak, suiker en zout. Wat er overblijft, verdrinkt hij aan eau-de-vie, en daarna gaat hij stomdronken weer naar huis. Hij verdwaalt nooit. Zijn voeten weten de weg.

Toen ik bij zijn blokhut aankwam, zat hij op de drempel; hij bond wat dode takken bij elkaar om er een bezem van te maken. Ik groette. Hij antwoordde met een zwijgende hoofdknik. Stern is altijd op zijn hoede met bezoekers. Toen ging hij naar binnen en liet de deur openstaan.

Aan de balken hing van alles te drogen, dierlijke en plantaardige zaken, waarvan de scherpe, bijtende geuren zich met elkaar vermengden en je niet meer loslieten. Het vuur in de haard bracht kleine, schamele vlammetjes en heel veel rook voort. Stern stak een grote lepel in een kookpot en vulde twee kommen met een dikke soep die vast al sinds de ochtend op het vuur stond: soep van grutten en kastanjes. Toen sneed hij twee dikke sneden hard brood af en schonk twee glazen vol met een donkere wijn. We gingen tegenover elkaar zitten en we aten in stilte, omringd door de stank die op lijklucht leek en die ongetwijfeld al menig bezoeker op de vlucht had gejaagd. Maar ik kende die stank. Hij stoorde me niet. Ik had erger meegemaakt.

Na de Büxte en voordat ik Hond Brodeck werd, was ik lange maanden lang de 'Scheizeman' van het kamp geweest – de Strontman. Mijn taak was het de latrines te legen waarboven de ingewanden van meer dan duizend gevangenen zich dagelijks meerdere malen leegden. Het waren brede greppels van een meter diep, twee meter breed en ongeveer vier meter lang. Er waren er vijf, en ik moest ze schoonhouden. Daarvoor had ik alleen de beschikking over een grote pan aan een houten steel en twee grote blikken emmers. Met de pan gooide ik de emmers vol, waarna ik ze onder escorte naar de rivier bracht om ze te legen.

De pan, die met stukjes versleten touw aan de steel vastzat, raakte vaak los, en dan viel hij midden in de greppel. Dan moest ik erin klimmen en mijn handen in de gore smurrie steken om hem te zoeken. Ik herinner me dat ik de eerste keren mijn maag binnenstebuiten keerde en het beetje dat erin zat naar buiten gooide. Later raakte ik eraan gewend. Je raakt overal aan gewend. Er zijn ergere dingen dan de geur van stront. Er zijn heel veel dingen die helemaal geen geur hebben maar die je zintuigen, hart en ziel grondiger kapot kunnen maken dan alle uitwerpselen bij elkaar.

De twee bewakers die me vergezelden hielden in eau-de-vie gedrenkte zakdoeken voor hun neus. Ze bleven op een paar meter afstand en vertelden elkaar continu verhalen over avontuurtjes, vol obscene details waar ze om moesten lachen en waar ze rode koppen van kregen. Ik ging in de rivier staan en gooide de emmers leeg. En ik verbaasde me altijd over de woeste razernij waarmee honderden pootvisjes zich op de bruine draaikolken wierpen om zich erin te wentelen, waarbij hun dunne zilveren lijfjes alle kanten op sloegen, alsof het stinkende voedsel hen tot waanzin dreef. Maar al snel verdunde de stroming de vuiligheid en was er alleen nog helder water met beweeglijke algen en de weerkaatsing van het zonlicht dat op het oppervlakte sloeg alsof het zilveren munten en lichtflitsen wilde rondstrooien.

Af en toe waren de bewakers zo lam van de drank dat ik me in het stromende water kon wassen. Ik pakte een platte ronde kei die ik als zeep gebruikte. Ik wreef over mijn huid om de stront en het vuil eraf te krijgen. Ook lukte het me wel eens een paar visjes te vangen die nog tussen mijn benen waren achtergebleven, misschien in de hoop op nog een vracht. Met twee vingers kneep ik hun buik kapot om de ingewanden eruit te drukken en dan stak ik ze snel in mijn mond, voordat de bewakers het doorhadden. Het was ons op straffe des doods verboden iets anders te eten dan de twee liter van het weerzinwekkende brouwsel dat ons iedere avond werd voorgezet en het blok harde, zure brood in de ochtend. Ik kauwde heel lang op de visjes, alsof het zeldzame lekkernijen waren.

In die periode hing er altijd een geur van stront om me heen. Het was mijn enige echte kledingstuk. Zo had ik 's nachts in de barak meer ruimte om te slapen, want niemand wilde bij me in de buurt komen. De mens ziet zichzelf graag als louter geest, een schepper van gedachten, verlangens, dromen en wonderen. Hij wordt er niet graag aan herinnerd dat hij ook een wezen van vlees en bloed is en dat wat er tussen zijn billen vandaan komt net zozeer deel van hem is als wat er in zijn hoofd omgaat en opbloeit.

Stern veegde zijn kom schoon met een stukje brood; toen floot hij kort, waarop er uit het niets een slank wezentje tevoorschijn kwam: een fret die hij getemd had en die hem gezelschap hield, kwam naar hem toe om uit zijn hand te eten. Onder het eten wierp het beestje me af en toe nieuwsgierige blikken toe en zijn zwarte, ronde, glimmende ogen leken wel parels of bramen. Ik vertelde Stern alles wat ik over de vossen wist. Ook deed ik verslag van mijn bezoeken aan Limmat en moeder Pitz.

Hij kwam langzaam overeind, verdween in het halfduister achter in de kamer, keerde terug en legde een paar prachtige rossige vachten op tafel, samengebonden met henneptouw.

'Tel deze vossen maar op bij de andere; het zijn er dertien. En ik heb ze niet dood hoeven maken, ik heb ze zo gevonden. Ze lagen er precies zo bij als je beschreef.'

Stern pakte een pijp en deed er met kastanjebladeren versneden tabak in, terwijl ik met mijn hand over de glanzende, dikke vachten streek. Toen vroeg ik wat het allemaal zou kunnen betekenen. Hij haalde zijn schouders op, trok aan de pijp die een rochelend geluid voortbracht en sterk geurende rook in mijn richting spuwde waar ik van moest hoesten.

'Ik zou het niet weten, Brodeck. Ik zou het niet weten. Vossen begrijp ik niet.'

Hij zweeg en aaide de fret die om zijn arm kronkelde en tevreden gromde.

'Ik weet niets over vossen,' begon hij, 'maar ik weet nog wat grootvader Stern over wolven vertelde. In zijn tijd had je die hier nog. Als ik er nu een zie, is het een verdwaald beest dat van heel ver weg komt en anders is het de geest van een wolf. Op een keer vertelde de oude Stern over een roedel wolven – een prachtige roedel van meer dan twintig beesten, vertelde hij. Hij hield ze in de gaten en zat wel eens achter ze aan, zomaar voor de lol, om ze op stang te jagen. En toen, op een dag, waren ze verdwenen. Hij hoorde ze niet meer, zag ze niet meer. Hij dacht dat ze zijn spelletjes beu waren en naar de andere kant van de bergen waren vertrokken. Goed, de winter gaat voorbij. Het is een strenge winter, met veel sneeuw. Dan keert de lente terug. Hij maakt een ronde door de bossen, een soort inspectietocht, en wat denk je dat hij aan de voet van de hoge rotsen van Maulenthal ziet? De rottende resten van de roedel. Ze waren er allemaal: de oudjes, de jonkies en de vrouwtjes, met verbrijzelde schedels en heupbeenderen. Een wolf valt niet zomaar van een rots – ja, een enkeling misschien, die uitglijdt of verrast wordt door de afgrond, of op een overhangende rots staat die onder zijn poten afbrokkelt. Maar niet een hele roedel tegelijk.'

Stern zweeg en keek me strak aan.

'Bedoel je dat ze de dood hebben opgezocht?'

'Ik zeg wat ik uit de mond van de oude Stern heb gehoord, meer niet.'

'En die vossen dan?'

Stern krabde in zijn haar.

'Wolven en vossen, dat zijn twee handen op een buik. Misschien zijn de mensen niet de enigen die te veel nadenken.'

Stern stak zijn pijp weer aan die was uitgegaan, pakte de fret beet die onder zijn jasje probeerde te kruipen en vulde de wijnglazen bij.

Er daalde een diepe stilte tussen ons neer. Ik wist niet waar Stern aan dacht, maar ik probeerde zijn woorden in te passen in wat de oude Limmat had gezegd; het leidde nergens toe, niet tot iets duidelijks, iets dat ik in een verslag zou kunnen zetten en wat een ambtenaar in S. zou accepteren zonder zijn wenkbrauwen te fronsen en mijn verslag in het vuur te gooien.

Het vuur stierf. Stern voedde het met een paar bremtakken. We bleven nog even praten, een uur misschien, over de seizoenen, de winter, het wild en de houtkap, maar niet meer over vossen. Aangezien de avond er aankwam en ik voor het donker terug wilde zijn, besloot ik te vertrekken. Stern liep met me mee naar buiten. Er was een wind opgestoken die de toppen van de hoge sparren beroerde. De sneeuw viel uit de bomen in pakken die door de windvlagen werden verbrijzeld tot een fijn poeder dat onze schouders met ijskoude witte as bedekte.

Toen we elkaar een hand gaven, vroeg Stern: 'Zeg, is de Gewisshor eigenlijk nog in het dorp?'

Ik had hem bijna gevraagd wie hij bedoelde, maar ik herinnerde me dat sommige mensen de Anderer zo noemden: 'Gewisshor', de Geleerde, misschien omdat ze zo onder de indruk waren van zijn voorkomen. Ik antwoordde niet direct, ik kreeg het opeens koud. En ik bedacht dat Stern dus van niets wist als hij dat vroeg, en dat hij op de avond van de Ereigniës dus niet in de herberg was geweest. Dat betekende dat er minstens twee van ons waren zonder bloed aan onze handen. Ik wist niet wat ik moest antwoorden.

'Die is vertrokken...'

'Wacht dan even,' zei Stern, en hij liep zijn blokhut weer in. Toen hij even later weer naar buiten kwam, had hij een pakket bij zich dat hij aan mij gaf.

‘Dit heeft hij bij me besteld. Het is al betaald. Mocht hij niet terugkomen, dan moet je ze zelf maar houden.’

Het waren een soort muts, een paar wanten en pantoffels, gemaakt van schitterend marterbont, vaardig en zorgvuldig in elkaar gezet. Ik aarzelde, toen stak ik het pak onder mijn arm. Stern keek me recht in de ogen en zei: ‘Weet je, Brodeck, ik denk niet dat er nog vossen zijn. Ik denk dat ze allemaal dood zijn. En dat ze ook niet meer terugkomen.’

En aangezien ik geen antwoord gaf omdat ik niet wist wat ik moest zeggen, gaf hij me zwijgend een hand, en na een korte aarzeling ging ik op pad.

XV

Ik had al verteld dat toen de Anderer hier aankwam en met al zijn spullen onder de poort door reed, de avond al naderbij kwam. Als een kat die een muis heeft gezien en er zeker van is hem binnenkort tussen zijn kaken te hebben.

Het is een merkwaardig uur van de dag. De straten beginnen leger te raken en worden door het schemerlicht ondergedompeld in een kille grauwheid, terwijl de huizen veranderen in onbekende vormen, dreigend en vol onuitgesproken gevaren. De nacht heeft het wonderlijke vermogen om de meest alledaagse dingen en de eenvoudigste gezichten te veranderen. En soms veranderen ze niet zozeer, maar worden ze blootgelegd, alsof de nacht de ware aard van het landschap en de levenden naar boven kan brengen door ze te overdekken met zijn duisternis. Je kunt je schouders ophalen bij wat ik zeg en denken dat ik de angsten uit een voorbije tijd beschrijf of romanteksten weef, maar voordat je een oordeel velt en me veroordeelt, moet je je het tafereel voorstellen: die man die nergens vandaan kwam – want hij kwam inderdaad nergens vandaan, het klopte wat Vurtenhau zei, af en toe verkondigt hij een waarheid te midden van al zijn onzinpraatjes – gekleed in dat kostuum uit een andere eeuw, met zijn vreemde rijdieren en zijn imposante bagage, die alsof het niets was, alsof het de gewoonste zaak van de wereld was ons dorp binnenreed waar al jaren niemand meer zomaar naartoe was gekomen. Wie zou daar niet een beetje bang van worden?

'Ik was helemaal niet bang.'

De oudste zoon van Dörfer geeft antwoord op mijn vragen. Hij was de eerste die de Anderer na zijn aankomst had gezien.

Ons gesprek vindt plaats in café Pipersheim. De vader van de jongen had erop aangedrongen dat het gesprek hier zou plaatsvinden en niet bij hem thuis. Hij moet gedacht hebben dat hij dan rustig een paar glaasjes achterover zou kunnen slaan. Gustav Dörfer is een klein, grauw wezen dat altijd vuile kleren draagt die de geur van gekookte knolrapen verspreiden. Hij verhuurt zich aan boerderijen en zodra hij een paar centen bij elkaar heeft gesprokkeld, verdrinkt hij ze. Zijn vrouw weegt twee keer zo veel als hij, maar dat weerhoudt hem er niet van om als hij dronken is op haar te trommelen als een tamboer, na de woning kort en klein te hebben geslagen en het kleine beetje vaatwerk aan gruzelementen te hebben gesmeten. Vijf kinderen heeft hij bij haar verwekt, stuk voor stuk ziekelijk en triest. De oudste heet Hans.

'En wat zei hij tegen je?' De jongen kijkt naar zijn vader alsof hij toestemming vraagt om te antwoorden, maar die bemoeit zich er niet mee. Hij heeft alleen oog voor zijn glas dat alweer leeg is en waar hij nadrukkelijk naar zit te staren terwijl hij het gepijnigd en weemoedig met beide handen vasthoudt. Ik gebaar Pipersheim, die ons vanachter zijn toog in de gaten houdt, om hem bij te schenken. Die haalt de tandenstoker uit zijn mond waarop hij altijd kauwt en die hem pijnlijk, bloedend tandvlees en een onprettige mondgeur geeft, pakt een fles en vult het glas bij. Het gezicht van de vader klaart een beetje op.

'Hij vroeg de weg naar de herberg van Schloss.'
'Wist hij die naam of zei jij die?'
'Die wist hij.'
'En wat zei je toen?'
'Ik legde uit hoe je er komt.'
'En wat deed hij?'
'Hij schreef het op in zijn notitieboekje.'
'En toen?'
'Toen haalde hij vier mooie glazen knikkers uit een zak en gaf ze aan mij met de woorden: "Voor de moeite."'
'"Voor de moeite?"'
'Ja, ik begreep er niets van. Dat zeggen wij hier niet.'
'En die knikkers, heb je die nog?'
'Die heeft Peter Lülli van me gewonnen. Die kan heel goed knikkeren, hij heeft een zak vol.'
Gustav Dörfer luisterde niet mee. Zijn blik zat verankerd aan het te snel dalende peil van de drank in zijn glas. De jongen trok zijn hoofd tussen zijn schouders. Op zijn voorhoofd zaten blauwe plekken, kleine littekens, korsten en bulten, oude en verse, en als je zijn blik wist te vangen en even vasthield, kon je erin lezen over klappen en pijn, over alle verwondingen die iedere dag met onverbiddelijke zekerheid met zich meebracht.
Ik dacht terug aan het notitieboekje dat ik in de handen van de Anderer had gezien en waarin hij alles opschreef, zoals bijvoorbeeld de weg naar een herberg die zich op een afstand van niet meer dan zestig meter van hem vandaan bevond. Toen zijn verblijf tussen onze muren langer werd, begon die geschiedenis van dat notitieboekje in het hoofd van bepaalde mensen te tollen, en wat aanvankelijk voor een bizarre manie werd gehouden – dat hij het tevoorschijn haalde om een ja of een nee te noteren – een grappige tic waar je om kon glimlachen en

die je wel eens besprak, werd al snel het onderwerp van vlammende betogen.

In het bijzonder herinner ik me een gesprek dat ik opving op een marktdag, drie augustus, toen de dag zijn einde naderde en er niets anders meer op de grond lag dan verrotte groente, vuil hooi, wat stukken touw en spaanders van kratten – allerlei onbeweeglijke dingen, die door een onzichtbaar getij leken te zijn achtergelaten.

Poupchette was dol op de markt en daarom ging ik er bijna iedere week met haar naartoe. Bij het zien van de kleine diertjes die in omheiningen worden gehouden, geitjes, konijnen, kippen en eendenkuikens, klapt ze in haar handen en lacht ze. En dan al die geuren die haar gevoelige neusvleugels beroeren: beignets, frituurvet, warme wijn, kastanjes, vlees op de grill; en de geluiden, al die mensenstemmen die zich vermengen als in een grote kom: geschreeuw, geroep, de rappe babbel van de marktkooplui, de gebeden van de verkopers van heiligenplaatjes, de gespeelde woede die bij het afdingen komt kijken. Maar Poupchette is nooit zo blij als wanneer Viktor Heidekirch met zijn accordeon aankomt en een paar noten de lucht in slingert die nu eens lijken op weeklachten en dan weer op vreugdekreten. Er wordt ruimte gemaakt en iedereen komt om hem heen staan, en opeens sterft het lawaai van de markt weg, alsof iedereen wacht op de muziek die op dat moment belangrijker is dan wat dan ook.

Viktor is bij alle feesten en alle bruiloften. Hij is de enige hier die muziek maakt, en ook de enige die een instrument bezit dat het nog doet. Ik geloof dat er nog een piano staat in de kleine zaal van de herberg van Schloss, die waar de Erweckens'Bruderschaf samenkomt, en misschien wat koperblaasinstrumenten – dat heeft Diodème me een keer verteld nadat hij ze had gezien toen de deur niet helemaal dicht was, en toen ik hem pesterig zei dat hij wel erg goed op de hoogte was en het vertrek blijkbaar uitstekend kende en dus misschien ook wel lid van het genootschap was, werd hij droevig en vroeg me om op te houden. Viktors accordeon en stem maken deel uit van onze herinnering. Die dag liet hij de vrouwen huilen en kleurde hij de ogen van de mannen rood door Johanni's weeklacht te zingen. Het is een lied over liefde en dood, een lied waarvan de oorsprong in de tijd verloren is gegaan en dat het verhaal vertelt van het leed van een jong meisje dat liefhad maar geen liefde terugkreeg, en dat liever dan degene die haar hart op hol bracht aan de arm van een ander te zien lopen, op een winterse dag bij het vallen van de avond de Staubi in liep om voor eeuwig te kunnen slapen in het koude water en de stroom.

When de abend gekomm Johanni schlafft en de wasser
Als besser sein en de todt dass alein immer verden
De herz is a schotke freige who nieman geker
Und ubche madchen kann genug de kusse kaltenen

Soms gaat Emélia ook mee. Ik pak haar arm en leid haar. Ze laat zich meevoeren en haar ogen zien dingen die alleen zij kan zien. De dag van het gesprek waarover ik het wilde hebben zat ze links van mij haar liedje te neuriën terwijl ze in een rustig ritme haar hoofd van voor naar achter bewoog. Rechts van mij kauwde Poupchette op een worstje dat ik voor haar gekocht had. We leunden tegen een pilaar van de markthal, de dikste. Een paar meter voor ons stond de oude Roswilda Klugenghal, een half krankzinnige zwerfster, tussen het vuilnis naar groente en slachtafval te zoeken. Ze vond een kromme wortel die ze voor haar gezicht heen en weer zwaaide om hem te inspecteren en waar ze vervolgens mee begon te kletsen alsof het een oude kennis was. Toen hoorde ik stemmen achter de pilaar. Stemmen die ik onmiddellijk herkende.

Het waren vier mannen: Emil Dorcha, houtvester; Ludwig Pfimling, stalknecht; Bern Vogel, blikslager en Caspar Hausorn, klerk op het gemeentehuis. Vier mannen die al flink opgewarmd waren door alles wat ze sinds de dageraad al hadden ingenomen en die nog meer waren opgefokt door de markt en de feestsfeer. Ze praatten hard, struikelden af en toe over de woorden, en waren niet bang om vergaande uitspraken te doen; ik begreep al heel snel waarover ze het hadden.

'Hebben jullie die fluwelen maniertjes van hem gezien, en die ogen die niets met rust laten?' riep Dorcha.

'Dat beest is rein schlecht, echt, slecht en verdorven,' voegde Vogel eraan toe.

'Hij doet toch niemand kwaad,' merkte Pfimling op. 'Hij wandelt wat rond, kijkt om zich heen, en hij glimlacht altijd.'

'"Een glimlach zonder reden verbergt onzuiverheden", zegt het spreekwoord – en bovendien: jij bent zo stom en bijziend dat je zelfs bij Lucifer geen greintje slechtheid zou bespeuren!'

Het was Hausorn die nu het woord deed, en hij spuwde zijn woorden uit alsof hij kleine steentjes afschoot. Op zachtere toon vervolgde hij: 'Hoe dan ook, hij is hier gekomen met een reden, een duistere reden die voor ons niets goeds voorspelt.'

'Wat is die reden dan, denk je?' vroeg Vogel.

'Daar ben ik nog niet achter; ik weet het nog niet, al pieker ik me suf, maar dat een kerel zoals hij op iets broedt, dat staat vast.'

‘Hij schrijft altijd alles op in dat boekje van hem,’ merkte Dorcha op. ‘Zag je hem net bij de lammeren van Wuzten?’

‘Wat denk jij, en of we hem zagen, hij bleef minutenlang staan schrijven, hij bekeek ze en schreef alles op.’

‘Hij schreef niet,’ verbeterde Pfimling. ‘Hij tekende. Dat heb ik zelf gezien, je kunt wel zeggen dat ik blind ben, maar dat heb ik mooi gezien. En bovendien was hij zo geconcentreerd dat je van z’n hoofd had kunnen eten zonder dat hij het zou merken. Ik ben achter hem gaan staan en ik heb meegekeken.’

‘Lammetjes tekenen, wat zou daar achter kunnen zitten?’ vroeg Dorcha met een blik op Hausorn.

‘Weet ik veel! Wat denk jij, dat ik overal een antwoord op heb?’

Toen viel het gesprek stil. Ik dacht dat het voorbij was en niet opnieuw zou beginnen, maar ik vergiste me. Opnieuw klonk er een stem, een stem die ik niet herkende omdat hij zo diep en ernstig was geworden.

‘Er zijn hier niet veel lammeren, onder ons, bedoel ik... Misschien zijn die tekeningen van hem wel net zoiets als de Bijbel in de kerk: allemaal symbolen en zo, een manier om te noteren wie wij zijn en wat we uitvoeren, zodat hij er verslag over kan uitbrengen aan waar hij vandaan komt...’

Ik voelde een koude rilling over mijn rug lopen en mijn ruggengraat jeukte. Die stem beviel me niet, en wat hij zei evenmin, ook al was de betekenis me niet helemaal duidelijk.

‘Maar als dat notitieboekje dient voor waar het volgens jou voor dient, dan mag het deze plek nooit verlaten!’

Dat laatste kwam van Dorcha. Die herkende ik wel.

‘Misschien heb je gelijk,’ vervolgde de eerste stem, die

ik nog steeds niet thuis kon brengen. 'Misschien mag het notitieboekje hier nooit meer vandaan, en misschien de eigenaar ook wel niet...'

Toen niets meer. Ik wachtte. Ik durfde niet te bewegen. Na enige tijd keek ik toch voorzichtig om de pilaar heen. Niemand. Ze waren vertrokken zonder dat ik het gehoord had. Ze waren opgelost in de lucht zoals de flarden mist die in april 's ochtends door de bries uit het zuiden van de bergkammen worden afgetrokken. Ik begon me zelfs af te vragen of ik alles wat ik had gehoord niet had gedroomd. Poupchette trok aan mijn mouw.

'Naar huis, papa, naar huis?'

Haar lippen glommen van het vet van het worstje, en in haar blik lag een blije lach. Ik drukte een grote zoen op haar voorhoofd en zette haar op mijn schouders. Haar handen grepen mijn haar vast en haar benen schopten tegen mijn borst: 'Huu papa, huu papa!' Ik pakte Emélia's hand en trok haar zachtjes overeind. Ze liet me begaan. Ik drukte haar tegen me aan, ik streelde haar mooie gezicht en kuste haar op de wang, en zo gingen we met z'n drieën naar huis, terwijl in mijn hoofd nog de stemmen weerklonken van de mannen zonder gezicht en de dreigementen die ze hadden geuit, als zaden die alleen nog maar hoefden te ontkiemen.

Uiteindelijk viel Gustav Dörfer in het café op de tafel in slaap, eerder van vermoeidheid dan van dronkenschap, vermoed ik, lichamelijke vermoeidheid of levensmoeheid. Ik zat al heel lang niet meer met zijn kind over de Anderer te praten; we waren van onderwerp veranderd. Hij had een passie voor vogels, dat had ik nooit geweten, en hij hoorde me uit over alle soorten die ik kende en die ik op mijn lijsten zette. We spraken over een lijstersoort die de Dubbele lijster wordt genoemd, en ook over de andere soorten: de grijze maartlijster, die hier, zoals de naam al aangeeft, alleen in de lente opduikt, de kruisbek die zo veel voorkomt in de naaldbossen, het goudhaantje, de pimpelmees, de merel, de sneeuwhoender, de korhaan, de bergfazant, het blauwe soldaatje dat zijn grappige naam dankt aan de kleur van zijn borstveren en zijn vechtlust, raven en kraaien, goudvinken, adelaars en steenuilen.

Onder zijn door slaag geteisterde gezicht verborg het kind, dat een jaar of twaalf moest zijn, een hersenpan vol kennis, en zodra hij over vogels begon te praten kwam zijn blik tot leven. Zijn pupillen werden echter weer dof en mat als hij naar zijn vader keek en zich weer bewust werd van diens aanwezigheid die ons gesprek hem even had doen vergeten. Hij keek hoe de man met open mond lag te snurken, het gezicht plat tegen het oude hout, de pet met de klep opzij, het witte kwijl dat tussen zijn lippen vandaan kwam.

'Als ik een dode vogel zie,' zei Hans Dörfer, 'en ik raap hem op, dan krijg ik tranen in mijn ogen. Daar kan ik niets aan doen. Er is niets wat de dood van een vogel rechtvaardigt. Maar als mijn vader hier ter plekke dood zou gaan, nu, voor mijn ogen, zonder enige waarschuwing – echt, dan zou ik rond de tafel dansen, en dan kreeg u iets te drinken van me. Echt waar!'

XVI

Ik sta in de keuken. Ik heb de muts van marterbont opgezet. En ook de pantoffels en de wanten aangetrokken.

Een vreemde warmte stroomt door me heen, die een aangename versuffing teweegbrengt die iets weg heeft van het gevoel dat je krijgt als je na een lange wandeling op een middag aan het einde van de herfst een of twee glazen warme wijn drinkt. Ik voel me goed en ik zit te denken, aan de Anderer natuurlijk. Ik beweer niet dat ik, nu ik de kleren heb aangetrokken die hij had besteld en die voor hem bedoeld waren (Trouwens, hoe was hij eigenlijk in contact gekomen met Stern die, zoals ik al zei, bijna nooit in het dorp komt? En hoe was de Anderer erachter gekomen dat hij bont bewerkte?) kan doordringen in zijn gedachten en in de kleine wereld van zijn hersenen, maar toch voel ik me alsof ik dichter bij hem kom, dat ik nu vlak bij hem sta en dat hij me misschien meer zal vertellen met een blik of een gebaar.

Ik moet bekennen dat ik nogal in de war ben. Ik ben belast met een opdracht die de kracht van mijn schouders en mijn intelligentie ver te boven gaat. Ik ben geen advocaat. Ik ben geen politieman. Ik ben geen verhalenverteller. Dit verhaal – als het ooit gelezen zal worden – is daar afdoende bewijs van; ik spring almaar vooruit en keer weer terug, ik spring over de draad van de tijd alsof het een horde is, ik verdwaal op zijsporen en misschien verzwijg ik per ongeluk wel de essentie.

Als ik de pagina's van mijn verhaal herlees, besef ik dat ik dwars door de woorden heen loop als opgejaagd wild dat zigzaggend wegvlucht en de honden en jagers die hem nazitten op een dwaalspoor probeert te brengen. In dit allegaartje zit van alles. Ik heb mijn leven erin gelegd. Met schrijven lucht ik mijn hart en mijn maag.

Met het schrijven van het Verslag waarmee ze me hebben belast ligt dat anders. Daarin heb ik geen eigen stem. Ik kopieer de gesprekken haast woordelijk. Ik schrijf mager. Overigens heeft Orschwir me een paar dagen geleden laten weten dat ik vrijdag aan het einde van de middag naar het stadhuis moet komen.

'Kom vrijdag eens langs, Brodeck, dan kun je ons voorlezen...'

Hij was in eigen persoon naar mijn huis gekomen om me dat te zeggen. Hij zette zijn grote gestalte op een stoel die Fédorine hem had toegeschoven, groette niet, bedankte niet, nam zijn muts van otterbont af en weigerde het glas dat ik hem aanbood.

'Geen tijd, bedankt. Er is werk aan de winkel. Dertig varkens te slachten vandaag. En als ik er niet ben, zijn ze in staat om het te verknallen.'

Boven ons hoofd klonken voetstappen. Daar dribbelde Poupchette heen en weer als een spitsmuisje. Toen klonken er andere voetstappen, langzamer en zwaarder, en een stem, ver weg, van Emélia die neuriede. Orschwir hief zijn hoofd op en keek toen naar me alsof hij iets wilde zeggen, maar bedacht zich. Hij haalde zijn tabakszak tevoorschijn en rolde een sigaret. Er daalde een diepe stilte tussen ons neer, zo hard als steen. Orschwir bleef nog even plakken, zonder reden, hoewel hij net verteld had dat ze hem nodig hadden op de boerderij. Hij trok twee of drie keer hard aan zijn sigaret en de geur van honing en oude alcohol vulde de lucht in de keuken. Orschwir rookt niet zomaar wat. Hij rookt de tabak van de rijken, heel blond en goed gesneden, die hij laat aanvoeren van heel ver weg.

Hij keek nog eens naar het plafond en wendde zijn afschuwelijke gezicht toen weer naar mij. Nu hoorden we niets meer, geen voetstappen, geen stem van Emélia. Fédorine negeerde ons. Ze had aardappels geraspt die ze nu in haar hand tot platte koekjes kneedde – Kartfolknudle – die ze straks in kokende olie zou gooien, om ze vervolgens met maanzaad te bestrooien en op te dienen.

Orschwir schraapte zijn keel.

‘Ben je niet te eenzaam?’

Ik schudde mijn hoofd. Hij leek na te denken, trok aan zijn sigaret, verslikte zich, kreeg geen lucht. Zijn huid werd zo rood als rijpe wilde kersen in juni en zijn ogen vulden zich met vocht. Uiteindelijk stierf zijn gehoest weg.

‘Heb je nog iets nodig?’

‘Nee.’

Orschwir streek met zijn grote hand over zijn wangen alsof hij zich schoor. Ik vroeg me af waar hij heen wilde.

‘Goed, dan laat ik je alleen.’

Hij zei het aarzelend. Ik keek hem strak aan om te zien wat er diep in zijn blik verscholen lag, maar hij sloeg snel de ogen neer.

Ik hoorde mezelf iets vreemds antwoorden, een zin die haast niet uit mij leek te komen, want hij kwam me nogal dreigend voor: ‘Het komt je wel goed uit om net te doen alsof zij tweeën niet bestaan, hè? Dat komt je goed uit, nietwaar?’

Het gevolg was dat Orschwir er definitief het zwijgen

toe deed. Ik zag dat hij de betekenis van wat ik gezegd had probeerde te achterhalen, dat hij mijn woorden in zijn hoofd van alle kanten bekeek en ze in elkaar probeerde te passen, maar kennelijk slaagde hij er niet in, want hij stond op, pakte zijn muts, trok hem over zijn hoofd en ging ervandoor. De deur maakte een droog, kreunend geluid toen hij hem dichttrok. En door dat o zo alledaagse geluidje zag ik me opeens weer aan de andere kant van die deur staan, twee jaar geleden, op de dag van mijn terugkeer.

Iedereen die ik was tegengekomen sinds ik weer in het dorp was, had me met grote ogen aangekeken, en de monden waren wijd opengevallen zonder dat er een woord uitkwam. Sommige mensen vluchtten hun huis in om het nieuws van mijn terugkeer verder te vertellen, en iedereen begreep dat ze me met rust moesten laten, dat ze me nog niets moesten vragen, dat alles wat ik wilde was mijn voordeur te bereiken en mijn hand op de klink te leggen, hem open te duwen en dat geluid te horen – kortom: om thuis te komen en degene van wie ik hield en aan wie ik onophoudelijk had gedacht terug te zien, in mijn armen te sluiten, zo dicht tegen me aan te drukken dat het pijn deed en mijn lippen eindelijk weer met de hare te verenigen.

O, de bewegingen, de weg, de enkele meters – hoe vaak had ik ze in mijn dromen al niet afgelegd? Dus toen ik de voordeur opende, mijn voordeur, de deur van mijn huis, rilde ik over mijn hele lijf en bonkte mijn hart zo hard in mijn borst dat het leek alsof het eruit wilde breken. Ik dacht dat ik niet genoeg lucht kreeg, dat ik ter plekke dood neer zou vallen zodra ik een voet over de drempel had gezet, gestorven aan een overdaad van geluk. Maar plotseling verscheen het gezicht van de Zeilenesseniss voor me en ik versteende in al mijn geluk. Het leek alsof iemand een hand vol sneeuw tussen mijn hemd en mijn blote huid had gegooid. Waarom kwam het gezicht van die vrouw juist op dat moment uit de schemering tevoorschijn om voor mijn ogen te dansen?

In de laatste weken van de oorlog was het kamp een nog vreemdere plaats dan gewoonlijk. De onophoudelijke, zichzelf tegensprekende geruchtenstroom schudde de plek op, alsof er windvlagen door het kamp joegen die het nu eens warm maakten en dan weer ijskoud. Nieuw aangekomenen fluisterden dat de oorlog zo goed als voorbij was en dat wij, de kadavers die zich met moeite voortsleepten, aan de kant van de overwinnaars stonden. Dus kon je in de ogen van de levende doden die wij al lang geleden waren geworden een schijnsel zien dat er al heel lang uit was verdwenen maar nu weer met een kwetsbaar vlammetje ging branden. Het volgende ogenblik echter verjoeg de barbaarsheid van de bewakers de chaos die ze heel even hadden toegestaan, en alsof ze wilden bewijzen dat ze nog steeds de baas waren, gaven ze de eerste de beste die voorbijkwam ervan langs met hun stokken, laarzen en geweerkolven; ze trapten hem in de modder zoals je probeert een voetspoor of een stukje afval weg te werken. Niettemin gaf hun nervositeit en hun constante afwezige blik ons het idee dat er iets op til was.

De bewaker die mijn baasje was hield zich veel minder met mij bezig. Ik zag hem alleen maar als het etenstijd was, terwijl hij zich er wekenlang dagelijks mee had vermaakt me een brede leren halsband om te doen, daar een gevlochten riem aan vast te maken en me door het kamp te leiden; ik op handen en voeten, hij op twee benen en al zijn zekerheden. Omzichtig kwam hij naar het hok waar ik sliep en schepte twee lepels soep in mijn etensbak, maar ik merkte dat hij er geen plezier meer aan beleefde. Zijn gezicht was nog grauwer geworden dan het al was en twee diepe rimpels die ik niet van hem kende doorgroefden zijn voorhoofd.

Ik wist dat hij voor de oorlog boekhouder was geweest, dat hij getrouwd was en drie kinderen had – twee zoons en een dochter – en geen hond maar een kat. Hij zag er vrij onschadelijk uit, verlegen, met kleine, verzorgde handen die hij meerdere malen per dag uitgebreid waste, waarbij hij een militair deuntje floot. In tegenstelling tot veel andere bewakers dronk hij niet en ging hij nooit naar de barak zonder ramen waar vrouwelijke gevangenen die wij nooit te zien kregen ter beschikking van de bewakers stonden. Hij was een doodgewone man, bleek en afstandelijk, die altijd met een vlakke stem sprak die hij nooit verhief, maar die ik tweemaal zonder een moment van aarzeling met een bullenpees een gevangene heb zien doodslaan die was vergeten zijn muts af te nemen om hem te groeten. Joss Scheidegger was zijn naam. Ik heb die naam uit mijn geheugen proberen te bannen, maar het geheugen laat zich niet dwingen. Je kunt het hooguit af en toe in slaap sussen.

Op een ochtend was het een drukte van jewelste in het kamp: er klonken allerlei geluiden en er werden vragen geschreeuwd. De bewakers renden alle kanten op, pakten hun ransels en laadden goederen op karren. In de lucht was een nieuwe geur te ruiken, scherp en doordringend, die de stank die door onze armetierige lichamen werd uitgewasemd overtrof: de angst was van eigenaar gewisseld.

In de drukte schonken de bewakers geen enkele aandacht aan ons. Tot nu toe waren we slechts slaven voor ze geweest, maar deze ochtend waren we er helemaal niet meer.

Ik lag in mijn hok, tegen de warme buik van de doggen, en ik bekeek het merkwaardige schouwspel van de wanordelijke aftocht. Ik volgde iedere beweging. Ik hoorde het geroep en de bevelen, bevelen die ons niet meer aangingen. Op een gegeven moment, toen de meeste bewakers al waren vertrokken, zag ik hoe Scheidegger naar de barak liep die niet ver van mijn hok stond en waar het bureau van de gevangenenadministratie was gevestigd. Korte tijd later kwam hij weer naar buiten met een leren tas die eruitzag alsof hij vol papieren zat. Een van de doggen begon te blaffen toen hij hem zag. Scheidegger keek naar het hok, bleef staan en leek even te aarzelen. Hij keek om zich heen en toen hij zag dat niemand op hem lette, kwam hij snel naar het hok toe gelopen, knielde naast me neer, zocht in zijn zakken en haalde een klein sleuteltje tevoorschijn dat ik goed kende; met trillende handen maakte hij het slotje van mijn halsband open, toen wist hij niet wat hij met het sleuteltje aanmoest en wierp het in een opwelling op de grond, alsof hij zich eraan had gebrand.

'Wie weet wie het gelag zal moeten betalen...' mompelde Scheidegger; het waren de armzalige woorden van een boekhouder, ellendig en zonder waardigheid, en voor het eerst keek hij me in de ogen; misschien verwachtte hij een reactie van me. Zijn voorhoofd was overdekt met zweet en zijn huid was nog grauwer dan anders. Wat verwachtte hij in ruil voor zijn gebaar? Vergeving? Van mij? Hij keek me een paar seconden smekend en angstig aan. Toen begon ik te blaffen, een langgerekt gehuil, melancholisch en luguber, dat werd overgenomen en uitgebreid door de twee doggen. Scheidegger sprong doodsbang overeind en sloeg rennend op de vlucht.

Minder dan een uur later was er geen enkele bewaker

meer in het kamp. Er was alleen stilte. Er was niets te horen en niemand te zien. En langzaam maar zeker, heel schuw, kwamen de schimmen tevoorschijn uit de barakken; ze durfden nog niet echt om zich heen te kijken en niemand zei iets. De paden van het kamp raakten gevuld met een wankel, ongelovig leger van bleke, holle wangen en aarzelende gestaltes. Al snel was het een dicht opeengepakte, kwetsbare massa die zijn nieuwe situatie opnam, die nog steeds zwijgend en zonder vaststaand doel van hot naar her zwierf, en het kamp in een bizarre processie doorkruiste, overweldigd door de vrijheid die nog niemand durfde te benoemen.

Het onvoorstelbare werd bewaarheid toen deze grote rivier van uitstekende botten en pijnlijk vlees de hoek omsloeg van de barak van de bewakers en de commandant. Alles kwam tot stilstand. De voorsten hieven hun hand zonder een woord te zeggen en iedereen bleef stokstijf slaan. Ja, het ongelooflijke werd werkelijkheid: tegenover die honderden schepselen die langzaam maar zeker weer mens werden, stond de Zeilenesseniss, alleen. Moederziel alleen. Ontzettend alleen.

Ik geloof niet in het lot. En ik geloof ook niet meer in God. Ik geloof nergens meer in. Maar ik moet toegeven dat er bij die ontmoeting tussen een volk van ellende en een vrouw die het symbool was van hun beulen meer in het spel was dan alleen de hand van het toeval.

Want waarom was zij hier nog terwijl de bewakers al waren vertrokken? Zij had ook al weg moeten zijn. Ze moet in alle haast zijn teruggekomen, misschien om iets op te halen dat ze was vergeten. Eerst hoorden we haar stem. Die stem die gewoonlijk zo zelfverzekerd klonk, gerust in de kennis van zijn macht en zijn gelijk, die stem van de meester die nu eens het bevel gaf een van ons op te hangen en dan weer aftelrijmpjes voor haar kind zong.

Ik kon haar niet verstaan, ik stond iets verder weg, maar ik hoorde dat ze sprak alsof er niets veranderd was. Ze leek niet te weten dat ze alleen was in het kamp. Dat ze in de steek was gelaten. Ze leek te denken dat er nog bewakers waren die klaarstonden om ieder bevel van haar ten uitvoer te brengen en ons op haar verzoek dood te slaan. Maar niemand reageerde op haar bevelen. Niemand snelde toe om haar te dienen of te redden. Geen van de mannen tegenover haar bewoog. Ze praatte nog steeds, maar langzaam maar zeker veranderde haar stem. De woorden kwamen gehaaster en werden tegelijkertijd minder intens; toen werd het een heuse rivier van woorden, die uitmondde in geschreeuw en uiteindelijk opdroogde.

Ik denk aan haar ogen. Ik denk aan de ogen van de Zeilenesseniss toen ze begon te beseffen dat ze de laatst overgeblevene was, dat ze alleen was en dat ze het kamp misschien wel nooit meer zou verlaten, dat het ook haar graf zou worden.

Later hoorde ik dat ze degenen die vooraan stonden met haar vuisten te lijf was gegaan. Niemand sloeg terug. De mensenmassa stroomde aan weerszijden langs haar heen. En zo werd ze langzaam maar zeker meegesleurd door een rivier van levende lijken, zonder te beseffen dat ze er nooit meer uit zou komen, want achter haar sloot de stroom zich weer aaneen. Er klonk geen geschreeuw, geen enkele weeklacht: haar woorden gingen samen met haar ten onder. Ze werd verzwolgen. Er zat geen haat in haar einde, het was bijna machinaal, en dus precies zoals zij het zelf zou doen. Ik kan er geen eed op afleggen, maar ik weet zeker dat niemand haar heeft geslagen. Ze stierf zonder een enkele klap te krijgen, zonder dat er een woord tegen haar werd gezegd, of zelfs maar een blik op haar werd gericht, zij die onze blikken zo geminacht had. Ik stel me voor dat ze op een gegeven moment begon te wankelen en op de grond viel. Ik stel me voor dat ze haar handen uitstak en zich probeerde vast te klampen aan de schimmen die langs haar en over haar heen liepen, over haar lichaam, haar benen, haar tere blanke armen, haar buik en haar opgemaakte gezicht, schimmen die geen aandacht aan haar besteedden, die haar niet aankeken, haar niet te hulp kwamen maar haar ook niet te lijf gingen – die eenvoudigweg doorliepen, doorliepen, doorliepen, en op haar stapten zoals je op stof, aarde of as stapt.

De volgende dag vond ik de resten van haar lichaam. Het was een miezerig, gezwollen, blauw hoopje. Alle schoonheid was eruit verdwenen. Ze leek op een ballon of op zo'n 'Strohespuppe', een pop die met Sint-Johannes door de straten van het dorp wordt gedragen en bij het vallen van de avond op een grote brandstapel wordt geworpen terwijl er gezongen en gedanst wordt ter ere van de zomer, die grote poppen die door de kinderen gemaakt worden door gedroogd hooi in oude vrouwenkleren te proppen. Haar gezicht was verdwenen. Ze had geen ogen meer, geen mond, geen neus. Het was een enorme, ronde wond, opgeblazen als een ballon, waar een lange haardos aan hing van blonde haren vermengd met modder. Aan die haren kon ik haar trouwens herkennen. Haar haren die me vroeger, toen ik over de grond kroop en een hond nadeed, als gesponnen zonlicht toeschenen, verblindend en obsceen.

In de dood had ze haar vuisten zo stevig gebald dat het wel stenen leken. Uit een van de twee stak een stukje van een mooi bewerkte gouden ketting. Aan het einde van die ketting zou wel een medaillon hangen, een fijn bewerkt medaillon van een heilige die een zuigeling om de nek krijgt bij het sacrament van de doop. Misschien was ze teruggekomen toen ze merkte dat die medaillon niet op de kleine, zachte borst van haar kind hing. Ze was opnieuw het kamp binnengelopen met het idee dat ze er maar heel kort zou blijven. Kennelijk wist ze niet dat je nooit naar de Hel moet terugkeren als je er eenmaal uit vertrokken bent, en eigenlijk is er geen wezenlijk verschil tussen sterven door onwetendheid of sterven door duizend voetstappen van mannen die weer vrij zijn. Je doet je ogen dicht en dan is er niets meer. Sterven is trouwens nooit moeilijk. Daar hoef je geen slaaf of held voor te zijn. De dood vreet alles wat je hem voorzet.

XVII

‘Bier maakt geen vlekken, eau-de-vie ook niet – maar dan uitgerekend wijn!’

Pastoor Peiper bleef maar schelden. Hij stond in zijn hemd en onderbroek bij de gootsteen en schrobde zijn kazuifel met een grote borstel en een stuk zeep.

‘En boven op het kruis nog wel! Als ik het er niet af krijg, zullen al die onnozelaars en roddeltantes er nog een teken in zien! En tekenen hebben we al meer dan genoeg, daar grossieren we in, op nog een zitten we echt niet te wachten!’

Ik zag hem begaan zonder iets te zeggen. Ik zat in een hoek van zijn keuken op een wankele stoel met een versleten rieten zitting. Er hing een zware warmte in de kamer, die rook naar vuile afwas, gestold vet en gemorste slechte wijn. Overal stonden lege flessen, honderden, en in een stuk of tien daarvan had de pastoor kaarsen gezet die hun fragiele vlammetjes naar het plafond richtten.

Peiper hield op met schrobben en gooide het kleed walgend in de gootsteen; toen draaide hij zich om. Hij keek me verbaasd aan alsof hij mijn aanwezigheid vergeten was en me nu pas opmerkte.

‘Brodeck, Brodeck... een glaasje?’

Ik schudde van nee.

‘Jij kunt nog zonder. Mazzelaar...’

Hij ging op zoek naar een fles waar nog wijn in zat, en

voordat hij er een vond, moest hij er heel wat lege verplaatsen, wat een warrig, kristallen muziekje voortbracht. Hij greep de fles bij de hals alsof zijn leven ervan afhing en schonk een glas vol. Hij pakte het met beide handen vast en tilde het op tot bij zijn gezicht; toen glimlachte hij en zei met een stem waarin ernst en ironie waren vermengd: 'Dit is mijn bloed, ziet en drinkt er allen van!'

Hij dronk het in één teug leeg, zette het glas met een klap op tafel en begon daverend te lachen.

Ik ging bij hem langs nadat ik Orschwir had bezocht, zoals hij me gevraagd had, om toe te lichten hoe het er voorstond met mijn Verslag.

Die dag viel de nacht in één klap op het dorp, als een bijl op een hakblok. In de loop van de dag waren er grote wolken uit het westen gekomen die zich hadden verzameld boven ons dal, waar ze de pas werd afgesneden door de bergen, zodat ze in de val zaten en radeloos om zichzelf waren gaan draaien en rond drie uur 's middags door een harde ijswind uit het noorden in tweeën waren gebroken. Uit hun gapende buik was een dik pak sneeuw gevallen, ontelbare koppige vlokken die zich dicht tegen elkaar aandrukten als de vastberaden soldaten van een oneindig leger, en die zich overal aan vasthechtten: daken, muren, straten, bomen. Het was drie december. Alle andere sneeuwbuien tot dan toe waren slechts figuranten geweest. Dat wisten we. Maar deze bui, de bui die vandaag viel – daarmee viel niet te spotten. Het was de eerste van de zware sneeuwbuien. Er zouden er meer volgen, en tot aan de lente zouden we in hun gezelschap moeten leven.

Voor het gemeentehuis had de 'Zungfrost' – Bevroren tong – de lantaarns aan weerszijden van de deur aangestoken. Met een grote schop schraapte hij de grond kaal;

hij schepte de sneeuw op twee hopen en maakte een pad. Zijn kleding raakte overdekt met witheid; de sneeuwvlokken die eraan vastkleefden leken wel veren. Hij leek op een grote vogel.

'Dag Zungfrost!'

'Da... da... dag Bro... Brodeck! W... w... wat een sn... sneeuw!'

'Ik kom voor de burgemeester.'

'W... weet ik. Hij z... zit b... boven te w... wachten.'

De Zungfrost was een paar jaar jonger dan ik. Hoewel hij altijd glimlacht, is het geen simpele ziel. En als je goed kijkt, zie je dat die glimlach ook een grimas zou kunnen zijn. Op een dag, lang geleden, is zijn gezicht bevroren – zijn gezicht, zijn glimlach en zijn tong, allemaal bevroren. Hij was zeven of acht jaar oud. Het was in het holst van ook zo'n strenge winter. Alle kinderen van het dorp, jong en minder jong, hadden zich verzameld bij een bocht van de Staubi, die dat jaar helemaal bevroren was. We gleden over het ijs. We duwden elkaar. We lachten. En op zeker moment gooide iemand – we hebben nooit geweten wie – het vieruurtje van de Zungfrost – een plak spek in een homp brood – ver op het ijs, tot slechts een paar meter van de andere oever. De jongen zag zijn maaltje wegglijden en hij begon te huilen – grote, stille tranen, rond als de bessen van de maretak. En wij, de anderen, stonden te lachen. Toen riep iemand: 'Sta toch niet te janken, ga het gewoon halen!' Er viel een diepe stilte. We wisten allemaal dat het ijs op de plek waar het pakketje tot stilstand was gekomen niet dik kon zijn, maar niemand zei iets. We wachtten. De jongen aarzelde even, maar toen kroop hij weg over het ijs – ofwel omdat hij was uitgedaagd, om te laten zien dat hij geen lafbek was, of gewoon omdat hij zo'n honger had –

langzaam, op handen en voeten; iedereen hield de adem in. We gingen allemaal op de oever zitten, dicht bij elkaar, en keken toe. Hij bewoog zich als een klein dier, heel voorzichtig, en we wisten dat hij zich zo licht mogelijk probeerde te maken, terwijl hij toch al niet veel woog. Toen hij dichter bij zijn maaltje kwam, werden we wakker uit onze verdoving en begonnen we hem aan te moedigen, in de maat, steeds sneller. Op het moment dat hij zijn hand naar het brood en het spek uitstak, begon het ijs te scheuren. Het ijs onder hem week als een tafellaken dat snel van een tafel wordt weggetrokken, en zonder een geluid te maken verdween hij in het rivierwater.

Vader Hobel, een langslopende houtvester die door ons geroep gewaarschuwd werd, trok hem enige minuten later met behulp van een lange stok uit het water. Het gezicht van de jongen was zo wit als room. Zelfs zijn lippen waren wit. Hij hield zijn ogen dicht en hij glimlachte. We dachten dat hij dood was, maar er werden dekens over hem heen gelegd en zijn huid werd met alcohol ingewreven en een paar uur later ontwaakte hij. Het leven stroomde zijn aderen in en het bloed zijn wangen. Het eerste waar hij om vroeg was zijn eten, maar bij het vragen struikelde hij over ieder woord, alsof zijn mond in het ijskoude water was bevroren en zijn tong halfdood onder een dikke laag ijs lag. Sinds die dag noemden we hem alleen nog bij zijn bijnaam: de Zungfrost.

De raadzaal is enorm groot. Te groot voor het weinige wat er hoeft te gebeuren, zou ik haast zeggen. Hij stamt uit een andere tijd, een tijd waarin de rijkdom van een gemeenschap kon worden afgelezen aan de afmetingen van de openbare gebouwen. Het plafond gaat verloren in de hoogte. Aan de eenvoudig witgekalkte muren hangen antieke kaarten en ingelijste perkamenten, waarop in hellende, ingewikkelde handschriften de rechten, pachten en herendiensten staan beschreven die teruggaan tot de tijd waarin het dorp onder de heren van Molensheim viel, voordat de Keizer het met een handvest uit 1756 vrijdom verleende en het onthief van alle dienstbaarheden. Aan alle documenten hangen verdorde linten met wassen zegels.

Gewoonlijk staat er een grote tafel waar de raadsleden achter plaatsnemen, de burgemeester in het midden, en daar tegenover een paar rijen banken voor het publiek dat naar de beraadslagingen komt luisteren. Die dag stond de tafel er wel, maar waren de banken in een hoek van de ruimte geschoven en op elkaar gestapeld tot een ongelooflijke berg. Tegenover de grote tafel stond alleen een stoel en een piepklein schrijftafeltje.

'Kom toch dichterbij, Brodeck, we eten je niet op...'

Achter de grote tafel zat Orschwir. Hij deed het woord en wat hij zei maakte de anderen aan het lachen: zelfverzekerd, gesmoord gelach waarin een geheime verstandhouding doorklonk. Er waren twee anderen. Links van de burgemeester zat meester Knopf, die me over zijn smerige lorgnons heen aankeek en aan zijn pijp lurkte. De stoel rechts van Orschwir stond leeg, en op die daarnaast zat Göbbler, die zijn nek naar me uitstak en zijn hoofd een beetje draaide, alsof hij de mensen en dingen met zijn oren probeerde te zien in plaats van met zijn ogen die hem met de dag meer in de steek lieten... Het bloed stolde in mijn aderen toen ik zag dat hij er ook was.

'Ga je nog zitten, ja of nee?' vervolgde Orschwir op een toon die hij warm wilde laten klinken. 'Je bent hier onder vrienden, Brodeck; doe alsof je thuis bent, je hoeft nergens bang voor te zijn.'

Bijna had ik de burgemeester gevraagd waarom mijn buurman hier aanwezig was, en zelfs wat meester Knopf hier deed, die misschien wel een notabel was maar geen deel uitmaakte van de gemeenteraad. Waarom zij wel en anderen niet? Waarom juist zij? Uit hoofde van welke kwaliteiten, welke functies, welke competenties zaten ze achter de grote tafel?

Mijn hoofd tolde van al die vragen toen ik achter mijn rug de deur hoorde opengaan. Het gezicht van Orschwir lichtte op met een grote glimlach.

'Komt u toch binnen, alstublieft,' zei hij eerbiedig tegen de nieuweling die ik nog niet kon zien. 'U hebt niets gemist; we wilden net beginnen.'

De zaal weergalmde van langzame voetstappen, geaccentueerd door het getik van een wandelstok. De nieuweling liep van achter naar me toe. Hij kwam dichterbij. Ik wilde me niet omdraaien. Hij bleef op een paar passen van me staan, en toen hoorde ik zijn stem: 'Dag, Brodeck.' Zijn stem die me die avond begroette zoals hij me al honderden keren eerder had begroet, en mijn hart stokte, ik deed mijn ogen dicht, voelde mijn handen vochtig worden en proefde een bittere smaak die mijn mond vulde, hem in bezit nam, als om hem te verdrinken. De voetstappen vervolgden hun weg in gezelschap van hun trage, elegante geluid. Daarna hoorde ik een stoel over de vloer schrapen en toen was het stil. Ik deed mijn ogen open. Ernst-Peter Limmat, mijn vroegere schoolmeester, had rechts van Orschwir plaatsgenomen en nam me op met zijn grote blauwe ogen.

'Ben je je tong verloren, Brodeck? Toe maar! We zijn er allemaal! Lees eens voor wat je hebt geschreven.'

Terwijl Orschwir dat zei, wreef hij zich in zijn handen. Hij wreef zich in de handen op dezelfde manier als wanneer hij goede zaken had gedaan. Maar het was niet mijn tong die me in de steek liet. Mijn tong was ik niet verloren, maar misschien wel een stukje van mijn geloof en mijn hoop – het zoveelste.

Wat deed u daar, mijn geliefde oude meester Limmat, achter die tafel als van een rechtbank? Wist u het dan ook?

XVIII

Gezichten. Hun gezichten. Was dit nog zo'n nachtmerrie die me door elkaar schudde in een wereld waar geen uitweg was, een tweelingbroer van al die dromen die me 's nachts in het kamp teisterden? Waar ben ik? Komt er ooit een einde aan dit alles? Misschien is dit de Hel... Wat heb ik dan gedaan? Zeg het dan, Emélia... Ik heb je in de steek gelaten. Ja, ik heb je in de steek gelaten. Ik was er niet voor je. Vergeef me, engel van me, ik smeek het je. Je weet toch dat ze me hebben meegenomen en dat ik er niets aan kon doen? Zeg dan wat. Zeg me wie ik ben. Zeg dat je van me houdt. Hou op met neuriën, ik smeek je, mijn hart en mijn hoofd breken van dat liedje, hou op met neuriën. Haal je lippen van elkaar en laat er woorden uit komen. Vanaf nu kan ik alles verdragen. Ik kan alles aanhoren. Ik ben zo moe. Ik stel zo weinig voor, en zonder jou is er geen enkel licht in mijn leven. Ik ben stof, ik weet het. Ik ben zo nutteloos.

Vanavond heb ik te veel gedronken. Buiten is het midden in de nacht. Ik ben nergens meer bang voor. Ik moet alles opschrijven. Ze zouden kunnen komen. Ik wacht op hen. Ja, ik wacht op hen.

In de raadzaal las ik dus de paar blaadjes voor, het waren er niet meer dan een stuk of tien, waarop ik de getuigenverklaringen had verwoord en de gebeurtenissen had gereconstrueerd. Ik hield mijn ogen op de regels zonder ook maar één keer op te kijken naar degenen die tegenover me zaten te luisteren. Ik gleed voortdurend van mijn stoel omdat de zitting naar voren afliep. En wat de schrijftafel betreft: die was zo klein dat ik mijn benen er nauwelijks onder kon krijgen. Ik zat erg oncomfortabel, maar dat was ook de bedoeling: ik moest me slecht op mijn gemak voelen in deze enorme zaal die was ingericht alsof er een oordeel zou worden geveld.

Ik las voor met een dode, afwezige stem. Ik was nog niet bijgekomen van de verrassing en de bittere teleurstelling dat mijn oude schoolmeester er was. Mijn ogen lazen, maar mijn gedachten waren elders. Er schoten me allerlei herinneringen te binnen die met hem te maken hadden, heel oude van toen ik voor het eerst de schooldeur door kwam en zag dat hij naar me keek met zijn grote gletsjerblauwe ogen, zo blauw als een diepe spleet in het ijs. En dan waren er die keren – wat was ik daar dol op geweest! – dat hij me 's middags na de les liet blijven en me hielp om mijn achterstand in te halen, en hoe geduldig en vol goedheid hij naast me zat. Dan klonk zijn stem minder ernstig dan anders. We waren met z'n tweeën. Hij praatte zacht tegen me, verbeterde mijn fouten zonder boos te worden en moedigde me aan. Ik herinner me de nachten toen ik klein was dat ik me het gezicht van mijn vader voor de geest probeerde te halen en het tot mijn grote verrassing dikwijls aan me verscheen met de trekken van mijn schoolmeester, en ook herinner ik me dat die gedachte aangenaam en troostend was.

Toen ik net thuiskwam, heb ik de slingers met de hoornen-des-overvloeds, die ik een paar dagen geleden van Limmat heb gekregen toen ik hem vanwege de vossen opzocht, van de muur gehaald en in het vuur gegooid.

'Ben je gek geworden? Wat hebben ze je misdaan?' vroeg Fédorine die één oog opendeed en zag wat ik deed.

'Zij? Niets. Maar de handen die ze hebben gevlochten zijn vuil.'

Op haar knieën lagen een bol grove wol en breinaalden.

'Je spreekt Tibershoï, Brodeck.'

Tibershoï was de tovertaal uit het land Tibipoï, waar zich de meeste verhalen afspeelden die Fédorine vertelt, een taal die wordt gesproken door elfjes, gnomen en trollen, maar die mensen nooit zullen kunnen verstaan.

Ik gaf geen antwoord. Ik pakte de literfles eau-de-vie en een glas en ging naar het berghok. Het kostte heel wat tijd om de deur te ontdoen van alle sneeuw die ervoor lag. En het sneeuwde nog steeds. De sneeuw vulde de nacht. De wind was gaan liggen zodat de vlokken waren overgeleverd aan hun eigen grillen en neerdaalden in onvoorspelbare gracieuze wervelingen.

Nadat ik in de raadzaal had voorgelezen wat ik had geschreven, viel er een lange stilte. Het ging erom wie hem als eerste zou doorbreken. Voor het eerst keek ik hen aan. Meester Knopf lurkte aan zijn pijp alsof het lot van de wereld ervan afhing. Hij kreeg er niet meer dan een magere rookpluim uit en dat leek hem te irriteren. Göbbler leek te slapen, Orschwir schreef iets op een stukje papier. Alleen Limmat keek me glimlachend aan. De burgemeester keek op.

'Goed. Heel goed, Brodeck. Erg interessant, goed geschreven. Ga zo door.'

Een voor een keek hij de anderen aan voor bijval of om ze de gelegenheid te geven een opmerking te maken. Göbbler deed als eerste zijn mond open.

'Ik had meer verwacht dan dit, Brodeck. Ik hoor je

schrijfmachine zo vaak. Het Verslag is nog lang niet af, en toch heb ik het gevoel dat je heel veel schrijft...'

Ik probeerde mijn woede te verbergen. Ik probeerde rustig antwoord te geven en me nergens over te verbazen, geen vraagtekens te zetten bij de vraag of de aanwezigheid van de vragensteller. Wat had ik hem graag gezegd dat hij zich beter druk kon maken om het vuur dat in de kokende lendenen van zijn vrouw brandde dan om mijn schrijfsels. Ik antwoordde dat ik het schrijven van dit soort verslagen niet gewend was, dat het vrij moeilijk was om de getuigenverklaringen aan elkaar te breien, een goed beeld te schetsen en de waarheid te vangen van wat er de laatste maanden was gebeurd. Ja, ik was voortdurend op mijn schrijfmachine aan het werk, maar ik ploeterde: ik begon, schrapte, verscheurde en hervatte, wat verklaarde dat het niet erg opschoot.

'Maar Brodeck, ik wilde je helemaal niet boos maken met die vraag! Excuus, het was zomaar een loze opmerking. Het spijt me,' zei Göbbler zogenaamd gegeneerd.

Orschwir vond mijn verdediging kennelijk afdoende. Hij keerde zich weer tot de anderen. Siegfried Knopf zag er tevreden uit omdat zijn pijp weer snorde. Hij keek er vergenoegd naar en streelde de pijpenkop met beide handpalmen, zonder enige aandacht te schenken aan wat er om hem heen gebeurde.

'Wilt u misschien nog iets vragen, meester Limmat?' vroeg de burgemeester eerbiedig terwijl hij zich naar de oude onderwijzer wendde. Ik voelde hoe mijn voorhoofd begon te zweten, net zoals wanneer hij me destijds in de klas had overhoord in het bijzijn van mijn kameraden. Limmat glimlachte, liet enige tijd verstrijken en wreef zich in zijn handen.

'Niet zozeer een vraag als wel een eenvoudige opmerking, meneer de burgemeester... Ik ken Brodeck goed. Heel goed. En ook al heel lang. Ik weet dat hij zich conscïentieus zal kwijten van de taak die wij hem hebben toevertrouwd, maar... hoe zal ik het zeggen... hij is nogal dromerig, en dat is niet negatief bedoeld, want ik denk dat dromerigheid een goede eigenschap is, alleen denk ik dat hij zich in dit geval niet van de wijs moet laten brengen, hij moet oppassen dat hij droom en werkelijkheid niet met elkaar verwart, dat wat bestaat en dat wat nooit gebeurd is... Ik zou hem op het hart willen drukken daar goed voor op te passen, recht voor zich te kijken en ervoor te waken dat zijn verbeelding zijn woorden en ideeën niet de baas wordt.'

In de uren die volgden bekeek ik Limmats woorden van alle kanten. Wat moest ik ervan maken? Ik wist het niet.

'We zullen je niet langer ophouden, Brodeck. Ik neem aan dat je snel weer naar huis wilt.'

Orschwir kwam overeind en ik deed direct hetzelfde. Ik groette ze een voor een met een korte hoofdknik en liep gehaast naar de deur. Dat was het moment dat meester Knopf had uitgekozen om uit zijn lethargie te ontwaken. Zijn oudegeitenstem haalde me in: 'Wat een prachtige muts, Brodeck. Die zal wel lekker warm zijn. Zo een heb ik er nog nooit gezien... Hoe kom je daaraan?'

Ik draaide me om. Meester Knopf kwam naar me toe op zijn hortende kromme benen. Hij had alleen oog voor de muts die voor de Anderer was bedoeld en die ik net had opgezet. Hij stond vlak bij me en stak zijn klauw ernaar uit. Ik voelde zijn vingers op het bont.

'Erg origineel, en wat een prachtig handwerk... Geweldig! Wat moet het heerlijk warm zijn daaronder, zeker met zulk weer als eraan zit te komen... Ik benijd je, Brodeck...'

Trillend streelde Knopf de muts. Ik rook zijn van tabak verzadigde adem en ik zag in zijn ogen een waanzinnig lichtje dansen. Ik vroeg me opeens af of hij gek was geworden. Göbbler kwam bij ons staan.

'Je hebt nog geen antwoord gegeven op de vraag van meester Knopf wie die muts voor je gemaakt heeft, Brodeck.'

Ik aarzelde. Aarzelde tussen stilte en een paar woorden die ik ze als dolkpunten zou toewerpen. Göbbler wachtte. Limmat kwam bij ons staan en trok zijn magere hals terug tussen de revers van zijn fluwelen jasje.

'Je zult me niet geloven, Göbbler,' zei ik uiteindelijk op vertrouwelijke toon, 'maar het is de zuivere waarheid – vertel het alleen niet verder, alsjeblieft, het is een geheim, maar wil je wel geloven dat de heilige Maagd Maria deze muts voor me genaaid heeft en dat de Heilige Geest hem is komen brengen?'

Ernst-Peter Limmat barstte in lachen uit. Knopf lachte ook. Alleen Göbbler leek geïrriteerd. Zijn bijna dode ogen zochten de mijne alsof ze zich erin wilden boren. Ik liet ze staan waar ze stonden en ging ervandoor.

Buiten sneeuwde het nog steeds, en het pad dat de Zungfrost een uur geleden had gebaand, bestond al niet meer. De straten van het dorp waren uitgestorven. De lantaarns aan de gevels deinden met hun aureolen heen en weer. Het was weer gaan waaien, maar heel zachtjes, en in de wind dwarrelden de sneeuwvlokken alle kanten op. Opeens voelde ik iets tegen me aan. Het was de Ohnmeist, die zijn koude snuit tegen mijn broek drukte. Zijn vertrouwelijkheid verbaasde me. Ik vroeg me zelfs af of hij me niet voor iemand anders hield, voor de Anderer, want dat was de enige met wie hij zo vrijpostig was geweest.

Samen wandelden we verder, de hond en ik, door de overheersende geur van sneeuwkou en de rook van het dennenhout die in vlagen uit de schoorstenen neerdaalde. Ik zou niet meer weten waar ik tijdens die vreemde wandeling aan dacht. Maar ik weet nog wel dat ik opeens heel ver van die straten was verwijderd, heel ver van het dorp, heel ver van de bekende en barbaarse gezichten. Ik was met Emélia aan het wandelen. We liepen arm in arm. Ze droeg een jas van blauwe stof die aan de mouwen en bij de hals was afgezet met een rand van grijs konijnenbont. Haar haar, haar prachtige haar, zat opgestoken onder een rood hoedje. Het was erg koud. We bevroren bijna. Het was de tweede avond. Ik verslond haar gezicht, elke beweging die ze maakte, haar kleine handen, haar lach en haar ogen.

'Dus u bent student, meneer?'

Ze had een heerlijk accent dat tussen de woorden door gleed en ze stuk voor stuk, mooi of lelijk, een zekere zachtheid gaf. We waren al drie keer over de Elsipromenade om het meer gewandeld. We waren niet de enigen. Er waren nog meer stelletjes, ze leken op ons, ze keken elkaar vaak aan, spraken nauwelijks, lachten om niets en zwegen dan weer. Ik had drie duiten van Ulli Rätte geleend. Bij een koopman die een kraam had bij de ijsbaan had ik een gloeiendhete crêpe gekocht. Hij had er een grote lepel honing overheen gegoten en hem toen aan ons gegeven: 'Voor de verliefden!' We glimlachten maar durfden elkaar niet aan te kijken. Ik gaf de crêpe aan Emélia. Ze greep hem vast alsof het een schat was, scheurde hem in tweeën en gaf de helft aan mij. De nacht viel, en met de nacht kwam de vorst, die Emélia's wangen nog roder maakte en haar hazelnootkleurige ogen nog dieper liet glanzen. We aten de crêpe. We keken elkaar aan. We stonden helemaal aan het begin van ons leven.

De Ohnmeist blafte, wat me terugbracht naar het dorp. Hij wreef nog een keer met zijn kop tegen me aan en ging er toen met kleine passen vandoor, terwijl hij kwispelde ten afscheid. Ik keek hem na totdat hij verdween achter de houtblokken die langs de smidse van Gott lagen opgestapeld. Daar zou hij wel een schuilplaats hebben gevonden om de winter door te komen.

Ik had niet gelet op waar we heen liepen. Ik stond aan de rand van het dorp, vlak bij de kerk en het kerkhof. Het sneeuwde nog steeds zo hard. Het bos begon nog geen dertig meter verderop en toch was de bosrand niet te zien. Toen ik de kerk zag, dacht ik aan pastoor Peiper, en toen ik licht uit zijn keuken zag komen, besloot ik bij hem aan te kloppen.

XIX

Peiper hoorde me aan en vulde ondertussen zijn glas regelmatig bij. Ik had mijn hart gelucht. Ik had heel lang gepraat. Ik had bijna alles verteld. Behalve over de tekst die ik buiten het Verslag nog schrijf. Maar ik had mijn twijfels en mijn angsten geuit. Ik had verteld over het vreemde gevoel dat ik in een valstrik was gelopen en niet kon achterhalen wie hem had gespannen, wie het touw vasthield, waarom ze juist mij erin hadden laten lopen, en vooral: hoe ik me eruit zou kunnen redden. Toen ik zweeg, liet Peiper een stilte vallen. Het praten had me goedgedaan.

'Bij wie heb je gebiecht, Brodeck, bij de mens of bij wat er rest van de priester?'

Ik gaf niet direct antwoord omdat ik eenvoudigweg niet wist wat ik moest zeggen. Peiper bemerkte mijn verlegenheid en vervolgde: 'Ik vraag het omdat het niet hetzelfde is, zoals je weet, ook al ben ik mij ervan bewust dat je niet meer in God gelooft. Laat me je op weg helpen door zelf ook iets op te biechten: ik zelf geloof ook nauwelijks meer in God. Heel lang heb ik met Hem gepraat, jaren- en jarenlang, en al die tijd dacht ik dat hij naar me luisterde en antwoord gaf door middel van tekens, gedachten die in me opkwamen en daden die ik verrichtte, en ook dat hij me inspireerde. Toen hield het allemaal op. En nu weet ik dat Hij niet bestaat – of anders voor eeuwig is vertrokken, maar dat is hetzelfde: we staan er alleen voor, daar komt het op neer. Toch blijf ik op de winkel passen; misschien doe ik het niet zo goed, maar hij staat nog overeind. Ik doe er niemand kwaad mee en er zijn hier nog wat oude zielen die nog eenzamer en verlatener zouden zijn als ik een eind maakte aan het toneel. Want weet je, iedere voorstelling geeft ze weer wat kracht om door te gaan. Toch is er één principe waaraan ik altijd trouw ben gebleven: dat van het geheim, het biechtgeheim. Dat is mijn kruis en dat zal ik dragen. Ik zal het dragen tot het einde.'

Opeens greep hij mijn hand en hield hem stevig vast. 'Ik weet alles, Brodeck. Alles. En je hebt er geen idee van wat "alles" betekent.'

Hij merkte dat zijn glas leeg was en hij viel stil. Hij kwam trillend overeind en wierp angstige blikken op de flessen die de hele kamer in beslag namen. Hij tilde er vijf of zes op voordat hij er een vond waar nog wat in zat. Glimlachend nam hij hem in de armen, als een geliefde die je na lange tijd terugziet, ging weer zitten en schonk zich in.

'Mensen zijn vreemd. Zonder erbij stil te staan begaan ze de ergste misdaden, en vervolgens kunnen ze niet leven met de herinnering aan wat ze gedaan hebben. Die moeten ze kwijt, en dan komen ze naar mij omdat ze weten dat ik de enige ben die opluchting kan bieden, en vertellen me alles. Ik ben het afvoerputje, Brodeck. Ik ben geen priester, ik ben een menselijk afvoerputje. In dat hoofd van mij kun je al je ettervocht en smerigheid gieten, zodat je je weer verlicht en opgelucht voelt. En daarna gaan ze weg alsof er niets gebeurd is. Ververst. Gereinigd. Klaar om opnieuw te beginnen, in de wetenschap dat het afvoerputje zich weer heeft gesloten boven wat hem is toevertrouwd. Dat hij er nooit over zal praten, met niemand. Zij kunnen rustig slapen, maar ik stroom over, Brodeck, ik stroom over, het is te veel, ik kan niet meer maar ik hou vol, ik probeer vol te houden. Ik zal sterven met alle gruwelijkheden die ze in mij hebben uitgestort. Zie je die wijn? Die wijn is mijn enige vriend. Die zorgt ervoor dat ik kan slapen en een paar momenten lang die hele lading gruwelijkheid die ik meedraag kan vergeten, die stinkende vracht die ze mij hebben toevertrouwd. Ik zeg dit niet om medelijden te wekken, maar om het je te laten begrijpen... Jij voelt je eenzaam omdat je verschrikkelijke dingen moet vertellen; ik voel me eenzaam omdat ik absolutie moet verlenen.'

Hij viel stil, en in het beweeglijke, meervoudige licht van de kaarsen zag ik duidelijk dat zijn ogen zich vulden met tranen.

'Ik heb niet altijd zo veel gedronken, Brodeck, dat weet je. Voor de oorlog dronk ik alleen maar water en vertrouwde ik erop dat God aan mijn zijde stond. De oorlog... misschien heeft de mens die nachtmerries nodig. Ze slopen wat ze in eeuwen hebben opgebouwd. Ze breken af wat gisteren nog de hemel in werd geprezen. Ze staan toe wat verboden was. Ze moedigen aan wat niet was toegestaan. Oorlog is een grote hand die de wereld schoonveegt. Het is de plaats waar de middelmatigheid zegeviert, de crimineel het aureool krijgt van de heilige en men voor hem neerknielt en hem toejuicht en bewierookt. Is het leven dan zo gruwelijk saai voor de mensen dat ze naar chaos en massamoord verlangen? Ik heb ze zien opspringen aan de rand van de afgrond, eromheen zien lopen en gefascineerd zien kijken naar de verschrikkelijke diepte waarin de meest afschuwelijke hartstochten vrij spel hebben. Slopen! Schenden! Slachten! Bevuilen! Je zou ze moeten zien...'

Met een snelle beweging greep de pastoor mijn pols beet en hield hem stevig vast.

'Waarom denk je dat ze mijn onsamenhangende preken en mijn missen vol gevloek en dronkemansgelal tolereren? Waarom komen ze allemaal nog? Waarom heeft niemand ooit bij de bisschop om mijn herroeping verzocht? Omdat ze bang zijn, Brodeck, zo simpel is het, omdat ze bang zijn voor mij en alles wat ik van ze weet. Angst regeert de wereld. Die houdt de mens bij zijn ballen. En af en toe knijpt hij erin om de mensen eraan te herinneren dat hij ze kan vernietigen wanneer hij maar wil. Ik zie de gezichten als ik in de kerk op de preekstoel sta. Ik zie dat ze doen alsof het ze niet uitmaakt. Maar ik ruik het angstzweet. Ik ruik het. Want neem maar van mij aan dat het geen wijwater is dat er door hun bilnaad loopt! Ze zullen zich wel voor de kop slaan dat ze alles aan mij hebben verteld... Weet je nog dat je mijn misdienaar was, Brodeck?'

Ik was nog heel jong en pastoor Peiper maakte een enorme indruk op me. Hij had een diepe, zijdeachtige stem toen die nog niet door alle glazen wijn was aangetast. Hij lachte nooit. Ik droeg een wit koorhemd met een vermiljoenrode kraag. Ik snoof de wierook met gesloten ogen op omdat ik dacht dat God dan gemakkelijker bij me binnen kon komen. Er zat geen enkel scheurtje in mijn gelukzaligheid. Er bestonden geen rassen. Geen verschillen tussen mensen. Ik was vergeten wie ik was, waar ik vandaan kwam. Ik had nooit aandacht besteed aan het feit dat er tussen mijn dijen een klein stukje huid ontbrak, en niemand had het me ooit kwalijk genomen. We waren allemaal het volk van God. In ons kleine kerkje stond ik naast pastoor Peiper bij het altaar. Hij sloeg de bladzijden van het grote boek om. Hij zwaaide met de hostie en de kelk. Ik luidde de klokken. Ik gaf hem het water en de wijn aan, en de witte doek om zijn lippen af te vegen. Ik wist dat er een paradijs was voor de rechtschapenen en een hel voor de zondaars. Alles leek zo simpel.

'Hij is een keer bij me langsgekomen...'

Peiper had zijn hoofd laten zakken en zijn stem klonk mat. Ik dacht dat hij het weer over God had.

'Hij was hier, maar ik denk dat ik niet wist hoe je naar hem moest luisteren. Hij was zo... anders... Ik wist niet... Ik wist niet hoe je naar hem moest luisteren...'

Opeens begreep ik dat de pastoor het over de Anderer had.

'Het moest wel zo aflopen, Brodeck. Die man was een spiegel, weet je, zonder een woord te zeggen liet hij iedereen zien hoe hij eruitzag. Misschien was hij wel de laatste gezant van God voordat Hij de boel opdoekt en de sleutel weggooit. Ik ben het afvoerputje, maar hij is de spiegel. En spiegels breken altijd, Brodeck.'

En alsof hij zijn woorden kracht bij wilde zetten, pakte Peiper de fles die voor hem stond en smeet hem tegen de muur. Toen pakte hij er nog een, en nog een en nog een, en terwijl de flessen uiteenspatten en duizenden glassplinters door de keuken verspreidden, lachte hij, lachte hij als een verdoemde en brulde: 'Ziebe Jarh vo Missgesck! Ziebe Jarh vo Missgesck! Ziebe Jarh vo Missgesck! – Zeven jaar ongeluk! Zeven jaar ongeluk! Zeven jaar ongeluk!'; toen hield hij even plotseling weer op, liet zijn gezicht op tafel in zijn handen vallen en snikte als een kind.

Ik bleef nog even bij hem; ik durfde me niet te verroeren of iets te zeggen. Hij haalde twee keer luidruchtig zijn neus op en toen was het stil. Hij bleef op tafel liggen, gebroken, met zijn hoofd verborgen in zijn armen. De kaarsen brandden een voor een op en langzaam maar zeker werd de keuken in duisternis gedompeld. Van Peipers lichaam steeg een vredig gesnurk op. De kerkklokken sloegen tien uur. Ik verliet de kamer en deed de deur heel zachtjes achter me dicht.

Buiten werd ik verrast door het licht. Het sneeuwde niet meer en de hemel was helemaal opgeklaard. De laatste wolken probeerden zich nog aan de Schnikelkopf vast te klampen, maar de wind die nu uit het oosten kwam hield huis en scheurde ze aan dunne flarden. De sterren hadden hun zilveren tooi tevoorschijn gehaald. Toen ik mijn blik omhoog richtte om ze te zien, had ik het gevoel dat ik in een zee dook die duister en glinsterend tegelijk was, en waarvan de inktzwarte dieptes versierd waren met ontelbare heldere parels. Ze leken allemaal heel dichtbij. Ik was zelfs zo stom om mijn hand ernaar uit te steken alsof ik er met mijn vingers een handvol van zou kunnen grijpen om ze onder mijn jas mee te nemen voor Poupchette.

De rook kwam loodrecht uit de schoorstenen. De lucht was weer kurkdroog, de vorst ontfermde zich over de sneeuwhopen voor de huizen en maakte er harde, glinsterende korsten op. In mijn zak voelde ik de papieren die ik een paar uren geleden aan de anderen had voorgelezen. Het waren maar een paar dunne, vederlichte blaadjes, maar ze drukten met een aanzienlijk gewicht op mijn gemoed en brandden tegen mijn huid. Ik dacht terug aan wat Peiper over de Anderer had gezegd en het viel me moeilijk om het dronkemansgelal te onderscheiden van de woorden van een man die eraan gewend is om met parabolen te jongleren. Ik vroeg me vooral af waarom de Anderer de pastoor had bezocht, vooral omdat we allemaal al vrij snel doorhadden dat hij de kerk meed en nooit naar de mis kwam. Waar zou hij het over gehad hebben?

Toen ik langs de herberg van Schloss liep, zag ik dat er in de grote zaal nog licht brandde. Waarom weet ik niet, maar ik kreeg zin om naar binnen te gaan.

Dieter Schloss stond achter zijn toog en sprak met Caspar Hausorn. Onder het praten bogen ze zich zo ver naar elkaar toe dat het leek alsof ze elkaar gingen kussen. Ik riep een groet die ze deed verstijven; toen ging ik aan de tafel in de hoek bij de schouw zitten.

'Heb je nog warme wijn?'

Schloss knikte. Hausorn draaide zich naar me toe en maakte een kort hoofdgebaar dat voor een groet kon doorgaan. Toen leunde hij weer voorover naar het oor van Schloss, mompelde iets waar de herbergier mee leek in te stemmen, pakte zijn pet, sloeg zijn glas bier in één teug achterover en ging ervandoor zonder me nog aan te kijken.

Het was de tweede keer sinds de Ereigniës dat ik in de herberg was. En net als de vorige keer vond ik het moeilijk te geloven dat zo'n gewone plek het decor van een moordpartij had kunnen zijn. De herberg leek op iedere andere dorpsherberg: er stonden een paar tafels, stoelen, banken, wijnflessen in wandrekken, ingelijste spiegels waar zo veel roet op zat dat ze al heel lang niets meer weerkaatsten, een kast waarin schaak- en damspellen stonden, en er lag zaagsel op de vloer. Boven waren de kamers. Vier kamers, om precies te zijn. Drie hadden al heel lang geen dienst meer gedaan. Wat de vierde betreft, de grootste en ook de mooiste: die had de Anderer gehuisvest.

Op de dag na de Ereigniës was ik na mijn bezoek aan

Orschwir bijna een uur bij moeder Pitz gebleven om weer tot mezelf te komen en mijn verstand en gemoed te kalmeren; zij zat tegenover me, sloeg de bladzijden van haar herbarium om en gaf commentaar op alle bloemen die erin lagen te slapen. Toen alles in mijn hoofd langzaam maar zeker weer helder werd, bedankte ik haar, nam afscheid en ging rechtstreeks naar de herberg. Ik stond er voor een dichte deur en gesloten luiken. Het was de eerste keer dat ik Schloss' herberg zo aantrof. Ik klopte aan, hard en dringend, en wachtte. Niets. Ik klopte opnieuw, nog harder, en dit keer ging een luik halfopen en verscheen Schloss, angstig en wantrouwig.

'Wat moet je, Brodeck?'

'Praten. Doe open.'

'Dit is misschien niet het juiste moment...'

'Doe open, Schloss, je weet dat ik het Verslag moet opstellen.'

Het woord kwam uit zichzelf uit mijn mond. Het was de eerste keer dat ik het gebruikte; mij klonk het heel vreemd in de oren, maar het had een onmiddellijke uitwerking op Schloss. Hij deed het luik dicht en ik hoorde hem gehaast de trap af komen. Een paar seconden later was hij met de grendels in de weer en zwaaide hij de dikke deur open.

'Snel, naar binnen!'

Hij deed de deur zo gehaast achter me dicht dat ik het niet kon laten te vragen of hij bang was dat er een spook naar binnen zou glippen.

'Maak daar geen grappen over, Brodeck...'

Hij sloeg tweemaal een kruis.

'Wat kom je doen?'

'Ik wil de kamer zien.'

'Welke kamer?'

'Doe niet alsof je me niet snapt. De kamer.'

Schloss leek te aarzelen en na te denken.

'Waarom wil je die zien?'

'Ik wil hem nu zien. Ik moet nauwkeurig zijn. Niets overslaan. Ik moet alles kunnen vertellen.'

Schloss streek met zijn hand over zijn voorhoofd dat glom alsof hij het net met reuzel had ingesmeerd.

'Er is niet veel te zien, maar als je aandringt... Volg me.'

We liepen de trap op. Schloss' grote lichaam nam de hele trap in beslag en de treden bogen door onder zijn gewicht. Hij ademde luidruchtig. Op de overloop haalde hij een sleutel uit een zak van zijn schort en stak me hem toe.

'Ga je gang, Brodeck.'

Het kostte me drie pogingen voor ik de sleutel in het slot in beweging kreeg. Ik kreeg mijn trillende handen niet in bedwang. Schloss stond een stukje achter me en probeerde op adem te komen. Eindelijk klonk er een kleine klik. Ik deed de deur open. Mijn hart voelde als dat van een opgejaagd vogeltje. Ik vond het eng om de kamer terug te zien, ik was bang dat ik een dode ging zien, maar wat ik zag was zo verbazend dat mijn angst ter plekke verdampte.

De kamer was helemaal leeg. Er stonden geen meubels meer, geen spullen, geen kleren, geen hutkoffers – alleen een grote klerenkast die vastzat aan de muur. Ik deed hem open. Ook leeg. Er was hier niets meer. Alsof de Anderer er nooit gelogeerd had. Alsof hij nooit bestaan had.

'Wat is er met zijn bagage gebeurd?'

'Waar heb je het over, Brodeck?'

'Doe niet alsof ik gek ben, Schloss.'

De kamer rook naar zeep en vochtig hout. De vloer was met veel water natgemaakt en geboend. Op de plaats waar het bed had gestaan, was op het larikshouten parket een grote vlek te zien, donkerder dan de rest van de vloer.

'Heb jij de vloer geschrobd?'

'Iemand moest het doen.'

'En die vlek, wat is dat?'

'Wat denk je zelf, Brodeck?'

Ik draaide me naar hem om.

'Wat denk je zelf?' herhaalde hij mat.

XX

Vanochtend werd ik vrij laat wakker. Met bonkende hamers in mijn hoofd. Ik heb echt te veel gedronken, gisteravond. De fles eau-de-vie is bijna helemaal leeg. Mijn mond is zo droog als brandhout en ik zou niet kunnen zeggen welke heilige me de weg naar mijn bed heeft gewezen. Ik heb tot heel laat zitten schrijven, en ik herinner me dat ik mijn vingers niet meer voelde omdat ze zo stijf waren van de kou. Ik weet ook nog dat de toetsen van de schrijfmachine steeds vaker bleven steken. Varens van ijs legden hun takken tegen het glas en ik was zo dronken dat ik dacht dat het bos op me af kwam om het berghok te omsingelen en te wurgen, met mij erbij.

Toen ik opstond, stelde Fédorine geen vragen. Ze maakte kruidenthee voor me waarin ik de geur van tijm, lijstermunt en vetkruid herkende. Ze zei alleen: 'Drink op, dat is goed voor waar jij last van hebt.' Ik deed wat ze zei, net als toen ik klein was. Toen zette ze een mand voor me neer die Alfred Wurtzwiller was komen brengen. Er zat aardappelsoep in, een lichtbruin brood, een halve ham, appels en prei. Maar geen geld. Het was niet zoals anders, wanneer er een postwissel komt uit S. die bewijst dat de Ambtenarij me nog niet helemaal is vergeten. Dan zit er geld in en ook drie of vier officiële documenten vol stempels, gesigneerd en gecontrasigneerd, ten bewijze van de betaling. Maar nu zat er alleen eten in de mand. Ik moest wel een verband leggen tussen dit voedsel en mijn audiëntie van de vorige dag bij de burgemeester en de anderen. Dit was hoe ze me betaalden. Ze betaalden me. Voor het Verslag. Voor wat ik had geschreven, en vooral voor wat ik niet had geschreven.

Poupchette zat in de tobbe en werd door Fédorine gewassen. Ze zwaaide met haar handen en sloeg tegen het warme water. Ze schaterlachte en riep steeds: 'Visje! Visje!' Ik nam haar drijfnat in mijn armen, drukte haar tegen me aan en kuste haar blote, soepele, warme huid, waardoor ze nog harder begon te lachen. Achter ons stond Emélia bij het raam haar lied te neuriën, haar blik verzonken in de verte, in de witte weidsheid van het dal. Poupchette begon te spartelen en ik zette haar op de grond. Ze pakte wat schuim in haar hand, rende naar haar moeder en gooide het schuim naar haar toe. Emélia draaide zich naar de kleine om zonder het lied te onderbreken. Ze richtte haar dode blik op Poupchettes schattige glimlach; toen keek ze weer naar de witheid.

Ik voel me zwak en nutteloos. Ik probeer dingen te beschrijven. Maar wie zal ze lezen? Wie? Het was beter als ik Poupchette en Emélia zou optillen en de oude Fédorine op mijn rug zou nemen, en bepakt met proviand, kleding en wat mooie herinneringen weg zou gaan, heel ver weg van hier. Opnieuw beginnen. Helemaal opnieuw. Daaraan kun je de mens herkennen, hield Nösel ons indertijd voor. 'De mens is een dier dat altijd opnieuw begint.' Nösel debiteerde zijn zinnen met de pauzes van een volksmenner; hij leunde met zijn platte handen op zijn grote bureau, en liet zijn woorden volgen door een lange stilte die we allemaal naar eigen inzicht opvulden.

'De mens is een dier dat altijd opnieuw begint.' Maar waaraan begint hij dan opnieuw? Aan zijn fouten, of aan het bouwen van zijn gammele bouwwerken die hem soms tot vlak bij de hemel brengen? Dat vertelde Nösel niet. Misschien omdat hij wel wist dat het leven zelf, het leven waaraan wij nog niet eens echt begonnen waren, het ons op een dag wel duidelijk zou maken. Of misschien simpelweg omdat hij het niet wist, omdat hij zelf nooit ergens over had getwijfeld en altijd alleen van de borst van zijn boeken had gedronken en de echte wereld en degenen die zich daarin bevonden was vergeten.

Toen Schloss me gisteravond mijn warme wijn bracht, ging hij ongevraagd tegenover me zitten. Ik merkte wel dat hij me iets wilde vertellen, maar ik had hem niets te zeggen. Ik werd nog te veel in beslag genomen door wat pastoor Peiper me had verteld. En ik wilde alleen mijn glaasje warme wijn drinken en het vuur mijn lichaam weer tot leven laten wekken. Dat was alles. Op iets anders zat ik niet te wachten. In mijn hersenpan krioelde het van de vragen waarop geen antwoord was, honderden radertjes van een groot mechaniek dat ik alleen nog hoefde uit te vinden om het in elkaar te kunnen zetten.

'Ik weet dat je me niet mag, Brodeck,' mompelde Schloss opeens, toen ik haast vergeten was dat hij tegenover me zat. 'Toch ben ik geen slecht mens, weet je.'

De herbergier zag er nog dikker en zweteriger uit dan gewoonlijk. Hij speelde met zijn vingers en beet op zijn dikke, gebarsten lippen.

'Ik doe wat me wordt opgedragen, zo simpel is het. Ik wil geen drukte, maar dat betekent niet dat ik niet nadenk... Ik ben een eenvoudig mens, niet zo intelligent als jij, en wat je ook mag denken, achterbaks ben ik ook niet. Ik ben de kwaadste niet. Ja, toen de Fratergekeime het dorp hadden bezet heb ik ze bediend. Maar wat had ik anders moeten doen? Bedienen is mijn vak. Ik kon me toch niet laten vermoorden om een geweigerd glas bier? Ik heb het altijd verschrikkelijk gevonden wat jou is overkomen, Brodeck, echt waar, en ik zou er niets aan hebben kunnen doen, geloof me... En wat ze je vrouw hebben aangedaan... mijn god...'

Toen Schloss over Emélia begon, spuugde ik hem bijna in het gezicht, maar wat hij daarna zei weerhield me ervan.

'Ook ik hield van mijn vrouw, moet je weten. Dat klinkt je misschien vreemd in de oren omdat ze niet erg mooi was – als je dat nog weet – maar sinds ze er niet meer is, heb ik het gevoel alsof ik nog maar half leef. Niets doet er nog toe. Als Gerthe er in de oorlog nog was geweest, zou ik misschien wel geweigerd hebben de Fratergekeime te bedienen. Ik voelde me sterk als zij er was... Misschien had ik ze wel in het gezicht gespuugd. Misschien had ik het grote mes gepakt waarmee ik uien snijd en hun buiken opengereten. En misschien, als zij er nog was geweest, had ik... had ik misschien.. was de Murmelnër misschien nog wel in leven geweest, misschien had ik nog wel eerder mezelf laten doden dan dat hij onder mijn dak...'

Het rommelde in mijn buik. Ik was een beetje misselijk. De warme wijn viel niet goed. Hij verwarmde niet. Hij knaagde aan mijn ingewanden alsof er opeens een beestje in mijn buik zat dat overal zijn tanden in zette. Ik zag Schloss zoals ik hem nog nooit had gezien. Het was alsof er een mistbank was opgetrokken, langzaam maar zeker, en er daarachter een onverwacht landschap was verschenen met vormen die uiterst harmonieus bleken te zijn. Tegelijkertijd vroeg ik me af of hij me niet probeerde in te pakken. Het is altijd gemakkelijk om naderhand spijt van iets te hebben. Een fluitje van een cent. En het geeft je de gelegenheid om zowel je handen als je herinnering met ruim water schoon te boenen, en ze weer puur en wit te maken. Maar hoe dan ook, wat Peiper had verteld over de biecht en het afvoerputje, dat was nogal wat! Ze moesten allemaal bij hem gekomen zijn en Schloss zou niet de laatste zijn geweest. Bovendien herinnerde ik me zijn houding en zijn gezicht op de avond van de Ereigniës; hij had zich niet afzijdig gehouden. Hij had er niet uitgezien alsof hij de misdaad die onder zijn dak werd gepleegd afkeurde, ongeacht wat hij nu vertelde. Hij zag er niet uit als een man die bevangen was door doodsangst en afgrijzen over wat er was gebeurd.

Ik wist niet wat ik ervan moest denken. Ik weet nooit zo goed wat ik van dingen moet denken. Waarschijnlijk is dat de grootste overwinning van het kamp op de gevangenen geweest. Sommigen zijn dood, maar anderen, zoals ik, degenen die zijn ontkomen, zijn nog altijd in zekere zin besmet: ze kunnen nooit meer een ander mens aankijken zonder zich af te vragen of er in de blikken die ze kruisen een verlangen ligt verscholen om op ze te jagen, ze te martelen, te doden. We zijn een eeuwige prooi geworden, schepselen die wat ze ook doen iedere nieuwe dag beschouwen als een lange beproeving die ze moeten doorstaan, en die het vallen van de avond verwelkomen met een vreemd gevoel van opluchting. Wij dragen altijd de kiem van teleurstelling en ongerustheid in ons. Ik geloof dat wij de herinnering aan een verwoeste mensheid zijn geworden, en dat we dat altijd zullen blijven. Wij zijn wonden die nooit meer helen.

'Misschien weet je niet eens dat wij een kind hadden,' vervolgde Schloss. 'Misschien heeft Fédorine je dat nooit geschreven. Het was in de tijd dat jij ver weg zat, de tijd dat je studeerde. Een kind dat maar vier dagen en vier nachten heeft geleefd. Een jongen van wie de baker, de oude Paula Beckenart – ze ruste in vrede – zei dat het een echte kleine Schloss was. Ze had hem op de zevende dag van april uit Gerthes buik gehaald. Buiten krasten de vogels en de knoppen van de lariksen werden als pruimen zo groot. De eerste keer dat ze hem in mijn armen legden, dacht ik dat ik hem nooit goed zou kunnen vasthouden. Ik was zo bang dat ik hem zou fijnknijpen, of met mijn grote handen zou laten stikken, en ik was ook bang dat ik hem op de grond zou laten donderen en dat hij als een kristal uit elkaar zou spatten. Gerthe lachte me uit, en hij, de kleine, schreeuwde luidkeels, sloeg met zijn handen en trapte met zijn voeten, maar zodra hij Gerthes borst vond, zoog hij alle melk op en dronk hij zonder ophouden, alsof die helemaal leeg moest. Ik had Hans Douda een wiegje laten maken uit de stam van een notenboom, een mooi stuk notenhout dat hij had bewaard om er een kast van te maken, maar ik legde wat goudstukken op zijn werkbank en we kwamen er wel uit.'

Schloss had lange vuile nagels. Terwijl hij over zijn kind vertelde probeerde hij ze schoon te maken, zonder te kijken, maar hij slaagde er niet in om de zwarte randen weg te werken.

'Hij nam de hele wieg in beslag. Hij trapte met zijn voetjes tegen de bodem en zette al zijn kracht erachter; het maakte een prettig geluid, als houthakkersbijlen diep in het bos. Gerthe wilde hem Stephan noemen, ik gaf de voorkeur aan Reichart. Eigenlijk waren we nogal overdonderd: we hadden onszelf wijsgemaakt dat het een meisje zou worden. Voor dat meisje dat er nooit zou komen hadden we al een naam: Lisebeth, omdat mijn moeder Lise heette en Gerthes moeder Bethsie. En toen dat kleine mannetje het daglicht zag en de baker hem in de lucht hield, hadden we geen naam voor hem. Gedurende de vier dagen van zijn korte leventje zaten Gerthe en ik lachend te ruziën: dan zei ik "Reichart", waarop zij antwoordde "Stephan". Het werd een spelletje, een spelletje dat uitliep op kussen en strelingen. Het ging zo lang door dat het kind geen naam had toen het stierf. Hij is naamloos gestorven en sindsdien heb ik mezelf dat altijd kwalijk genomen, alsof het ook een beetje daardoor kwam dat hij is overleden.'

Schloss zweeg en liet zijn hoofd hangen. Niets aan hem bewoog nog. Hij leek niet meer te ademen. Ik proefde de smaak van kaneel en van kruidnagel in mijn mond, en in mijn buik zat nog steeds zo'n grote wond.

''s Nachts droom ik wel eens over hem, dan steekt hij zijn handjes naar me uit, zijn piepkleine handjes, en daarna gaat hij weg, steeds verder weg, alsof hij door een of andere kracht wordt meegevoerd, en ik kan hem niet roepen, er is geen naam die ik kan schreeuwen om hem hier te houden.'

Schloss had zijn hoofd weer opgeheven en toen hij dit zei, keek hij me strak aan met zijn grote ogen. Zijn blik nam veel plaats in, hij stroomde over, verstikte me zelfs een beetje. Ongetwijfeld verwachtte hij dat ik mijn mond open zou doen en iets zou zeggen, maar wat dan? Ik wist heel goed hoe hardnekkig spoken kunnen zijn, dat ze soms zelfs aanweziger zijn dan de levenden.

'Op een ochtend werd ik wakker en ik hoorde niets. Gerthe lag niet meer in bed. Ze zat roerloos aan de voet van de wieg naar het kind te kijken. Ik zei haar naam. Ze reageerde niet. Ze keek niet eens op. Ik liep naar haar toe en zong de twee voornamen: Stephan, Reichart... Gerthe sprong overeind en vloog me aan als een dol geworden dier, ze probeerde me te slaan, mijn wangen open te krabben. In de wieg zag ik het gezicht van ons kind. Hij had zijn ogen dicht en zijn huid had de kleur van leisteen gekregen.'

Ik weet niet hoe lang ik nog bij Schloss ben gebleven. Ik weet ook niet meer of hij nog over zijn kind praatte of zwijgend tegenover me zat. Het vuur in de haard werd kleiner. Hij legde er geen hout bij. De vlammen doofden uit en toen langzaam maar zeker ook de kooltjes. Het was koud. Op een gegeven moment stond ik op; Schloss bracht me naar de deur. Hij schudde me langdurig de hand en bedankte me. Twee keer. Waarom bedankte hij me?

Op de terugweg gonsde mijn hoofd, en ik had het gevoel dat mijn slapen tegen elkaar aan sloegen als cimbalen. Tot mijn verrassing merkte ik dat ik Poupchettes naam achter elkaar zei: 'Poupchette, Poupchette, Poupchette,' als steentjes van geluid die ik in de lucht gooide en die me sneller naar huis zouden brengen. Ik kon aan niets anders denken dan aan Schloss' dode kind, aan alles wat hij me erover verteld had, aan de weinige uren dat het in onze wereld was gebleven. Een mensenleven is iets vreemds. Als je er eenmaal in bent geworpen, vraag je je regelmatig af wat je er doet. Misschien dat sommigen, die wat slimmer zijn dan de rest, het daarom genoeg vinden om de deur alleen maar even open te duwen, een enkele blik te werpen, en hem bij het zien van wat zich erachter bevindt zo snel mogelijk weer dichtdoen.

Misschien hebben ze wel gelijk.

XXI

Ik keer terug naar de eerste dag. Of beter gezegd: de eerste avond. De avond van de dag dat de Anderer hier aankwam. Ik vertelde al over de ontmoeting met de oudste zoon van Dörfer, maar zijn aankomst in de herberg enige ogenblikken later heb ik nog niet beschreven. Ik heb me er drie keer over laten vertellen, door drie verschillende getuigen: Schloss zelf, Menigue Wirfrau, de bakker, die een glas wijn kwam drinken in de herberg, en kleine Doris Klattermeier, een jong meisje, heel roze en met haren zo bleek als hooi, die op dat moment door de straat liep. Er waren nog meer getuigen, in de herberg en daarbuiten, maar de drie die ik had ondervraagd hadden me de feiten precies hetzelfde verteld – op één detail na – en het leek me niet nodig nog verder te zoeken.

De Anderer was tijdens het gesprek met de zoon van Dörfer van zijn rijdier afgestegen en lopend verder gegaan, met zijn paard aan de teugel en de ezel een paar stappen achter ze aan. Toen hij voor de herberg stond, had hij de teugels aan de ring gebonden, en toen duwde hij niet zoals iedereen de deur open om naar binnen te gaan maar klopte hij drie keer aan en wachtte. Het was zo ongebruikelijk dat hij lang moest wachten. 'Ik dacht dat het een lolbroek of een kind was,' zei Schloss. Hoe dan ook, er gebeurde niets. Er werd niet opengedaan en zelf ging hij ook niet naar binnen. Er bleven al wat mensen staan, onder wie de kleine Doris, om het fenomeen te aanschouwen: een paard, een ezel, een hele vracht en een merkwaardig uitgedost mannetje dat voor de deur stond met een glimlach op zijn ronde, bepoederde gezicht. Na een paar minuten klopte hij opnieuw drie keer, droger en harder nu. 'Toen bedacht ik dat er iets aan de hand was en ben ik gaan kijken.'

Schloss doet de deur dus open en staat oog in oog met de Anderer. 'Ik bleef er bijna in! Waar kwam die nou weer vandaan? Uit een circus of uit een sprookje?' Maar de Anderer geeft hem geen tijd om zich te hernemen. Hij neemt zijn hoed af en ontbloot zijn kale, ronde schedel, maakt een snelle, soepele en elegante zwaai met dat vreemde hoofddeksel van hem en zegt: 'Gegroet, waarde heer. Mijn vrienden' – waarbij hij naar de ezel en het paard gebaart – 'en ik hebben een lange weg afgelegd en zijn zeer vermoeid. Zou u zo goed willen zijn om ons gastvrijheid te verlenen? Uiteraard zullen wij u vergoeden.'

Schloss weet zeker dat de Anderer zei: 'Ik groet u, meneer Schloss,' maar zowel de kleine Doris als Wirfrau hebben me het tegendeel bezworen. Schloss moet zo hevig van slag zijn geweest van deze bizarre verschijning en het verzoek dat hem werd gedaan, dat hij een paar seconden niet bij zinnen was. 'Ik wist niet zo een-twee-drie wat ik moest antwoorden! We hebben al zo veel jaar geen gasten gehad, behalve dan de jeweetwel! En bovendien sprak hij Deeperschaft' – de taal van het binnenland – 'en geen dialect, en daar waren mijn oren niet meer aan gewend.'

Menigue Wirfrau vertelde dat Schloss een paar seconden sprakeloos naar de Anderer bleef staren en zich achter de oren krabde. Wat de Anderer betreft: die bleef onbeweeglijk staan glimlachen, alsof dit alles heel normaal was, en dat de tijd die langzaam wegstroomde door een dunne trechter van geen enkel belang was. 'Zelfs zijn ezel en paard bewogen niet' – Doris Klattermeiers woorden. 'Die dieren stonden naar Schloss te kijken en het leek haast of er iets van intelligentie in hun blik lag.' Toen ze dat vertelde, ging er een lichte huivering door haar heen; daarna sloeg ze twee keer een kruis. God is voor ons misschien vaak Iemand van boeken en wierook, die ver van ons af staat, maar de duivel is een buurman, die velen van ons wel eens menen te hebben ontmoet.

Uiteindelijk had Schloss dan toch geantwoord. 'Hij vroeg hoeveel nachten hij dacht te blijven.' Wirfrau, die ik bezocht terwijl hij aan het kneden was. Zijn bovenlijf was ontbloot en zijn borst en de omtrek van zijn ogen zaten vol meel. Hij pakte de grote ring van deeg met beide handen beet, tilde hem op, draaide hem om, liet hem onder in de kneedtrog vallen en begon weer opnieuw. Hij praatte zonder me aan te kijken. Ik had een zitplaats gevonden tussen twee zakken meel en de stapel brandhout. De oven stond al een tijdje te snorren en de kleine ruimte kookte en rook naar brandend hout. 'De man moest even nadenken; hij glimlachte nog steeds, keek zijn paard en ezel aan alsof hij wilde weten wat die ervan vonden, en antwoordde uiteindelijk met die rare stem van hem: "Ik denk dat we vrij lang zullen blijven." Waarop Schloss een paar keer met z'n hoofd schudde, vast omdat hij niet wist wat hij moest zeggen en er niet te sukkelig uit wilde zien, en hem vervolgens vroeg om binnen te komen.'

Twee uur later had de Anderer zich geïnstalleerd in de kamer die haastig door Schloss was afgestoft. Zijn hutkoffers en bagage waren naar boven gebracht en zijn paard en zijn ezel lagen op een heerlijk strobedje bij vader Solzner, een oude man zo vriendelijk als een klap van een knuppel, die een stal drijft tegenover de herberg. Hij had gevraagd of er een bak met heel schoon water en een emmer haver voor zijn dieren kon worden neergezet. Hij was zich ervan komen vergewissen dat ze het er goed hadden, borstelde hun flanken met een strowis en fluisterde ze woordjes in het oor die niemand kon verstaan. Toen legde hij drie goudstukken in de hand van vader Solzner, wat gelijkstond aan meerdere maanden verzorging voor de beesten. En toen hij de stal verliet, nam hij afscheid van zijn dieren en wenste ze goedenacht.

Ondertussen was de herberg volgestroomd met allerlei mensen die het fenomeen met eigen ogen kwamen bekijken. Zelf ben ik van nature niet nieuwsgierig, maar ik moet toegeven dat ik ook ging kijken. Het nieuws had zich als de bliksem door de straten en de huizen verspreid, en we waren met een man of dertig in de herberg, terwijl buiten de lauwe nacht zich over de daken vlijde. Maar die avond kwamen we voor niets, want toen de Anderer eenmaal naar zijn kamer was vertrokken, kwam hij niet meer beneden. De woorden vloeiden rijkelijk. De drank ook, en Schloss had aan zijn twee armen niet genoeg om alle drinkebroers tevreden te stellen. Hij zal wel gedacht hebben dat de komst van een reiziger eindelijk goed nieuws betekende. De zaken gingen zo goed als op een markt- of een begrafenisdag. Menigue Wirfrau vertelde onophoudelijk over de komst van de Anderer, zijn uitdossing en zijn paard en ezel – en naarmate hij meer glazen wijn kreeg aangeboden om zijn tong losser te maken, begon hij over de woorden te struikelen en werd zijn verhaal langzaam maar zeker steeds mooier.

Maar af en toe hoorden we voetstappen boven ons en dan viel de hele zaal stil, dan hield iedereen zijn adem in.

Alle ogen draaiden naar het plafond alsof ze het probeerden te doorboren. We stelden ons de bezoeker voor. We gaven hem vlees en een gestalte. We probeerden door te dringen in de kronkels van zijn hersenen zonder hem ooit te hebben gezien.

Op een gegeven moment ging Schloss naar boven om te vragen of alles naar wens was. We probeerden het gesprek op te vangen, maar het was zinloos: zelfs degenen die hun grote oren in het trappenhuis te luisteren legden, kwamen van een koude kermis thuis. Toen Schloss weer naar beneden kwam, gingen we om hem heen staan.

'En?'

'Wat "en"?'

'Nou, wat zei-ie?'

'Hij zei dat hij een "collatie" wenste.'

'Een "collatie"? Wat is dat?'

'Een lichte avondmaaltijd, zei hij.'

'Wat ga je maken?'

'Waar hij om gevraagd heeft!'

Iedereen vroeg zich af hoe zo'n collatie er wel niet uit zou zien. De meeste aanwezigen volgden Schloss naar de keuken en keken toe hoe hij een groot blad klaarzette waarop hij drie dikke plakken spek legde, een worst, augurken in het zuur, een pot kwark, een pond bruinbrood, ingemaakte kool en een geitenkaasje, alsmede een kan wijn en een pul bier. Toen hij tussen zijn klanten door laveerde, hield hij het blad eerbiedig vast en iedereen stapte zwijgend opzij alsof er een relikwie voorbijkwam. De stilte werd alleen verbroken door de stem van Wirfrau: die vertelde nog steeds over de aankomst van de Anderer bij de herberg. Niet dat er nog iemand naar hem luisterde, maar gezien zijn toestand had hij dat waarschijnlijk niet door. Vooral omdat hij iets later ook het verschil niet doorhad tussen zijn bed en zijn kneedtrog, want in de eerste bereidde hij het deeg en in de tweede viel hij in slaap. De volgende dag was voor hem een dag met een kater en voor ons een dag zonder brood.

Toen ik weer thuiskwam, wachtte Fédorine me op.

'Wat is er aan de hand, Brodeck?'

Ik vertelde wat ik had gehoord. Ze luisterde aandachtig en schudde het hoofd.

'Da's niet goed, da's helemaal niet goed.'

Het waren maar een paar woorden, maar ze irriteerden me en ik vroeg haar droog waarom ze dat zei.

'Als de kudde eindelijk gekalmeerd is, moet je hem geen nieuwe redenen geven om onrustig te worden,' antwoordde ze.

Ik haalde mijn schouders op. Ik was in een uitstekend humeur. Ik was blij met de komst van de onbekende – en nu pas besef ik dat ik daarin misschien wel de enige in het dorp was. Ik had het gevoel dat het een wedergeboorte aankondigde, een terugkeer naar het leven. Voor mij voelde het alsof er een zware ijzeren plaat was weggehaald die jarenlang een kelder had afgesloten, en dat de atmosfeer in die kelder opeens wind en overvloedig zonlicht kreeg. Maar ik kon me niet voorstellen dat zonnen soms indringers zijn, en dat hun stralen, die de wereld verlichten en laten fonkelen, ongewild ook onthullen wat men verborgen probeert te houden.

De oude Fédorine kent me als een broekzak waar je je hand een paar keer per dag in steekt. Ze ging tegenover me staan, keek me in de ogen en streek toen met haar hand over mijn wang; toen ze me zo streelde, voelde ik haar hand trillen.

'Ik ben zo oud, Brodeckje van me, zo oud... Binnenkort zal ik er niet meer zijn. Pas goed op jezelf: je bent al een keer teruggekomen van een plek waarvan niemand terugkeert. Je krijgt nooit een tweede kans, nooit. En nu heb je de verantwoordelijkheid over twee zielen, denk aan hen...'

Ik ben niet groot, maar op dat moment besefte ik hoe klein Fédorine eigenlijk was. Ze leek wel een kind, een kind met een bejaard gezicht, een gebogen, verschrompeld, mager, breekbaar schepseltje met een gekreukelde huid vol rimpels, een wezen dat door een niet al te harde wind zou worden weggevaagd als stof. Haar ogen glinsterden onder een wittig waas, en haar lippen bewogen een beetje. Ik drukte haar tegen me aan, ik sloot haar langdurig in mijn armen, en ik dacht aan vogels, verloren vogeltjes, zwakke mussen, ziek of verlaten, die hun soortgenoten niet kunnen volgen op de grote vogeltrek en tegen het einde van de herfst gelaten op de rand van het dak en de lage takken van de bomen zitten, met verwarde veren en een hart vol angst, wachtend op de kou die ze zal doden. Ik kuste Fédorine een paar keer achter elkaar, eerst op haar haren, toen op haar voorhoofd en wangen, zoals ik als kind al deed, en ik herkende haar geur, een geur van was, fornuis en vers linnen, de geur die sinds het begin van mijn leven, of bijna, volstaat om een vredige glimlach op mijn lippen te brengen, zelfs als ik slaap. Ik drukte haar langdurig tegen me aan terwijl mijn geest met de snelheid van de bliksem van hot naar her schoot door de gebeurtenissen in mijn leven, en ogenblikken die niet bij elkaar pasten aan elkaar plakte om er een bizar mozaïek van te maken dat me alleen maar duidelijker deed denken aan alle tijd die al verstreken was en alle momenten die nooit meer zouden terugkeren.

Fédorine stond hier, dicht tegen me aan, en ik kon met

haar praten. Ik rook haar geur, ik voelde haar hartslag. Het leek of mijn hart in haar sloeg. Ik dacht terug aan het kamp. Daar werden onze geesten uitsluitend in beslag genomen door de gedachte aan de dood. We leefden continu in het besef van onze eigen dood, en dat zal wel de reden zijn dat sommigen van ons gek werden. Ook al weet de mens dat hij op een dag zal sterven, toch is het hem onmogelijk om langere tijd te leven in een universum dat hem voortdurend met zijn neus op het besef van zijn eigen sterfelijkheid drukt, een universum dat doordrenkt is met de dood en alleen daarvoor is uitgedacht.

'Ich bin nichts' stond er op het bord om de nek van de gehangene. We wisten heel goed dat we niets waren. Dat wisten we uitstekend. Een niets, overgeleverd aan de dood. Een slaaf van de dood. Een speeltje. Dat gelaten afwacht. Ik kon dan wel een nietig wezen zijn dat woonde in het niets en bewoond werd door het niets, maar vreemd genoeg maakte dat me niet bang. Ik was niet bang voor mijn eigen dood – en als ik dat wel was, dan maar heel kortstondig, als een dierlijke reflex. De gedachte aan de dood werd pas ondraaglijk als ik die in verband bracht met Emélia en Fédorine. Het is de dood van anderen, van degenen van wie je houdt, die je kapot kan maken en vernietigen, niet je eigen dood. Dat was waartegen ik mijn strijd had moeten leveren; ik had me tegen zijn zwarte licht verweerd door met gezichten en gestaltes te zwaaien.

XXII

Aanvankelijk werd de Anderer in het dorp onthaald alsof hij een soort vorst was. Dat was trouwens net tovenarij: de mensen hier zijn gewoonlijk niet zo open. Dat zal wel komen door dit landschap van dalen en bergen, bossen en afgesloten valleien, en door het klimaat vol regen, mist, vorst, sneeuwstormen en vreselijke hitte. En de oorlog heeft natuurlijk ook niet geholpen. Die heeft de deuren en de geesten nog geslotener gemaakt, zodat ze stevig vergrendeld zitten en hun inhoud goed buiten het daglicht bewaard blijft.

Maar toen hij hier net was, toen de ongelooflijke verrassing over zijn komst voorbij was, wist de Anderer zich ondanks zichzelf te omringen met een aantrekkingskracht waarmee hij zelfs de meest vijandige persoon voor zich kon winnen, want iedereen wilde hem zien: kinderen, vrouwen, bejaarden, en hij speelde het spelletje met genoegen mee, lichtte zijn hoed op voor de dames, neeg het hoofd voor de heren, zonder overigens ooit een woord te zeggen – en daarin ging hij zo ver dat we hem, als we hem de eerste avond niet hadden horen praten, voor een stomme hadden kunnen houden.

Zodra hij zich op straat vertoonde, kreeg hij een lacherig groepje kinderen dat niets te doen had achter zich aan, aan wie hij kleine cadeautjes gaf die voor hen grote schatten waren: linten, glazen knikkers, vergulde koordjes, velletjes gekleurd papier. Dat alles haalde hij uit zijn zakken, alsof ze er altijd propvol mee zaten en het leek of hij al zijn bagage erin had zitten.

Als hij naar de stal van vader Solzner ging om zijn rijdieren te bezoeken, stonden de kinderen in de deuropening te kijken; ze durfden niet binnen te komen en hij nodigde ze ook niet uit. Hij groette zijn paard en zijn ezel, noemde ze bij hun naam en sprak ze altijd aan met u, en onderwijl aaide hij ze en stak witte suikerklontjes tussen hun grijze lippen, die hij uit een granaatkleurig fluwelen zakje haalde. De kinderen keken met open mond en grote ogen naar het schouwspel en vroegen zich af uit welke taal de woorden waren gehakt die hij in hun oren fluisterde.

Hij praatte meer met zijn paard en zijn ezel dan met ons. Schloss had de opdracht om iedere ochtend om zes uur op zijn kamerdeur te kloppen, niet binnen te komen en een blad op de drempel te zetten waarop altijd hetzelfde moest liggen: een ronde brioche – vooruitbetaald aan Wirfrau –, een rauw ei, een pot heet water en een grote kom.

'Hij zal toch geen heet water drinken?' riep Rudolf Scheuling op een avond, die sinds zijn twaalfde niets anders dan 'schnick' naar binnen goot. De Anderer dronk thee, sterke thee die grote bruine vlekken op de zijkant van de kopjes achterliet. Ik heb hem een keer geproefd, die thee, toen hij me op zijn kamer had uitgenodigd om wat te praten en me een paar boeken te laten zien. Hij liet een smaak van leer en rook in je mond achter, en ook van pekel. Zoiets had ik nog nooit gedronken.

Voor zijn middageten daalde hij de trap af naar de grote zaal. Er waren altijd wel een paar nieuwsgierigen om hem te bekijken, en dan vooral zijn tafelmanieren: de verfijnde, gedistingeerde wijze waarop hij mes en vork vasthield en zijn mes door een aardappel of het witte vlees van een kip liet glijden.

Helemaal in het begin had Schloss in zijn geheugen gegraven om recepten op te duiken die deze bezoeker waardig waren, maar dat had hij snel opgegeven, en wel op verzoek van de Anderer die, ondanks zijn kogelronde lichaam en zijn rode koontjes, bijna niets at. Aan het einde van de maaltijd was zijn bord nooit leeg. De helft liet hij liggen. Hij dronk daarentegen aan één stuk door grote glazen water, alsof hij continu verteerd werd door een intense dorst, wat Marcus Graz, een bonenstaak zo droog als een eikenstam, de opmerking ontlokte dat hij gelukkig niet in de Staubi piste, omdat die dan subiet zou overstromen.

's Avonds at hij alleen soep en iets lichts, en dan nog liever bouillon dan soep, daarna groette hij de aanwezigen in de herberg met een hoofdknik en ging hij de trap op naar zijn kamer. Je kon tot laat licht zien branden achter zijn raam. Sommige mensen zeiden zelfs dat het de hele nacht bleef branden. In ieder geval vroeg men zich af wat hij daar uitspookte.

Aan het begin van zijn verblijf zwierf hij 's middags door de straten, heel methodisch, alsof hij een raster uitzette of een meting deed. Dat had niemand echt door, daarvoor had je hem continu moeten volgen en dat deden alleen de kinderen.

Uitgedost alsof hij een rol speelde in een oude fabel vol stof en vergeten woorden, strekte hij zijn benen, terwijl zijn linkerhand op de ivoren knop van een mooie wandelstok lag en de rechter het zwarte notitieboekje stevig omklemde, dat tussen zijn vingers verscheen en verdween alsof het een vreemd getemd beestje was.

Af en toe ging hij met een van zijn dieren een luchtje scheppen – of het paard, of de ezel, nooit alle twee tegelijk; hij streelde het over de flank en nam het aan de teugel mee naar de oever van de Staubi, iets stroomopwaarts van de Baptisterbrücke, om ze vers, mals gras te laten eten. Zelf ging hij dan met zijn grote achterwerk op de grond zitten, en bleef onbeweeglijk kijken naar de stroom en de heldere draaikolken, alsof er een wonder uit tevoorschijn zou komen. De kinderen bleven op een afstandje staan, iets hoger op de helling. Ze eerbiedigden zijn stilte en niemand gooide steentjes in het water.

Twee weken na de aankomst van de Anderer in ons dorp vond de eerste gebeurtenis plaats. Ik geloof dat het een idee van de burgemeester was, maar daar durf ik geen eed op te zweren. Ik heb het hem nooit gevraagd en het is nauwelijks van belang. Wat wel van belang is, is wat er die avond gebeurde. De avond van de tiende juni.

Dat was het moment dat we allemaal begrepen dat de Anderer niet zomaar op doorreis was, maar dat hij hier zijn gewoontes ontwikkelde en zich echt voorbereidde op een lang verblijf binnen onze muren. Op de tiende juni ging de hele dag het nieuws rond dat het dorp, de burgemeester voorop, hem zou verwelkomen zoals het een nieuwe bezoeker betaamt. Met een toespraak, muziek en zelfs een 'Schoppessenwass', zoals we in het dialect een grote tafel noemen, beladen met glazen, flessen en etenswaren, die wordt opgezet bij openbare gebeurtenissen.

Al vanaf de dageraad stond de Zungfrost bij de markthal een soort klein podium te bouwen, maar eigenlijk leek het meer op een schavot. Toen de zon het donker van de hemel nog niet had aangetast, hoorde je zijn hamer al slaan en zijn zaag al knarsen, wat de nodige nieuwsgierigen uit bed haalde. Om acht uur had iedereen het nieuws gehoord. Om tien uur waren er meer mensen op straat dan op een marktdag. 's Middags, toen de Zungfrost een grote papieren banier boven het podium had gehangen waarop hij in grote, trillende letters de welkomstzin had geschreven – 'Wi sund vroh wen neu kamme', een vreemde zin die uit Diodèmes hoofd kwam – waren er twee marskramers die op een of andere manier op de hoogte waren en die aan de mensen om hen heen heilzame medaillons, rattenpoeder, messen, draad, almanakken, zaaigoed, heiligenplaatjes en vilten hoeden verkochten. Ik kende hen omdat ik hen al vaak had ontmoet op de paden van de bergen en de bossen. Ze waren vader en zoon, zo smerig als de pest en met haar zo zwart als inkt. Ze werden de 'Runhgäre' genoemd, de Renners, omdat ze in staat waren om in zeer korte tijd aanzienlijke afstanden af te leggen. De vader groette me.

'Wie heeft jullie verteld dat er hier een feest was?'

'De wind.'

'De wind?'

'Voor wie weet te luisteren, vertelt de wind van alles.'

Hij keek me guitig aan en rolde een sigaret.

'Ben je al terug geweest in S.?'

'Verboden, de weg is nog steeds gesloten.'

'Waar doe je dan je inkopen? Bij de wind?'

'Nee, niet bij de wind... Bij de nacht. Als je de nacht goed kent, is het een tovermantel; je hoeft hem alleen maar aan te trekken en hij brengt je waar je heen wilt!'

Hij vertrok met een schaterlach en ontblootte zo zijn laatste vier tanden, die uit zijn kaak staken als de boomresten op een verlaten berghelling. Iets verderop hield Diodème toezicht op de Zungfrost, die de laatste hand legde aan het schilderen van de letters. Hij maakte een klein handgebaar naar me, maar later pas, toen we naast elkaar stonden en de ceremonie op het punt stond te beginnen, vroeg ik het hem.

'Was dat jouw idee?'

'Wat?'

'Die zin.'

'Dat moest van Orschwir.'

'Wat moest van Orschwir?'

'Iets vinden, een spreuk...'

'Het is een heel vreemde zin. Waarom heb je hem niet in Deeperschaft geschreven?'

'Dat wou Orschwir niet.'

'Waarom niet?'

'Weet ik niet.'

Opeens wist ik het ook niet meer. Later had ik tijd om erover na te denken. De Anderer was een mysterie. We wisten niet wie hij was. We wisten niet waar hij vandaan kwam en waarom hij hier was. En we wisten ook niet of hij ons begreep als we dialect spraken. De geschilderde zin was misschien een poging om op die laatste vraag een antwoord te krijgen. Nogal een naïeve poging, trouwens, die geen doel trof, want toen de Anderer die avond bij het podium kwam en het opschrift zag, bleef hij staan en ging met zijn blik langs de letters; toen liep hij verder, naar de trap toe. Had hij begrepen wat er stond? We wisten het niet. Hij zei er niets over.

Het was een heel vreemde zin die Diodème had bedacht, of hij dat nu bewust had gedaan of niet. Het is een zin die meerdere betekenissen heeft – beter gezegd: kán hebben, want het dialect is als een soepele lap die je in alle kanten kunt uitrekken.

'Wi sund vroh wen neu kamme' kan betekenen: we zijn blij als er een nieuweling komt, maar ook: we zijn blij als er iets nieuws komt; dat zijn al twee verschillende dingen. Maar het merkwaardigste is dat 'vroh' twee betekenissen heeft, afhankelijk van de context waarin het wordt gebruikt: het betekent 'tevreden' of 'blij', maar ook 'oplettend', 'waakzaam', en als je voor die tweede betekenis kiest, krijg je een bizarre, verontrustende zin; niemand had het direct door, maar later galmde het door mijn hoofd, het was een soort waarschuwing die dreigementen in zich droeg, als een opgestoken vuist of het lemmet van een mes waarmee je loopt te zwaaien en dat glinstert in de zon.

XXIII

Die middag klom ik met Emélia en Poupchette naar de berghut van Lutz, een oude herdershut die al twintig jaar geen dienst meer doet. De weilanden eromheen zijn langzaam maar zeker overwoekerd door riet en klauwranonkel. Het gras is geweken voor het oprukkende mos. Er zijn vennetjes ontstaan, eerst gewone plassen water, die deze plek langzaam maar zeker hebben veranderd in een geest, de geest van een weiland dat nog net niet helemaal als moeras is herboren. Ik heb al drie rapporten over deze gedaanteverwisseling geschreven om te proberen die te begrijpen en verklaren, en ieder jaar ga ik rond dezelfde tijd terug om de aard en de omvang van de veranderingen te zien. De berghut ligt op twee uur lopen, ten westen van het dorp. Het pad dat ernaartoe leidt is niet meer zo duidelijk zichtbaar als vroeger, toen honderden hoeven per jaar het vorm en diepte gaven. Net als mensen kunnen ook paden sterven. Langzaam maar zeker stikken ze, slibben ze vol en vallen ze uiteen; ze worden aangevreten door het gras en verdwijnen. En zo veel jaar hoeft het niet te duren voordat je bijna niets anders meer ziet dan hun vroegere ruggengraat, en daarna worden ze door iedereen vergeten.

Poupchette zat op mijn schouders en kletste met de wolken. Ze sprak met ze alsof ze haar begrepen. Ze zei dat ze opzij moesten gaan, hun dikke buiken moesten intrekken en de zon alleen moesten laten in de wijde hemel. De lucht die uit de bergen neerdaalde, kleurde haar wangen fris roze.

Ik hield Emélia's hand vast. Ze liep stevig door. Af en toe keek ze naar de grond en af en toe naar de verte, naar de holle streep van de horizon tussen de uitstekende Prinzhornï's. Maar waar ze ook naar keek, of het nu dichtbij of veraf was, ik zag dat haar ogen niet op het landschap vielen. Haar ogen waren als vlinders, beweeglijke mirakeltjes die van hot naar her vlogen zonder achterliggende reden, alsof ze meedreven met de wind en de heldere lucht, maar geen enkele gedachte wijdden aan wat ze deden of wat ze zagen. Ze liep in stilte. Ze zou wel buiten adem zijn dat ze haar eeuwige liedje niet neuriede. Haar mond stond een beetje open. Ik hield haar hand vast. Ik voelde haar warmte, maar zij had niets door; misschien wist ze niet eens hoeveel degene die haar meevoerde van haar hield.

Toen we in de buurt van de berghut kwamen, zette ik Emélia op de stenen bank die bij de poort stond. Ik zette Poupchette naast haar en zei dat ze braaf moest zijn terwijl ik mijn aantekeningen maakte, dat het niet lang zou duren en dat we daarna 'Pressfrütekof', appeltaart en noten gingen eten, die de oude Fédorine in een grote witte doek had gepakt.

Ik begon te meten. Ik vond de ijkpunten terug die ik ieder jaar gebruikte, grote stenen die ooit de omtrek en de perceelgrenzen hadden aangegeven. Moeilijker was het om de zandstenen trog terug te vinden, die bijna exact in het midden van de wei stond. Hij was uit een enkel blok steen gehakt en had me de eerste keer dat ik hem zag, toen ik klein was, doen denken aan een sloep die midden op het land was achtergelaten, een scheepje dat gebouwd was voor de goden en sindsdien in de weg stond van de mensen die niet behendig genoeg waren om hem te gebruiken, of sterk genoeg om hem te verplaatsen.

Uiteindelijk vond ik hem toch terug; hij stond midden in een grote waterpoel, die merkwaardigerwijs in slechts een jaar tijd drie keer zo groot was geworden. De stenen massa was geheel onder het wateroppervlak verdwenen. Door het transparante prisma van de golfjes leek hij geen sloep meer maar een graf, een zware, primitieve doodskist die ofwel onbewoond was, ofwel – en deze gedachte gaf me koude rillingen – nog wachtte op degene die er voor eeuwig in te rusten zou worden gelegd.

Ik keek abrupt weg en speurde in de verte naar de gedaantes van Poupchette en Emélia. Maar ik zag niets anders dan de vervallen vlakken van de muren van de berghut. Ze zaten aan de andere kant, onzichtbaar, verdwenen. Ik liet mijn meetinstrumenten aan de rand van de poel liggen en rende als een gek naar de hut, ik schreeuwde hun namen; ik was bevangen door een irrationele, diepe, hevige angst. De berghut was niet ver weg, maar ik had het gevoel dat ik hem nooit zou bereiken. De grond gleed weg onder mijn voeten. Ik plonsde met mijn benen in natte gaten, modderpoelen, en het veen leek me op te zuigen met geluiden die leken op het gejammer van een stervende. Toen ik eindelijk bij de hut aankwam, had ik geen lucht meer; ik was uitgeput. Mijn handen, broek en met ijzer beslagen schoenen waren overdekt met zwarte modder die rook naar moerasland, platgetrapt gras, de ingewanden van de aarde. Het lukte me niet eens meer om de namen te roepen van degenen voor wie ik zo hard had gerend. En toen zag ik ze. Ik zag een handje om de hoek van de muur verschijnen dat een boterbloem beetpakte, de steel afbrak en hem bij de andere deed; toen ging het handje alweer naar de volgende bloem. Mijn angst was even snel verdwenen als hij me had bestormd. Poupchettes gezicht verscheen. Ze keek me aan. In haar oogjes las ik haar verbazing. 'Vies, papa vies, helemaal vies!' Ze lachte. En ik lachte mee. Ik lachte heel hard, heel, heel hard, zodat alles en iedereen mijn gelach zou kunnen horen, iedereen op deze wereld die me tot as en stilzwijgen wilde reduceren, en iedereen op deze wereld die samenzwoer om mij tot zinken te brengen.

Trots hield Poupchette het boeket vast dat ze voor haar moeder had geplukt: boterbloemen, madeliefjes, watermyosotis. Al die bloemen die nog trilden van leven, alsof ze niet beseften dat ze al door de poort van de dood waren gegaan.

Emélia zat niet meer bij de hut. Ze was naar de rand van de weide gelopen en stond op een uitstekende rots waarachter de helling afbrokkelde en in rotsblokken uiteenviel. Haar blik was gericht op het weidse panorama van de vreemde vlaktes die wazig onder de mistflarden lagen te dommelen. Ze hield haar armen van haar lichaam af; ze zag eruit alsof ze op het punt stond weg te vliegen, en haar o zo lichte silhouet stak haast onmenselijk gracieus af tegen de bleekblauwe verte. Poupchette rende naar haar toe en drukte zich tegen haar dijen en probeerde ze te omhelzen met haar te korte armen.

Emélia verroerde zich niet. De wind had haar haar losgemaakt; het dreef in de lucht als koude bruine vlammen. Langzaam liep ik op haar af. De wind bracht me haar geur en de flarden van haar lied; ze was weer gaan neuriën. Poupchette had net zo lang staan springen tot ze erin was geslaagd om haar moeders arm beet te pakken. Ze greep haar hand vast en drukte het boeket erin. De bloemen vlogen een voor een weg uit haar open hand; ze deed niets om ze tegen te houden. Poupchette holde in het rond om ze te vangen, terwijl ik nog steeds heel langzaam naar Emélia toe liep. Haar lichaam tekende zich af tegen de lucht; ze leek te zweven.

Schöner Prinz so lieb / Schone lieve prins
Zu weit fortgegangen / Te ver vertrokken
Schoner Prinz so lieb / Schone lieve prins
Nacht um Nacht ohn' Eure Lippen / Altijd nacht zonder jouw lippen
Schöner Prinz so lieb / Schone lieve prins
Tag um Tag ohn' Euch zu erblicken / Altijd dagen die zonder jou beginnen
Schöner Prinz so lieb / Schone lieve prins
Träumt Ihr was ich träume / Droom jij wat ik droom
Schöner Prinz so lieb / Schone lieve prins
Ihr mit mir immerdar zusammen / Jij en ik ooit weer samen

Emélia danste in mijn armen. Onder de kale januaribomen waren er tientallen stellen zoals wij, dronken van jeugd, in het vergulde, mistige licht van de lantaarns van het park, zwevend op de muziek van het orkestje dat schuilde onder de koepel en waarvan de dik in bont gehulde musici op vreemde dieren leken. Het was het moment van de eerste kus. Die duizelingwekkende minuten die eraan voorafgingen. Het was een andere tijd. Nog voor de chaos. Er was dat lied, het lied van de eerste kus, het lied in de oude taal, dat eeuwen had doorkruist zoals een reiziger grenzen oversteekt. Een lied van liefde, gegoten in bijtende taal, een lied van legendes, een lied van een avond en een leven. 'Schon ofza prinzer, Gehtes so muchte lan'; het was het afschuwelijke refrein geworden waarin Emélia zich had opgesloten als in een gevangenis en waarin ze leefde zonder echt te bestaan.

Ik drukte haar tegen me aan. Ik kuste haar haar en haar nek. Ik fluisterde in haar oor dat ik van haar hield en altijd van haar zou blijven houden, dat ik er voor haar was, dat ik bij haar was, dicht tegen haar aan. Ik nam haar gezicht in mijn handen en draaide het naar me toe; in haar ogen zag ik een hele verre glimlach, en er glinsterden tranen op haar wangen.

XXIV

Toen we terugkwamen in het dorp, zaten we weer midden in de drukte van die bijzondere tiende juni. De mannen en vrouwen dromden samen op het plein, ze stonden dicht tegen elkaar aan en werden een menigte.

Ik sla al heel lang voor menigtes op de vlucht. Ik ontloop ze. Ik weet dat ze de oorsprong zijn van alles, of bijna alles. Van al het slechte, bedoel ik: de oorlog en de Kazerskwirs die de oorlog in de hoofden van zo veel mensen heeft geopend. Ik heb mensen bezig gezien als ze wisten dat ze niet alleen waren, als ze wisten dat ze ergens in op konden gaan, dat ze op konden lossen in de massa die ze verzwolg en over ze heen stroomde, de massa van duizend naar hun evenbeeld geschapen gezichten. Je kunt jezelf altijd wijsmaken dat het de schuld is van degene die de menigte opjut, meesleept, laat dansen als een hazelworm om een stok, en dat de menigte zelf geen weet heeft van haar daden, haar toekomst en haar pad. Maar zo is het niet. In werkelijkheid is de menigte zelf het monster. Dat zichzelf gebaard heeft: een enorm lichaam, opgebouwd uit duizenden andere denkende lichamen. En ik weet ook dat blije menigtes niet bestaan. Vredige menigtes evenmin. En achter al het geschater, het gelach, de muziek en de leuzen raakt het bloed verhit, het komt in beweging, draait om zichzelf heen en wordt langzaam gek, omdat het in beroering wordt gebracht en door elkaar wordt gehusseld in zijn eigen maalstroom.

De tekenen waren ook zichtbaar geweest, toen ik lang geleden in de Hoofdstad was, waar ze me naartoe hadden gestuurd om te studeren. Het was een idee van Limmat geweest. Hij had het besproken met Sibelius Craspach, de toenmalige burgemeester, en daarna met pastoor Peiper. Met z'n drieën hadden ze besloten dat het noodzakelijk was voor het dorp dat ten minste een van zijn jongeren een betere opleiding zou krijgen en meer van de wereld zou zien dan de rest, zodat hij na terugkeer schoolhoofd of gezondheidsambtenaar zou kunnen worden, of anders de opvolger van meester Knopf, die al zwakker werd en wiens akten en opinies menig cliënt verrasten. En ze kozen mij uit.

In zekere zin zou je kunnen zeggen dat ik door het hele dorp naar de Hoofdstad werd gestuurd. Het was het idee van de drie mannen die ik noemde, maar nagenoeg iedereen steunde me en moedigde me aan. Aan het einde van de maand ging de Zungfrost de deuren langs om voor mij te collecteren; hij sloeg luid met een bel en riep: 'Fu Brodeck's Erfosch! Fu Brodeck's Erfosch!' – Voor Brodecks studie! Voor Brodecks studie! Iedereen gaf wat hij kon en wilde missen. Wat kleingeld of anders een wollen jasje, een muts, een zakdoek, een pot jam, een zakje linzen of wat voedsel voor Fédorine, want toen ik daar zat kon ik niet werken om voor haar te zorgen. Zo kwam het dat ik af en toe kleine postwissels kreeg of vreemde pakketten die Fra Haiternitz, mijn hospita, uitgeput omdat ze zes trappen had moeten beklimmen, me met een wantrouwige blik aangaf, terwijl ze kauwde op de zwarte tabak waar ze donkere lippen en een adem van putlucht van kreeg.

Aanvankelijk barstte mijn hoofd in de Hoofdstad. Zo veel geluiden had ik van mijn leven niet gehoord. De straten leken razende stroomversnellingen die alles wat ze meevoerden, mensen en wagens, door elkaar mengden tot een duizeligmakende herrie, zodat ik me dikwijls tegen de huizen moest drukken om te voorkomen dat ik door de eindeloze stroom werd meegesleurd. Ik woonde in een kamer waarvan het raam zo dichtgeroest zat dat het niet verder dan een duim openging. Er was nauwelijks ruimte voor iets anders dan een stromatras, die ik overdag opvouwde en waarop ik dan een plank legde, die diende als bureau. Met uitzondering van een paar lichtere dagen in de hoogzomer of de ijzige winterkou lag de stad altijd verborgen onder een mistbank van houtskoolrook, die in lome, om elkaar heen draaiende pluimen uit de schoorstenen kwam om vervolgens dagenlang in de lucht te blijven dommelen en de zon heel ver weg te stoppen. De eerste tijd scheen het stadsleven me onverdraaglijk toe. Ik dacht onophoudelijk aan ons dorp en aan de met naaldbossen bedekte vallei in de schoot waarvan het genesteld lag. Ik herinner me dat ik soms zelfs in bed lag te huilen.

De universiteit was een groot, barok gebouw, dat drie eeuwen eerder het paleis van een Hongaarse prins was geweest, waarna het ten tijde van de revolutie was geplunderd en verwoest en daarna was verkocht aan een vooraanstaand graanhandelaar, die het als opslagplaats gebruikte. Toen de grote cholera-epidemie van 1831 door het land raasde als een hond die een doodsbang dier op de hielen zat, werd het gevorderd om dienst te doen als ziekenhuis. Er werd een klein beetje zorg verleend en heel veel gestorven. Pas later, aan het einde van de eeuw, werd het gebouw een universiteit, na een besluit van de

Keizer. De openbare ruimtes werden schoongemaakt en er werden banken en preekstoelen neergezet. Het mortuarium werd de bibliotheek en de ontleedzaal een soort salon waar de hoogleraren en een paar studenten uit invloedrijke families hun pijp konden roken, converseren en kranten lezen in grote fauteuils van rossig leer.

De meeste studenten kwamen uit de klasse van de burgerij. Ze hadden roze wangen, fijne handen en schone nagels. Vanaf hun kindertijd hadden ze hun buikje rond gegeten en mooie stoffen gedragen. Armoedzaaiers zoals wij waren er maar weinig. Je herkende ons direct aan onze door de buitenlucht aangetaste wangen, onze kleren, onze knullige manier van doen en de zichtbare angst dat we hier niet thuishoorden, dat we op de verkeerde plek waren. We kwamen van ver. We kwamen niet uit de stad, zelfs niet van het platteland. We sliepen in slecht verwarmde kamers onder het dak. We gingen nooit of heel zelden naar huis. Degenen met familie en geld zagen ons eigenlijk niet staan. Ik geloof niet eens dat ze ons minachtten. Ze hadden er eenvoudigweg geen idee van wie wij waren, waar we vandaan kwamen, in welke verlaten en schitterende landschappen we waren opgegroeid, en hoe onze dagen in de grote stad eruitzagen. Dikwijls liepen ze langs zonder ons zelfs maar te zien.

Na een paar weken werd ik iets minder bang voor de stad. Ik negeerde de monsterlijke en vijandige kanten en zo bleef alleen de lelijkheid over. En ik stortte me met zo veel hartstocht op mijn studie en ik dook zo diep in de boeken dat het me niet moeilijk viel die lelijkheid een paar uur te vergeten. Eigenlijk kwam ik alleen buiten de bibliotheek om naar de zalen te gaan waar de hoogleraren hun colleges gaven. Ik had een metgezel gevonden in de persoon van Ulli Rätte, die even oud en net zo arm was als ik, en die in zekere zin ook door zijn dorp was gestuurd in de hoop dat hij zou terugkeren met een opleiding die voor zo veel mogelijk mensen van nut zou zijn. Rätte kwam uit een uithoek van het land, uit de heuvelachtige streek van Galinek, en sprak een raspende taal, vol uitdrukkingen die ik niet kende en die hem in de ogen van veel van onze medeleerlingen tot een zonderling of een wilde maakten. Als we niet in de bibliotheek of op onze kamers zaten, zwierven we langdurig door de straten en bespraken onze dromen en onze toekomst.

Ulli had een passie voor cafés, maar niet genoeg geld om erheen te gaan. Vaak nam hij me mee om ze te bekijken, en de simpele aanblik van die plekken waar het gas blauw brandde en waskaarsen stonden, waar het gelach van vrouwen opsteeg naar een plafond bedekt met de rook van sigaren en pijpen, waar de mannen elegante kleding droegen – bont in de wintermaanden, zijden halsdoeken in het mooie seizoen –, waar de onberispelijk in witte schorten gehulde obers wel soldaten uit een onschuldig leger leken, was genoeg om hem te vervullen met een kinderlijk plezier.

'We verspillen onze tijd met die boeken, Brodeck; dit is het echte leven!'

Anders dan ik voelde Ulli zich in de stad als een vis in het water. Hij kende alle straten en alle sluiproutes. Hij hield van het stof, het lawaai, het roet, het geweld, de grootheid. Alles beviel hem.

'Ik denk niet dat ik nog terugga naar mijn dorp…' zei hij vaak. Als ik dan zei dat hij het toch maar mooi aan zijn dorp te danken had dat hij hier was en dat zijn dorp op hem rekende, veegde hij dat met een enkel woord of handgebaar van tafel.

'Een stelletje dronkaards en woestelingen, dat is het.

Wat denk je, dat ze me hier uit liefdadigheid naartoe hebben gestuurd? Het was puur eigenbelang, niets anders! Ze willen dat ik vol kennis terugkom, als een vetgemest beest, en ze zullen me de rest van mijn leven laten betalen. Vergeet niet dat het de onwetendheid is die altijd zegeviert, Brodeck, niet de kennis.'

Ook al droomde Ulli Rätte vaker over cafés dan over collegebanken, hij was zeker geen idioot. Soms zei hij dingen die zo in een boek konden staan, maar hij sprak ze uit alsof ze niets voorstelden, alsof hij zich er onmiddellijk vrolijk over maakte, en evenzeer over zichzelf, dan ging hij ervandoor, met een grote lach die zowel loeiend als vulkaanachtig was en die er steevast voor zorgde dat voorbijgangers omkeken.

XXV

Die hele geschiedenis van kennis en onwetendheid, eenzaamheid en grote aantallen, leidde er uiteindelijk toe dat ik voor het einde van mijn studie de stad weer verliet. Het grote lichaam met die tentakels werd wakker geschud door een plotseling rumoer, geruchten die uit het niets kwamen, een paar gesprekken, een anoniem artikel van een paar regels in een krant, het verkooppraatje van een jongleur op de markt, een liedje dat nergens vandaan kwam, met een bloeddorstig refrein dat in een oogwenk door alle straatzangers werd overgenomen.

Er waren steeds meer oploopjes. Een paar mannen bleven bij een lantaarnpaal staan en smoesden wat, al heel snel kwamen er wat anderen omheen staan, dan nog meer. In een paar minuten verzamelden zich zo een stuk of veertig lichamen die met licht gebogen schouders tegen elkaar geplakt stonden; af en toe bewogen ze wat en stemden met een enkel woord in met wat degene die het woord voerde beweerde – wie dat was, kon je nooit met zekerheid zeggen. Dan verspreidden al die gestaltes zich in een oogwenk in alle richtingen, alsof het ze door een windvlaag werd ingefluisterd, en het trottoir, opnieuw verlaten, hervatte het eentonige wachten.

Vanaf de oostgrens kwamen vreemde, tegenstrijdige berichten. Er werd gezegd dat 's nachts aan de andere kant hele garnizoenen zich verplaatsten, zo onopvallend als maar kon, dat er troepenbewegingen plaatsvonden op een schaal die nooit eerder was vertoond. Ook werd er gezegd dat je de machines kon horen die greppels, onderaardse passages, loopgraven en geheime gangenstelsels groeven. Ten slotte werd er nog beweerd dat er legers met een duivelse kracht en actieradius op de been werden gebracht, die zich klaarmaakten om tot actie over te gaan, en dat het in de Hoofdstad wemelde van de spionnen die klaarstonden om de stad in brand te steken als het zover was. De honger pijnigde de magen en beheerste de geesten. De twee laatste zomers waren zo heet als een oven geweest, en het overgrote deel van de oogsten van de vlaktes rondom de stad was verschroeid. De groep failliete, uitgemergelde boeren werd met de dag groter; hun verloren blikken grepen zich overal aan vast als om het te stelen. Kinderen hingen aan hun moeders rokken. Het waren kleine, fletse schepsels met een gelige huid, die met moeite op de been bleven en regelmatig staand in slaap vielen met hun rug tegen een muur, of op schoot bij hun moeder, die op de grond was gaan zitten omdat ze niet meer kon.

Tegelijkertijd vertelde professor Nösel over onze grote dichters die in duistere eeuwen – waarvan er heel veel zijn – toen de Hoofdstad nog maar een dorp was, de bossen vol zaten met beren en wolvenpakken, oerossen en bisons, toen de wilde hordes van de verre steppes dood en verderf verspreidden, in ontelbare dichtregels de lyrische en oorsprongsepossen schiepen. Nösel beheerste Oudgrieks, Latijn, Cimmerisch, Arabisch, Aramees, Utsisch, Kazakhs en Russich, maar hij kon niet uit het raam kijken, en kreeg zijn neus niet uit de boeken als hij over straat naar zijn appartement in de Jeckenweissstraat liep. Boekenwijs, maar wereldblind.

Op een dag vond de eerste betoging plaats. Het zullen niet meer dan honderd mensen zijn geweest, voornamelijk geruïneerde boeren en werkloze arbeiders die naar de markt op het Albergeplatz waren gekomen – waar de mensen zich verzamelen die op zoek zijn naar dagwerk – en die, toen ze niets vonden, schreeuwend en met stevige pas naar het parlementsgebouw oprukten. Daar stuitten ze op de soldaten die de hekken bewaakten en werden ze zonder geweld uit elkaar gejaagd. Ulli en ik zagen ze langskomen toen we naar de universiteit liepen. Je had kunnen denken dat het gewoon een nogal rumoerige optocht was, zoals die door studenten worden gehouden die hun diploma's vieren, ware het niet dat je kon zien dat deze gespannen, grauwe gezichten en ogen die brandden met vage verwijten niet van studenten waren.

'Dat doen ze geen tweede keer!' had Rätte spottend geroepen, waarna hij mijn arm greep en me meesleepte naar een nieuw café dat hij de vorige avond had ontdekt en me wilde laten zien. We vertrokken, maar ik draaide me af en toe om, en zag de mensen door de straten verdwijnen als de staart van een grote slang, wiens onzichtbare bek in mijn verbeelding groter werd.

De volgende dag en de zes dagen daarop gebeurde precies hetzelfde, met het verschil dat er iedere dag meer mensen waren en er luider werd geschreeuwd. Onder de arbeiders en boeren mengden zich nu ook vrouwen, hun echtgenotes misschien, en ook mensen die uit het niets waren verschenen, die we nog nooit hadden gezien, maar die deden denken aan herders, ook al hadden ze geen knuppels en lansen om de dieren te drijven; wel hadden ze woorden en kreten. Dagelijks werd er wat bloed vergoten wanneer de soldaten bij het parlement met het plat van de sabel tegen een paar hoofden sloegen. De kranten openden met de acties van de menigte, en merkwaardig genoeg zweeg het gezag. Op vrijdagavond raakte een soldaat ernstig gewond door een geworpen steen. Een paar uur later werd overal in de stad een bekendmaking aangeplakt dat samenscholingen tot nader order verboden waren en dat iedere betoging met uiterste strengheid uit elkaar zou worden gejaagd.

Wat de boel in brand zette was dat de volgende dag bij het ochtendgloren bij de kerk van Ysertinguës het opgezwollen lichaam van Wighert Ruppach werd gevonden, een werkloze zetter van wie werd gezegd dat hij aan de basis van de eerste marsen had gestaan, want hij stond bekend om zijn revolutionaire denkbeelden, en inderdaad hadden veel mensen zijn grote, halvemaanvormige gezicht, overwoekerd door zijn baard, aan de kop van de menigte gezien, en zijn brullende bariton brood en werk horen eisen. De politie stelde algauw vast dat hij was doodgeslagen en voor het laatst was gezien toen hij stomdronken uit een van de vele kroegen van de slachthuizenwijk was komen zwabberen, waar zwarte wijn en gesmokkelde drank wordt geschonken. Ruppach had geen cent meer op zak, en ook zijn papieren en horloge waren verdwenen; ongetwijfeld was hij ten prooi gevallen aan een van zijn drinkebroers of een straatrover die zijn pad had gekruist. Maar de stad begon koorts te krijgen, en de verklaring van de politie werd beantwoord met onderbuikgerommel en dreigementen. Na een paar uur was Ruppach een martelaar, een slachtoffer van het door en door verrotte gezag dat niet in staat was zijn kinderen te voeden of ze te beschermen tegen de dreiging uit het buitenland, die bij de grens ongehinderd aan kracht won. In de dood van Ruppach ontwaarde men de hand van het buitenland, de hand van een verrader. De waarheid deed niet ter zake. Die interesseerde de meeste mensen niet. In de voorafgaande dagen waren de hoofden volgestampt met buskruit, ze hadden een mooie lont gevlochten en nu was er een vonk.

Op maandag kwam de boel tot ontploffing, na een zondag waarin de stad was leeggestroomd. Hij leek uitgestorven, verlaten, ten prooi aan een vreemde, acute epidemie. De avond ervoor waren Emélia en ik gaan wandelen en hadden we gedaan alsof we niet merkten dat alles om ons heen erop wees dat er iets stond te gebeuren op een schaal die nog niet eerder was vertoond.

We kenden elkaar vijf weken. Ik was in een andere wereld beland. Ik besefte opeens dat de aarde en mijn leven ook een andere hartslag konden hebben dan de mijne, en dat het zachte, regelmatige kloppen dat ontsnapt uit de borstkas van een geliefde het mooiste geluid is dat er bestaat. We wandelden altijd langs dezelfde plekken en door dezelfde straten. Eigenlijk hadden we, zonder het hardop te hebben besproken, een pelgrimstocht van het begin van onze liefde uitgestippeld: we liepen langs het Stüpispieltheater, dan via de Under-de-Bogellaan naar de Elsipromenade, de muziekkoepel, de ijsbaan. Emélia wilde dat ik vertelde over mijn studie, de boeken die ik las en de streek waar ik vandaan kwam. 'Die zou ik heel graag leren kennen,' zei ze.

Ze was een jaar eerder dan ik naar de stad gekomen, met als enig bezit haar handen, die fijn borduurwerk, complex naaldwerk en kant zo breekbaar als rijpdraden konden maken. 'Achter mijn rug ligt alleen duisternis, niets dan duisternis,' en die woorden die ze sprak toen ik haar op een avond naar haar familie en de plek waar ze vandaan kwam vroeg, brachten me terug naar mijn eigen verleden, mijn prille jeugd te midden van de dood, de verwoeste huizen, ingestorte muren en rokende puinhopen, zoals ik me die herinnerde en Fédorine ze had beschreven. Ik begon ook van Emélia te houden als van een zus, als van een mens afkomstig uit dezelfde afgrond als ik, iemand die net als ik geen andere keuze had dan vooruit te kijken.

Maandagochtend zaten we in de Muntenzaal naar Nösel te luisteren. Ik heb nooit geweten waarom die ruimte zo heette; het was een zaal met een laag plafond, zonder enige opsmuk, en met was bestreken muren waarin je uiterlijk lichtelijk vervormd werd weerkaatst. Het college ging over de ritmische structuur van het eerste deel van de 'Kant'z Theus', het grote nationale gedicht dat bijna duizend jaar lang van mond tot mond is overgedragen. Nösel sprak zonder ons aan te kijken. Ik geloof dat hij vooral tegen zichzelf praatte, dat hij zijn merkwaardige gesprek het grootste deel van de tijd met één stem voerde zonder zich druk te maken over onze aanwezigheid en nog minder over onze mening. Terwijl hij hartstochtelijk uitweidde over pentasyllabes en hexameters, pommadeerde hij zijn haar en knevels, stopte zijn pijp, wreef methodisch over de revers van zijn jasje die bezaaid waren met etensresten, en maakte zijn nagels schoon met een klein mesje. Er zaten niet meer dan een man of tien te luisteren; de rest zat te knikkebollen of bestudeerde de barsten in het plafond. En toen, op het moment dat Nösel overeind kwam om twee dichtregels op het bord te schrijven die nog steeds in mijn hoofd zitten omdat de oude taal van het gedicht in heel veel opzichten lijkt op ons dialect:

Stu pekart in dei mümerie gesachetet / Ze zullen komen met een fluister

Komm de Nebe un de Osterne vohin / En verdwijnen met de nevel en de aarde

werd de deur van de collegezaal opengegooid; hij sloeg tegen de muur; er klonk een enorm lawaai. Als één man draaiden we ons om; we zagen hoofden met uitpuilende ogen, armen die zwaaiden en monden die brulden: 'Allemaal naar buiten! Allemaal naar buiten! Wraak voor Ruppach! De verraders zullen boeten!' In de deuropening zagen we niet meer dan vier of vijf personen, studenten van wie de trekken ons vagelijk bekend voorkwamen, maar achter hen hoorden we het gebrul van een aanzienlijke menigte die de voorsten ondersteunde en opjutte. Toen verdwenen ze weer, even plotseling als ze gekomen waren, en ze lieten de deur openstaan; en als door een gootsteenputje, door een dwingende, fysieke kracht, werd bijna iedereen rondom mij meegezogen. Het was een enorm kabaal van stoelen en omvergeworpen banken, geschreeuw, gevloek en gebrul; toen was er plotseling niets meer. De golf was vertrokken en had alle woede meegesleurd om hem te laten aanzwellen en door de stad te verspreiden.

Er zaten nog maar vier studenten in de Muntenzaal: Fritz Schoeffel, een zwaarlijvige jongen met heel korte armen die niet meer dan drie traptreden kon beklimmen omdat hij anders geen lucht meer kreeg; Julius Kakenegg, die nooit met iemand praatte en altijd door een in parfum gedrenkte zakdoek ademhaalde; Barthéleo Mietza, die zo doof was als een kwartel, en ik. En Nösel natuurlijk, die alles met het krijtje in de lucht had aanschouwd en nu zijn schouders ophaalde en zijn college vervolgde alsof er niets was gebeurd.

XXVI

Die hele vreemde dag bracht ik door binnen de muren van de universiteit. Ik voelde me er veilig. Ik wilde niet weg. Buiten hoorde ik gruwelijke geluiden en doodse stiltes die steeds langer werden, waar geen einde aan kwam, en die even verontrustend waren als het lawaai. Ik bleef de hele middag in de bibliotheek. Ik wist dat Emélia veilig thuis zat in het gemeubileerde appartement dat ze deelde met een andere borduurster, een jonge, knalrode meid met haar als schapenwol, Gudrun Osterick geheten. De vorige dag had ik hen laten beloven dat ze de hele dag binnen zouden blijven.

Ik weet nog precies welk boek ik in die vreemde uren in de bibliotheek probeerde te lezen. Het was een werk van dr. Klaus Reinhold Maria Messner, een arts, over de verspreiding van de pest door de eeuwen heen. Het boek bevatte tabellen, grafieken en cijfers, en opvallende illustraties die scherp afstaken tegen de koele, wetenschappelijke toon van het onderzoek zelf, want ze gaven het een lugubere en precieuze romantiek. Op een afbeelding die ik bijzonder onaangenaam vond, stond een smalle, armoedige steeg in een stad. De grond bestond uit ongelijke keien en uit de wijd openstaande huisdeuren ontsnapten tientallen dikke, zwarte ratten met een harige vacht en een grijns op hun bek, terwijl drie mannen, gekleed in lange gewaden tot op hun voeten en hun hoofden verborgen onder puntige capuchons, de verstijfde kadavers op een handkar legden. In de verte was een door rookpluimen doorploegde horizon te zien, terwijl op de voorgrond een kind zat, in lompen gekleed, met zijn gezicht in zijn handen, alsof hij uit de afbeelding wilde ontsnappen. Vreemd genoeg schonken de drie mannen geen enkele aandacht aan hem: hij werd al geassocieerd met de dood die hem te wachten stond; hij was verdoemd. Alleen een rat keek hem aan, een rat die op zijn achterpoten stond en het verborgen gezicht van het kind onderzoekend aankeek, kwaadaardig en spottend. Ik bleef lang naar die afbeelding staren en vroeg me af wat de werkelijke bedoeling kon zijn geweest van degene die de gravure had gemaakt en van de dokter die hem in zijn werk had laten opnemen.

Rond een uur of vier werd het opeens donker. De hemel was vol sneeuwwolken en nu begon die sneeuw op de stad te vallen. Ik opende een raam van de bibliotheek. Direct vielen er dikke vlokken op mijn wangen, die meteen smolten. Ik zag gestaltes in beide richtingen door de straten lopen, zonder haast. De stad leek zijn normale gezicht te hebben hervonden. Ik pakte mijn jas en verliet de universiteit. Ik wist niet dat ik er nooit meer zou terugkeren.

Om bij mijn kamer te komen, moest ik naar het Salzwachplein, dan over de Sibelius-Vo-Rechtlaan, door de oude wijk Kolesh, het oudste deel van de stad dat bestaat uit een wirwar van nauwe stegen waar de etalages van onnoemelijk veel winkels op uitkijken, en dan langs het Wilhempark en de lugubere Thermengebouwen. Ik liep snel en zonder op of om te kijken. Ik kwam heel wat schimmen tegen die hetzelfde deden, en ook wat lieden met luide stemmen die een beetje dronken leken en lol hadden met elkaar.

Op het Salzwachplein en in de Sibelius-Vo-Rechtlaan bleef er al wat sneeuw liggen, waarin de weinige passanten de zwarte voetstappen van hun insectachtige tred achterlieten. Als je die plekken zag, zou je kunnen denken dat er niets aan de hand was, dat de stad een doodgewone maandag achter de rug had en dat het vroege slapen van de straten uitsluitend werd veroorzaakt door het slechte weer en de kou, door het vroege vallen van de nacht.

Maar zodra je het doolhof van de Koleshwijk betrad, wist je dat dat beslist niet waar was. Ik werd opgeschrikt door een geluid. Het geluid van stukgeslagen glas waar ik overheen liep. Het plaveisel van de steeg die ik was in gelopen, lag ermee bezaaid, en zover het oog reikte zag je de glinstering van allemaal scherven, die hier en daar door de sneeuw werden bedekt. Ik kon de gedachte niet onderdrukken dat hier hele ladingen edelstenen waren gedumpt. Het gaf de steeg een glinsterend, wonderlijk, feeëriek iets, en maakte er een sprookjesachtig decor van waaraan alleen nog maar de verhaallijn en de prinses ontbraken. Maar die eerste indruk verdampte zodra je de winkelruiten zag – gapende holtes als de bekken van dode dieren – de geplunderde winkels, de opengebarsten tonnetjes waaruit gemarineerde haring, gedroogd vlees, augurken en wijn was gevallen, de smerige marktkraampjes en de rondgestrooide koopwaar die overal verspreid lag. Het geluid van je voetstappen op het glastapijt vermengde zich met gejammer en gehuil. Het was onmogelijk te zeggen wie er zo jammerde, want er was geen levende ziel te zien. Wel lagen er voor het winkeltje van een kleermaker drie lijken, de hoofden bovenmatig opgezwollen en blauw van de klappen die ze hadden gekregen. Op de winkeldeur, die nog maar aan één hengsel in het kozijn hing, stonden de woorden 'Schmutz Fremdër' – vuile buitenlander, maar het woord Fremdër is dubbelzinnig: het kan ook 'verrader' betekenen, of in een volkse betekenis 'vuilnis' of 'afval' – in rode verf geklad. Enkele letters waren uitgelopen. Het leek of ze met bloed waren geschreven. Rollen textiel lagen op een grote stapel die men in brand had proberen te steken. Er zaten nog een paar glasresten in de sponning van de etalageruit die een ster vormden met onwaarschijnlijk fijne en tere vertakkingen.

Dat 'Schmutz Fremdër' kwam je op heel veel plaatsen tegen, soms in gezelschap van een tweede leus: 'Rache für Ruppach' – wraak voor Ruppach. Mijn blik dwaalde steeds weer af naar de drie lijken. De aanblik maakte me duizelig; die doden riepen verwarde herinneringen aan andere doden bij me op, andere lijken die als ledenpoppen op de grond hadden gelegen en van wie de trekken niets menselijks meer hadden. Ik was weer de kleine jongen die tussen de brokstukken door zwierf, achtergelaten te midden van het puin, de ruïnes en de branden die overal woedden, en die niet wist of hij ten prooi was aan een nachtmerrie waar geen einde aan kwam of aan de tijd, die met hem speelde als een kat met een muis. En toen die flarden van mijn vroegere leven in me opkwamen, zag ik ook de gravure weer voor me uit het boek van dr. Messner, in al zijn details: de rook, de ontelbare ratten, het kind, de mannen in het zwart, de stapel lijken – en het leek alsof voor mijn ogen de afschuwelijke aanblik van de steeg, de herinneringen uit mijn prille kindertijd en de details van de gravure over elkaar heen kwamen te liggen en hun gruwelijkheid vermengden. Ik stond te wankelen op mijn benen en toen ik hoorde dat iemand me riep viel ik bijna omver; het was een zwakke, gebroken stem, een stem die leek op de duizenden glassplinters.

Het was een oude man die iets verderop opgerold in een deuropening lag. Hij was heel mager en zijn lange witte baard maakte zijn gestalte nog langer en magerder. Bevend stak hij zijn arm naar me uit. Terwijl ik naar hem toe liep, zei hij steeds, in de oeroude taal van Fédorine: 'Gek, gek, ze zijn gek geworden.' Ik probeerde hem overeind te hijsen.

'Waar woont u? Hier in de straat?'

Zijn blik hield de mijne een paar seconden vast, maar hij leek mijn vragen niet te begrijpen en hervatte zijn litanie. Zijn kleren waren op veel plaatsen gescheurd en zijn met bloed overdekte linkerhand zag er levenloos uit. Ik pakte hem bij zijn middel om hem overeind te krijgen, maar ik had hem nog maar net tegen de muur gezet toen ik stemmen achter ons hoorde.

'Ja hoor, ze bewegen nog! Ze zitten ons te sarren!'

'Zij staan nog overeind en Ruppach is dood!'

Drie mannen kwamen naderbij. Ze hadden lange stokken en droegen een zwarte band om hun linkerarm waarop twee in elkaar gevlochten initialen stonden: 'W.R.' Ze spraken hard en lachten. Het gezicht van een van hen kwam me bekend voor – voor zover ik het kon zien tenminste, want de kleppen van hun petten wierpen een schaduw over hun trekken – maar ondanks dat voelde ik dat de angst bezit van me nam en mijn gedachten warrig werden. Ze leken wel dronken, maar ze roken niet naar alcohol. Ze hadden genoeg aan woede en haat om licht in het hoofd te worden, die waren nog sterker dan de sterkste eau-de-vie. Later in het kamp heb ik dat tot mijn grote spijt nog dikwijls kunnen constateren.

De oude man stond nog steeds te mompelen. Ik geloof

dat hij niet eens doorhad dat die mannen er waren. Een van de drie prikte met zijn stok in de borst van de oude man.

'Zeg me na: ik ben een stront-Fremdër! Schiet op, zeg het!'

Maar de oude man hoorde niets en zag niets.

'Ik geloof dat hij u niet verstaat; hij is gewond...'

De woorden waren uit zichzelf uit mijn mond gekomen en ik had er direct spijt van. Nu zette hij de stok op mijn borst.

'Zei je wat? Durfde je iets te zeggen? Wie ben jij, met die vuile klerekop van je? Jij riekt ook naar Fremdër!' en hij gaf me een klap in mijn zij die me de adem benam. Op dat moment kwam de metgezel die me bekend was voorgekomen tussenbeide.

'Nee, ik ken hem, Brodeck heet-ie.'

Hij bracht zijn gezicht vlak bij het mijne en toen herkende ik hem. Het was een derdejaars student, die net als ik vaak in de bibliotheek zat. Ik wist niet hoe hij heette. Ik herinnerde me alleen dat ik hem dikwijls astronomische boeken had zien raadplegen en dat hij veel tijd doorbracht met het bekijken van sterrenkaarten.

'Brodeck, Brodeck...' vervolgde degene die de baas leek te zijn. 'Een echte Fremdërnaam! En kijk eens naar die neus van dat ondier! Het is hun neus die ze verraadt! En die bolle ogen, die bolle ogen die uitpuilen om alles te zien wat ze willen inpikken!'

Hij bleef met zijn stok in mijn zij porren alsof ik een koppig dier was.

'Félix, laat hem toch met rust! Laten we ons met die ouwe bezighouden, van hem weten we zeker dat het uitschot is; daar is zijn winkel, die ken ik! Het is een echte dief die vet wordt door op de pof te leveren!'

Nu begon de derde van het groepje, die nog niets gezegd had, zich ermee te bemoeien: 'Hij is voor mij! Nu ben ik aan de beurt! Jullie hebben er allebei al twee gehad!'

Tot dan toe had hij in de schaduw gestaan, maar nu kwam hij plotseling tevoorschijn, en wat ik zag was een kind, niet ouder dan een jaar of dertien, met een tere, frisse huid en tanden die glinsterden in de nacht; hij grijnsde als een waanzinnige.

'Kijk eens aan, kleine Ullrich wil ook meespelen! Maar daar ben jij toch nog te teer voor, broertje van me? Je bent nog niet eens droog achter je oren!'

De oude man leek in slaap te zijn gevallen. Zijn ogen waren dicht. Hij zei niets meer. Woedend duwde het kind zijn broer weg, duwde mij met de punt van zijn stok opzij en ging voor de zwakke gestalte staan die ineengedoken tegen de muur zat. Er viel een diepe stilte. De nacht werd zo dik als modder. Een windvlaag blies door de steeg en bracht wat sneeuw in beweging. Niemand bewoog. Ik dacht dat ik droomde of dat ik op het podium van het kleine Stüpispieltheater stond, waar vaak dit soort voorstellingen werden opgevoerd, soms bloeddorstig, zonder kop of staart, en die altijd eindigden als een klucht; en plotseling kwam het kind in actie. Hij tilde zijn stok hoog boven zijn hoofd en liet hem brullend neerkomen op de oude man die niet schreeuwde, maar zijn ogen wijd opensperde en begon te rillen alsof hij in een ijskoude rivier was gesmeten. Het kind gaf hem nog een klap, op het voorhoofd, toen een derde op zijn schouder, toen een vierde, een vijfde... Hij hield niet meer op en hij lachte. Zijn kameraden moedigden hem aan en klapten in hun handen en scandeerden 'Oi! Oi! Oi!' om het ritme aan te geven. De schedel van de oude man barstte open met het droge geluid van een noot die tussen twee stenen wordt gekraakt. Het kind stond als een gek te slaan, steeds harder, en brulde nog steeds; maar toen, hoewel hij nog wel sloeg, hoewel hij nog steeds grijnzend keek naar wat er over was van zijn slachtoffer, hoewel zijn twee kameraden nog steeds in hun handen klapten, kwam er langzaam een verandering over zijn met bloed bespatte gezicht. De gruwelijkheid van wat hij had gedaan leek opeens door te dringen in zijn ledematen, omhoog te kruipen door zijn aderen, spieren en zenuwen, binnen te sluipen in zijn hoofd en alle vuiligheid eruit te spoelen. Hij begon langzamer te slaan, toen hield hij op. Vol afgrijzen keek hij naar de met bloedspatten en botsplinters bedekte stok en naar zijn handen, alsof ze niet van hem waren. Toen keek hij weer naar de oude man, wiens gezicht nergens meer op leek; de gesloten oogleden waren zo opgezwollen dat ze het formaat van appels hadden.

Het kind liet zijn stok abrupt aan zijn voeten vallen, alsof hij zijn handen eraan brandde. Hij werd bevangen door een hevige stuiptrekking en hij gaf een gele vloeistof op, twee keer; toen ging hij ervandoor, de nacht nam hem op in zijn buik terwijl zijn vrienden brulden van het lachen en de leider, zijn broer, hem nariep: ‘Goed werk, Ullrich! Die ouwe heeft gekregen wat hij verdiende! Nu ben je een man!’

Met zijn voet gaf hij het lichaam van de oude man een zetje zodat het in de sneeuw viel; toen gingen hij en zijn kameraad er rustig vandoor, onder het fluiten van een liefdesliedje dat in die tijd populair was.

Ik had me niet verroerd. Voor het eerst had ik een moord meegemaakt. Ik voelde me leeg. Beroofd van alle gedachten. Mijn mond was gevuld met bittere gal. Ik kon mijn blik niet van het lichaam van de oude man afwenden. Bloed vermengde zich met sneeuw, en zodra een nieuwe vlok de grond bereikte, raakte hij ermee doordrenkt en werd het holle bloemblaadje van een onbekende rode bloem. Opnieuw werd ik opgeschrikt door het geluid van voetstappen. Opnieuw kwam er iemand op me af. Ik dacht dat ze terugkwamen en dat het nu mijn beurt was.

'Rot op, Brodeck!'

Het was de stem van de student, de student die urenlang met zijn blik verzonken had gezeten in sterrenstelsels en melkwegen, afgedrukt in grote boeken met enorme bladzijden. Ik sloeg mijn blik naar hem op. Hij keek me aan, niet hatelijk maar eerder minachtend. Doodkalm zei hij: 'Verdwijn! Ik ben er niet altijd om je leven te redden!'

Toen spuugde hij op de grond, draaide zich om en verdween.

XXVII

De volgende dag deed het gerucht de ronde dat er zevenenzestig lijken van de straat waren gehaald. Er werd gezegd dat de politie geen enkel misdrijf had verhinderd, ook niet wanneer dat had gekund. Voor diezelfde middag stond er een nieuwe betoging op het programma. De stad stond op springen.

Ik stond op bij zonsopgang, na een slapeloze nacht waarin ik onophoudelijk het gezicht van het moordende kind en van het oude slachtoffer voor me zag, en het brullen van de een, het murmelen van de ander, de doffe klappen en het droge gekraak van de splijtende botten had gehoord. Ik had mijn besluit genomen. Ik pakte mijn spullen bij elkaar en gaf de kamersleutels terug aan mijn hospita, Fra Haiternitz, die ze zwijgend in ontvangst nam en mijn karige afscheidswoorden slechts beantwoordde met een misprijzende grijns vol rotte tanden. Ze was spek met uien aan het bakken in een braadpan. Het kamertje was gevuld met vettige rook die in je ogen prikte. Ze hing de sleutel aan een spijker en deed alsof ik niet meer bestond.

Ik liep gehaast door de stad. Er waren weinig mensen op straat. Hier en daar zag je sporen van de vorige dag. Mensen stonden met angstige gezichten te praten en bij het minste geluidje keek iedereen op. De deuren van een paar gebouwen waren beklad met de leus 'Schmutz

Fremdër' en in veel straten lag een grondlaag van glas die knarste onder mijn voetstappen en me de rillingen gaf.

Ik had een afscheidsbief voor Ulli Rätte geschreven, voor het geval ik hem niet op zijn kamer zou treffen. Maar ik vergiste me. Hij was er wel degelijk, maar hij was zo dronken dat hij op zijn bed in slaap was gevallen zonder zich zelfs maar uit te kleden. In zijn hand had hij nog een halfvolle fles en hij stonk naar tabak, zweet en slechte graanjenever. De rechtermouw van zijn jasje was gescheurd, en er zat een grote vlek op. Bloed. Ik dacht dat mijn vriend gewond was, maar toen ik zijn mouw had opgestroopt besefte ik dat hij ongedeerd was. Het werd opeens heel koud. Ik wilde niet meer denken. Ik dwong me om niet te denken. Ulli lag met open mond te slapen. Hij snurkte. Luidruchtig. Ik stopte mijn afscheidsbrief in zijn borstzakje en liep de kamer uit.

Ik heb Ulli Rätte nooit teruggezien.

Waarom schrijf ik dat? Het is niet eens waar! Ik heb Ulli Rätte wel degelijk teruggezien, of in ieder geval waarschijnlijk wel. In het kamp. Hij stond aan de andere kant. Aan de kant van de bewakers, bedoel ik, niet aan onze kant, wij die niets anders waren dan pijn en onderworpenheid.

Het vroor die ochtend. Ik was Hond Brodeck. Scheidegger, mijn baasje, was me aan het uitlaten. Ik had een halsband om en daaraan zat een lijn. Ik moest op handen en voeten lopen. Ik moest snuffelen zoals een hond snuffelt, eten zoals een hond eet, pissen zoals een hond pist. Scheidegger, met zijn kop van een kantoorbediende, liep naast me. Die dag liepen we naar de sanitairbarak. Voordat hij naar binnen ging, bond hij de riem stevig vast aan een ijzeren ring in de muur. Ik kroop in het stof, legde mijn hoofd op mijn handen en probeerde de bijtende kou te vergeten.

Op dat moment meen ik Ulli Rätte te hebben gezien. Heb ik Ulli Rätte gezien. Hoorde ik zijn lach, zijn opvallende lach vol schelle belletjes en vrolijk geratel. Hij stond met zijn rug naar me toe. Hij stond een paar meter van me vandaan met twee andere bewakers. Ze probeerden zich warm te houden door in hun handen te klappen, en Ulli, of de geest van Ulli, voerde het woord.

'Ja, echt een stukje paradijs op aarde, en nog vlakbij ook, op minder dan een mijl van deze Scheizerplatz! Een kachel die snort en fluit, koud bier met een dikke witte schuimkraag, geserveerd door een dienstmeid die zo rond is als een ham, en nog een stoeipoes is ook! Je kunt er urenlang pijp zitten roken en wegdromen en al die klootzakken vergeten die ons het leven zuur maken!'

Hij besloot zijn zin met een luide lach die door de anderen werd overgenomen; toen draaide hij zich om; ik sloeg mijn handen voor mijn gezicht. Niet dat ik bang was dat hij me zou herkennen, dat niet. Maar ik wilde hem juist niet zien. Ik wilde zijn blik niet hoeven kruisen. En vooral wilde ik in het diepst van mijn ziel de illusie bewaren dat die grote, dikke kerel die zo blij was een beul te zijn, die vlak bij me stond maar toch in een andere wereld was dan ik, in de wereld van de levenden, dat dat iemand anders was dan Ulli Rätte, dan mijn Ulli met wie ik zo veel tijd had doorgebracht, met wie ik broodkorsten, borden aardappels, blije uren en dromen had gedeeld en eindeloze wandelingen had gemaakt, arm in arm. Ik verkoos de twijfel boven de waarheid, hoe schamel en fragiel die twijfel ook was. Ja, die verkoos ik, want ik denk dat de waarheid me had kunnen doden.

Het kan raar lopen in het leven. Ik bedoel dat de stromingen in het leven je eerder meesleuren dan dat je ze bestuurt, en je na een grillig traject óf op de linker-, óf op de rechteroever gooien. Ik weet niet hoe de student Ulli Rätte een kampbewaker is geworden, dat wil zeggen, een perfect gesmeerd en gehoorzaam onderdeeltje van de grote doodsmachine waarin ze ons hadden gestopt. Ik weet niet dankzij welke beproevingen of kuiperijen hij hier was beland. Hoe was de Ulli die ik had gekend, die geen hond kwaad deed, een onderdaan geworden van een systeem dat mensen vernietigde, reduceerde tot een toestand waarbij vergeleken het leven van een pissebed benijdenswaardig was?

Het enige voordeel was dat het kamp enorm groot was. Ik heb die man die misschien Ulli Rätte was nooit meer teruggezien en zijn lach ook niet meer gehoord. Misschien was het tafereel op die bevroren ochtend wel een van de vele nachtmerries waardoor ik geplaagd werd? In dat geval had deze nachtmerrie wel enorm echt geleken. Zo echt, dat ik op de dag dat de poorten wijd open zwaaiden en ik door het kamp zwierf, alle paden af ging waar stapels lijken lagen, van gevangenen maar soms ook van bewakers. Ik draaide ze een voor een om, met het idee dat ik Ulli misschien zou vinden, maar nee. Het enige wat ik vond was het lijk van de Zeilenesseniss waar ik een tijdje naar bleef staan kijken, zoals je een afgrond bekijkt, of de herinnering aan een eindeloos lijden.

Nadat ik op de dag na wat later de Pürische Nacht zou gaan heten mijn brief in Ulli's borstzak had laten glijden, haastte ik me naar Emélia. Ze zat rustig te borduren bij haar kamerraam. Net als haar vriendin Gudrun Osterick. Ze keken me stomverbaasd aan. Ze waren al twee dagen niet buiten geweest, zoals ik ze gevraagd had, en hadden onafgebroken gewerkt om een belangrijke bestelling op tijd af te krijgen – een groot tafellaken, bestemd voor de uitzet van een bruid. Op het witte linnen hadden Emélia en haar vriendin honderden kleine lelies geborduurd, afgewisseld met grote sterren, en toen ik die sterren zag, voelde ik mijn lichaam verstarren. Ze hadden het rumoer van de menigte wel gehoord, het gebrul en het geschreeuw, maar hun wijk lag ver van de Koleshwijk waar de meeste plunderingen en moorden hadden plaatsgevonden. Ze wisten van niets.

Ik nam Emélia in mijn armen. Ik drukte haar tegen me aan. Ik vertelde haar dat ik ervandoor ging, dat ik wegging om nooit meer terug te komen, en ik maakte haar duidelijk dat ik hier was om haar te komen halen, dat ik wilde dat ze meeging naar mijn huis en mijn dorp, en dat daar bergen waren, dat het een andere wereld was waar we voor alles veilig zouden zijn, en dat ik wilde dat zij in dat decor van al die bergkammen, weilandjes en bossen die onze onneembare vesting zouden zijn, mijn vrouw zou worden.

Ik voelde haar beven toen ze tegen me aan stond. En het leek alsof ik die bevingen als van een vogel bij elkaar raapte, ze opnam tot in het diepst van mijn lichaam dat zo nog meer tot leven werd gewekt. Ze draaide haar mooie gezicht naar me toe, glimlachte en kuste me langdurig.

Een uur later verlieten we de stad. We liepen gehaast en hielden elkaars hand vast. We waren niet de enigen. Mannen, vrouwen, hele gezinnen, kinderen en grijsaards sloegen op de vlucht, beladen met koffers, sommige zo stampvol dat ze niet meer dicht konden en hun inhoud van linnengoed en samengepakt vaatwerk zichtbaar was; handkarren vol hutkoffers werden voortgeduwd en slecht dichtgeknoopte knapzakken gedragen. Iedereen keek serieus, en een zekere angst maakte de blikken besluiteloos. Er werd niet gesproken. Iedereen had haast, alsof datgene wat achter ons lag zo snel mogelijk moest worden weggeduwd.

Wie zat er eigenlijk achter ons aan? Andere mensen, of was het de loop van de geschiedenis? Ik ben nog in de kracht van mijn leven. Ik ben nog een jonge man, en toch, als ik mijn leven overdenk, lijkt het een fles waar iemand meer in heeft willen proppen dan erin past. Is dat zo voor alle mensenlevens, of ben ik geboren in een tijdperk dat grenzen verlegt en levens door elkaar schudt als de kaarten van een enorm gokspel?

Ik heb niet veel gevraagd. Het liefst had ik mijn dorp nooit verlaten. Ik had genoeg aan de bergen, het bos en de rivieren. Het liefst had ik me verre gehouden van de drukte van de wereld, maar om me heen begonnen volkeren elkaar af te slachten. Er zijn heel veel landen gestorven en daarvan is niets anders overgebleven dan de namen in de geschiedenisboeken. Sommige landen hebben andere verslonden, opengereten, verkracht en geschonden. En het goede heeft niet altijd getriomfeerd over het vuile.

Waarom moest ik, net als duizenden anderen, een kruis dragen waar ik niet voor gekozen had, een kruisweg lopen die niet gemaakt was voor mijn schouders en waar ik niets mee te maken had? Wie had er ooit besloten dat mijn onduidelijke bestaan moest worden omgegooid en dat ik uit mijn schamele rust, mijn grijze anonimiteit moest worden getrokken om als een ongeleide, piepkleine bal door een enorm kegelspel te rollen? God? Als Hij bestaat, als Hij echt bestaat, zou Hij zich beschaamd uit de voeten moeten maken. Zijn hoofd in Zijn handen moeten leggen en de nek deemoedig buigen. Misschien zijn heel veel mensen Hem niet waardig, zoals Peiper ons indertijd leerde, maar nu weet ik ook dat Hij de meesten van ons niet waardig is, en als een levend wezen zulke gruwelijkheden kan veroorzaken, is dat alleen maar omdat de Schepper hem het recept heeft ingefluisterd.

XXVIII

Ik heb mijn tekst zojuist vanaf het begin teruggelezen. Niet het officiële Verslag, maar deze biecht. Het is een zootje. Het gaat alle kanten op. Maar ik hoef me niet te rechtvaardigen. De woorden vliegen mijn hoofd in als ijzervijlsel naar een magneet, en ik strooi ze alleen maar over de bladzijden uit, zonder me te bekommeren over de betekenis. Als deze vertelling een gedrocht is, komt het omdat het tot stand is gekomen naar het evenbeeld van mijn leven, dat ik niet in toom heb weten te houden en dat meedrijft op de stroom.

Op tien juni, de dag van de Schoppessenwass en het eerbetoon aan de Anderer, hadden alle dorpsbewoners en nog veel meer volk zich verzameld bij de markthallen, wachtend voor het kleine podium dat de Zungfrost had gebouwd. Zoals ik al zei waren er al heel lang niet meer zo veel mensen samengekomen op dat kleine stukje grond. Je zag alleen vrolijke, lachende, vredige gezichten, maar ik kon de herinnering niet onderdrukken aan de menigtes die ik had gezien toen de waanzin de Hoofdstad in zijn greep kreeg voorafgaand aan de Pürische Nacht, en ik beschouwde die vredige gelaatsuitdrukkingen als maskers die bloedige gezichten met ogen vol waanzin en gapende muilen verborgen.

De accordeon van Viktor Heidekirch speelde alle deuntjes die we kenden, en de lucht van die warme, zachte namiddag was gevuld met de geur van gebak, gegrilde worst, beignets, wafels en Wärmspeck, die zich vermengde met de delicatere geur van het hooi dat lag te drogen in de schuren rond het dorp. Poupchette snoof alles verzaligd op en klapte in haar handen op de maat van de wijsjes die uit Heidekirchs trekzak kwamen. Emélia was thuisgebleven met Fédorine. De zon had geen haast om achter de kammen van de Hörni's te verdwijnen. Hij leek er de tijd voor te nemen, de dag langer te laten duren om mee te delen in de feestvreugde.

Toen merkten we opeens dat de ceremonie ging beginnen. Er ging een soort golf door de menigte die hem in beroering bracht, als bladeren van een essenboom die zachtjes door de wind door elkaar worden geschud. Viktor Heidekirch liet zijn instrument zwijgen; misschien had iemand hem een teken gegeven. Er klonk nog een enkele stem, wat gelach en geschreeuw, maar het stierf al snel weg om ten slotte op te gaan in de algemene stilte. Achter mij rook ik de geur van vogels. Ik draaide me om. Göbbler stond op twee passen van me vandaan. Hij nam zijn rare baret van gevlochten stro van zijn hoofd bij wijze van groet.

'Dus u wilde het spektakel ook niet missen, buurman!'

'Welk spektakel?' vroeg ik.

Göbbler maakte een handgebaar dat alles om ons heen omvatte. Hij grijnsde. Ik gaf geen antwoord. Poupchette trok aan mijn haar – 'Zwarte krullen, papa! Zwarte krullen!' Rechts van mij, op een meter of tien afstand, bewoog er plotseling iets, klonk het geluid van schoenen die tegen de grond schuren en van lichamen die achteruitdeinzen. We zagen Orschwirs grote gestalte die de menigte in tweeën spleet, en daarachter een hoed die hem volgde, een hoed die we in de laatste twee weken hadden leren herkennen, een soort glanzende zwarte dophoed die losstond van de tijd en de eeuwen, van de plaatsen en de mensen, want hij leek uit zichzelf door de lucht te zweven alsof er geen hoofd onder zat. De burgemeester bereikte het podium en klom er zonder aarzelen op, en toen hij er eenmaal bovenop stond nodigde hij met een plechtig gebaar de persoon van wie we alleen de hoed zagen uit om naast hem te komen staan.

Heel omzichtig en met veel gekraak van vers hout hees de Anderer zich naast Orschwir op het podium. Het was nog geen drie meter hoger dan de vloer van de markthal, en de trap die de Zungfrost in elkaar had getimmerd had niet meer dan zes treden, maar als je zag met hoeveel moeite de Anderer zich erop hees, zou je denken dat hij de hoogste piek van de Hörni's beklom, zo langzaam en moeilijk ging het. Toen hij eindelijk naast de burgemeester stond liet de menigte een verbaasd gemompel horen, want voor veel aanwezigen was dit de eerste keer dat ze die man over wie ze al zo veel hadden gehoord, in levenden lijve zagen, van vlees en bloed. Het podium was niet erg breed en ook niet zo diep. De Zungfrost had de afmetingen op het oog bepaald; hij had de maten kennelijk gekozen met zijn eigen gestalte in gedachte, die zo smal is als een metselvoeg. Maar Orschwir is haast een reus, groot en breed, en de Anderer was zo rond als een vloerbrood.

De burgemeester was gekleed in zijn galakostuum dat hij drie keer per jaar bij belangrijke gebeurtenissen droeg: voor het dorpsfeest, de Sint-Mattheüsmarkt en Allerzielen. Het verschil met zijn dagelijkse kloffie zit hem alleen in een groen jasje met boordsel, dichtgeknoopt met een rij van tien brandebourgs. Als je het hier bij ons wilt redden, kun je het beste opgaan in de gemeenschap: niet opvallen en zo eenvoudig en ongepolijst zijn als een brok graniet dat uitsteekt uit een stoppelveld. Dat had Orschwir al heel lang geleden begrepen. Hij deed niet aan pracht en praal.

Maar met de Anderer lag dat overduidelijk anders, en zeker op die dag. Die was van de maan gevallen, en misschien nog wel van iets anders. Hij kende onze gebruiken niet en wist niet hoe onze hersenen werkten. Misschien hadden we hem minder storend gevonden als hij niet zo veel linten, parfum en pommade had gebruikt. Als hij zich niet zou hebben gehuld in een grote lap fluweel en een overjas van oude wol, had hij kunnen opgaan in onze gemeenschap en had het dorp hem vroeger of later weliswaar niet geaccepteerd, daar zijn minstens vijf generaties voor nodig, maar getolereerd, zoals sommige katten of honden die opeens komen opdagen, uit het diepe bos waarschijnlijk, ook worden getolereerd en onze straten opvrolijken met hun vredige voetstappen en zachte geluidjes.

Maar de Anderer was het volstrekte tegendeel daarvan, en zeker vandaag: tussen twee zwartsatijnen revers schuimde een witte bef; op zijn buik vormden horlogeketting, sleutels en ik weet niet wat allemaal een hele vergulde ijzerwinkel; dan waren er nog de glinsterende manchetten met bijpassende knopen, de lichtblauwe overjas, de gevlochten ceintuur, het smetteloze gibrette, de broek met galons, de donkerrode slobkousen en de lakschoenen, om nog maar te zwijgen over het blanketsel op zijn wangen die zo dik waren als overrijpe appelen, en zijn glimmende snor, geborstelde bakkebaarden en roze lippen.

Hij en de burgemeester stonden tegen elkaar aangedrukt op het kleine podium en vormden een merkwaardig koppel, dat meer op zijn plaats was in een circustent dan op een dorpsplein. De Anderer glimlachte. Hij had zijn hoed afgenomen en hield hem met twee handen vast. Hij glimlachte in de verte en keek niemand aan. Om mij heen begon het gemompel weer: 'Teufläsgot! Wat is dat voor een vogel?'

'Is het een mens of een ballon?'

'Een grote aap zul je bedoelen!'

'Misschien is het mode daar waar hij vandaan komt.'

'Hij is niet goed wijs, die Dumkof!'

'Koppen dicht, de burgemeester neemt het woord!'

'Laat maar praten, wij blijven wel naar die vertoning kijken!'

Met veel moeite haalde Orschwir twee in achten gevouwen blaadjes uit zijn zak. Hij streek ze langdurig glad om zich een houding te geven, want we merkten dat hij nogal onder de indruk was en eigenlijk niet erg op zijn gemak leek. De toespraak die hij hield was zijn gewicht in goud waard. Ik zal hem hier in zijn geheel opnemen. Niet dat ik hem woord voor woord heb onthouden, maar ik heb hem een paar dagen geleden gewoon bij Orschwir opgevraagd – ik weet dat hij alles archiveert wat met zijn ambt van doen heeft.

'Wat moet je ermee?'

'Het is voor het Verslag.'

'Waarom wil je zo ver teruggaan? Dat vragen we helemaal niet van je.'

Hij keek me wantrouwig aan, alsof hij een hinderlaag vermoedde.

'Ik had zo gedacht dat het goed zou zijn als ik liet zien hoe hartelijk we hem hebben ontvangen.'

Orschwir duwde het kasboek weg dat voor hem lag, greep de kruik en de twee glazen die de Keinauge hem aanreikte, schonk bier in en schoof mij een glas toe. Ik zag dat mijn verzoek hem irriteerde en dat hij aarzelde, maar uiteindelijk zei hij: 'Goed dan, als je denkt dat het in ons belang is.'

Hij pakte een stukje papier, schreef er langzaam een paar woorden op en stak het me toe.

'Hier, ga naar het gemeentehuis en geef dit aan Hausorn; hij zal je de toespraak ter hand stellen.'

'Had jij die toespraak bedacht?'

Orschwir duwde zijn bierglas weg en keek me aan, ontstemd en meewarig tegelijk. Toen richtte hij zich tot de Keinauge, met een zachte stem die ik niet van hem kende.

'Lise, laat ons even alleen, wil je?'

Het blinde meisje maakte een revérence en trok zich terug. Orschwir wachtte tot ze de deur achter zich dicht had getrokken en vervolgde: 'Weet je, Brodeck, de ogen van dat kind zijn dood. Zo is ze geboren. Zij ziet niets van al die dingen die jij om je heen ziet: deze kast, deze pendule, dit meubel dat mijn overgrootvader met zijn eigen handen in elkaar heeft gezet, dit stukje van het bos van Tannäringen dat jij door het raam ziet. Natuurlijk weet ze dat het allemaal bestaat, want ze kan het ruiken, ze snuift het op, raakt het aan, maar zien kan ze het niet. En als ze zou vragen of ze het zou mogen zien, zou ze het nog niet te zien krijgen. En daarom vraagt ze dat ook niet. Ze verspilt geen tijd aan een vraag die toch niemand kan beantwoorden.'

Hij zweeg en nam een grote slok bier.

'Je zou meer zoals zij moeten zijn, Brodeck. Het zou voldoende voor je moeten zijn om vragen te stellen die beantwoord kunnen worden en die nuttig kunnen zijn; aan de rest heb je toch niets. Die brengt je alleen op een dwaalspoor en vult je hoofd met ik weet niet wat voor ideeën, die langzaam warm worden en in je hersenpan gaan koken – en allemaal voor niets! Ik zal je iets vertellen. De avond waarop jij ermee instemde het Verslag te schrijven zei je dat je de ik-vorm zou gebruiken, maar dat die op ons allemaal zou slaan. Dat weet je toch nog wel? Nu, die toespraak is door ons allemaal bedacht en geschreven. Ik heb hem voorgelezen, maar we hebben hem met z'n allen bedacht. Laat dat genoeg voor je zijn. Nog een glaasje, Brodeck?'

Toen ik op het gemeentehuis was en het papiertje aan Caspar Hausorn gaf, trok hij een grimas. Hij wilde iets zeggen maar hield zich op het laatste moment in. Hij draaide me de rug toe en trok twee grote lades open. Hij haalde een paar registers tevoorschijn en pakte uiteindelijk een roetbruine kartonnen map met tientallen blaadjes van verschillend formaat. Hij keek er snel een paar door, legde uiteindelijk zijn hand op de tekst van de toespraak en gaf hem zonder een woord aan mij. Ik nam hem aan en wilde hem in mijn zak laten glijden, toen hij me tegenhield: 'Volgens het briefje van de burgemeester mag je de papieren lezen en overschrijven, maar er staat niet dat je ze mee mag nemen!'

Met een hoofdknik wees Hausorn me op een tafeltje en een stoel. Toen zette hij zijn bril recht, liep bij me vandaan, nam plaats aan zijn lessenaar en begon weer te schrijven. Ik ging aan het tafeltje zitten en schreef de toespraak over, er zorg voor dragend dat ik geen woord miste. Af en toe keek Hausorn op van zijn werk om me te observeren. Zijn brillenglazen waren zo dik dat zijn ogen enorm vergroot werden, het leken wel duiveneieren, terwijl zijn gezicht toch fijne, kunstige trekken had die de vrouwen wisten te waarderen, maar nu leek hij op een enorm insect, een dikke bromvlieg die rond het lichaam van een onthoofde vliegt en er woedend met zijn kop doorheen wroet.

'Geliefde aanwezigen, dames en heren uit het dorp en de omtrek – en u, waarde heer. Het is ons een grote vreugde om u binnen onze muren te mogen verwelkomen.'

Voordat ik verderga en alles opschrijf wat Orschwir die dag op het podium voorlas, op die zachte namiddag, duizend mijl verwijderd van de kilte en doodsangst van de avond van de Ereigniës, moet ik de onrust noemen die bezit nam van de burgemeester toen hij helemaal aan het begin van zijn rede 'waarde heer' zei en zijn zin toen onderbrak, de Anderer vragend aankeek en wachtte tot hij de zin zou afmaken door zijn naam te noemen – de naam die we geen van allen kenden. Maar de Anderer bleef zwijgen, glimlachend, en haalde zijn lippen niet van elkaar, waarop de burgemeester eerst een paar keer op enigszins vragende toon 'waarde heer... waarde heer...' zei, en zich toen gedwongen zag door te gaan zonder iets wijzer te zijn geworden.

'U bent de eerste, en voorlopig enige bezoeker van deze streken sinds de veel te lange en smartelijke maanden van de oorlog hier hun bloedige sporen hebben achtergelaten. In vroeger eeuwen werd deze streek doorkruist door reizigers die van de grote vlaktes van het zuiden kwamen en via de bergwegen naar de verre noordkusten en havensteden reisden. Hier vonden ze altijd een aangename en geschikte pleisterplaats, en in de oude kronieken wordt ons dorp aangeduid met de oude naam 'Wohlwollend Trast': de vriendelijke pleisterplaats. We weten niet wat u hier komt doen. Maar hoe dan ook, uw verblijf te midden van onze bescheiden gemeenschap is ons een eer. U bent als de lente van de mensheid die terugkeert na een veel te lange winter, en wij hopen dat er na u anderen zullen komen om ons te bezoeken, zodat wij opnieuw verbinding kunnen krijgen met de gemeenschap der mensen. Maar mag ik u verzoeken, meneer...' – en opnieuw wachtte Orschwir, keek de Anderer vragend aan en gaf hem de gelegenheid om zijn naam te noemen, maar opnieuw kwam die niet, zodat Orschwir zijn keel nog maar eens schraapte en toen het papier weer ter hand nam – 'om niet te hard of te snel over ons te oordelen. Wij hebben vele beproevingen doorstaan en ons isolement heeft ongetwijfeld schepselen aan de rand van de samenleving van ons gemaakt. Toch zijn wij, voor wie ons kent, meer waard dan het lijkt. We hebben lijden en dood moeten doorstaan, en nu moeten we opnieuw leren leven. Bovendien moeten we leren om het verleden te... niet te vergeten, maar te verslaan, door het voor eeuwig verre van ons te duwen en te zorgen dat het zich geen weg meer kan banen naar ons heden en zeker niet naar onze toekomst. In naam van ons allen, in naam van het mooie dorp dat ik de eer heb te mogen besturen, wens ik u derhalve welkom, waarde heer' – en deze keer liet de burgemeester geen pauze vallen – 'en dan laat ik nu het woord aan u.'

Orschwir keek naar de menigte, vouwde de blaadjes weer op en schudde de hand van de Anderer; onderwijl steeg er applaus op naar de blauw met roze hemel, waarin de zwaluwen die wel dronken leken, om het snelst vlogen in warrige banen. Langzaam maar zeker stierf het applaus weg en viel er weer een stilte, een zware stilte. De Anderer glimlachte, maar het was onmogelijk te zeggen voor wie die glimlach was bedoeld: voor de opeengepakte boeren op de eerste rij, die niet veel van de toespraak hadden begrepen en alleen maar wachtten op het moment dat ze wijn en bier zouden krijgen, voor Orschwir die zichtbaar nerveuzer werd naarmate de stilte langer werd, voor de hemel of de zwaluwen misschien? Hij had nog steeds niets gezegd toen er plotseling een hevige windvlaag opstak, zo'n opvallend zachte, haast warme windvlaag die de dieren in de stallen zenuwachtig maakt, zo zenuwachtig zelfs dat ze zonder aanleiding tegen de deuren en muren gaan trappen. De windvlaag baande zich een weg door de welkomstbanier en scheurde hem doormidden; hij bleef ermee spelen, wikkelde zich om de flarden papier en smeet ze door elkaar; uiteindelijk scheurde het grootste deel af en waaide snel weg in de richting van de vogels, de wolken, de ondergaande zon. De wind verdween zoals hij was gekomen: als een dief. Wat er nog over was van de banier stortte neer. Er stonden nog maar twee woorden op: 'Wi sund' – Wij zijn. De rest van de zin was in de lucht verdwenen, weggewaaid, vergeten, verwoest. Ik rook opnieuw de geur van kippen vlak bij me. Göbbler was dichter bij me komen staan; hij stond nu vlak bij mijn oor: '"Wij zijn"! Wat zijn we dan, Brodeck? Dat vraag ik me af...'

Ik gaf geen antwoord. Poupchette zat neuriënd op mijn schouders. Toen er geapplaudisseerd werd, had ze heel hard in haar handen geklapt. Het incident met de banier had de mensen een paar seconden afgeleid, maar nu wachtten ze weer rustig af. Orschwir wachtte ook, en als je hem een beetje kende, wist je dat hij dit wachten niet veel langer kon verdragen. De Anderer begreep het misschien ook wel, want hij kwam in actie, streek met zijn handen over zijn wangen, spreidde zijn vingers en vouwde zijn handen samen alsof hij ging bidden; hij knikte naar links en naar rechts, en nog steeds glimlachend zei hij: 'Bedankt.' Alleen maar 'Bedankt'. Toen maakte hij driemaal een plechtige buiging, alsof hij op het toneel stond en de voorstelling was afgelopen. Men keek elkaar aan. Monden vielen zo wijd open dat je er met gemak een brood in had kunnen steken. De mensen stootten elkaar aan en keken elkaar vragend aan. Anderen haalden hun schouders op en krabden zich achter hun oor. Toen begon iemand te applaudisseren. Het was niets anders dan een manier om uit de gênante situatie te ontsnappen. Het kreeg navolging. Poupchette was weer blij. 'Feest, papa, feest!'

Wat de Anderer betreft, die zette zijn hoed weer op, klom even langzaam van het podium af als hij erop was geklommen en verdween in de menigte, gadegeslagen door de burgemeester, die sullig en onbeweeglijk met zijn armen langs zijn lichaam bleef staan, terwijl het resterende deel van de banier tegen zijn muts sloeg en aan zijn voeten de een na de ander er vandoor ging, met flinke pas richting de schragen tafel, de bierglazen, karaffen, worsten en brioches.

XXIX

Iemand is het berghok binnengedrongen! Iemand is het berghok binnengedrongen! Het was Göbbler, ik weet het zeker! Daar steek ik mijn hand voor in het vuur! Het kan niet anders! Er zijn sporen, voetsporen in de sneeuw, grote, modderige sporen die naar zijn huis lopen. Hij heeft het niet eens proberen te verhullen! Ze voelen zich zo sterk dat ze niet eens moeite doen het feit te verbergen dat ze me allemaal bespieden en me continu in de gaten houden.

Ik was maar een uurtje weg geweest, om wol te kopen voor Fédorine, drie knotten wol, in het winkeltje van Frida Pertzer, die van alles verkoopt, garen en band, naalden, kletspraatjes, knopen, stof van de rol, en daar had hij genoeg aan om het berghok binnen te dringen en alles te doorzoeken. Alles is overhoopgehaald! Alles is doorzocht, geopend, verplaatst! Hij heeft zelfs niet geprobeerd de dingen die hij heeft omgegooid weer een beetje op te ruimen! En hij heeft de bureaula geforceerd, de la van het bureau van Diodème. Die is gebroken en ligt op de grond! Maar wat zocht hij dan? Naar wat ik aan het doen ben natuurlijk. Hij hoort de machine te vaak ratelen. Hij vermoedt dat ik nog iets anders schrijf dan het Verslag! Hij heeft het niet gevonden. Hij had het ook niet kunnen vinden, daarvoor heb ik het te goed verstopt. Toen ik het zojuist ontdekte, was ik woedend. Toen ik de sporen zag, dacht ik niet na, maar rende onmiddellijk naar Göbbler en sloeg hard met mijn vlakke hand op zijn deur. Het was al donker en het dorp was in slaap, maar bij Göbbler brandde nog licht en ik wist zeker dat hij nog niet sliep. Zijn vrouw deed open. Ze was in haar nachthemd, en toen ze zag dat ik het was, glimlachte ze. In het tegenlicht kon ik vaag de vorm van haar brede heupen en haar enorme borsten onderscheiden. Haar haren hingen los.

'Goedenavond, Brodeck,' zei ze en ze haalde haar tong een paar maal langs haar lippen.

'Ik moet je man spreken!'

'Voel je je niet goed? Ben je ziek?'

Ik brulde zijn naam tot mijn stem brak. Ik bleef brullen. Er klonk geluid van boven en algauw verscheen Göbbler, met een kaars in de hand en een nachtmuts op zijn hoofd.

'Wat is er in hemelsnaam aan de hand, Brodeck?'

'Dat moet jij zeggen! Waarom heb je mijn berghok doorzocht? Waarom heb je die bureaula vernield?'

'Ik zweer je, ik heb n...'

'Doe niet alsof ik gek ben! Ik weet zeker dat jij het was! Je zit de hele tijd naar me te loeren! Moest dat soms,van de anderen? Het voetspoor leidt naar jou!'

'Voetspoor? Welk voetspoor? Welk voetspoor? Brodeck, kom even binnen en drink een kop thee, volgens mij ben je...'

'Als je dat nog eens doet, Göbbler – echt, dan...'

'Dan wat?'

Hij liep naar me toe. Zijn gezicht was vlak bij het mijne. Hij probeerde me te zien door het wittige waas dat zijn blik elke dag een beetje meer vertroebelt.

'Wees nou verstandig. Het is nacht, zou je niet gaan slapen? Dat is echt beter...'

Plotseling joegen Göbblers ogen me angst aan. Ze hadden niets menselijks. Het leken wel ogen van ijs, bevroren ogen, zoals ik die ooit had gezien toen ik elf was en een stoet mensen uit het dorp de lichamen van twee boswachters uit het gehucht Froxkeim hadden gebracht die door een lawine waren meegesleurd tot aan de voet van de hellingen van de Schnikelkopf. Ze hadden de stoffelijke overschotten naar beneden gedragen in grote lakens die tussen twee stokken hingen. Ik had ze vlak langs onze hut zien komen toen ik water ging halen uit de put. De arm van een van de mannen stak onder het laken uit en sloeg de maat, en ook zag ik door een scheur in de stof het hoofd van de andere man. Ik zag zijn ogen, zijn starre, witte ogen, spierwit en dof, alsof alle sneeuw die hem had bedolven in zijn ogen was gaan zitten. Ik had gegild, had mijn waterkruik laten vallen, en was teruggerend naar huis, waar ik me tegen Fédorine had aangedrukt.

'Zeg me nooit meer wat ik wel of niet moet doen, Göbbler.'

Ik vertrok zonder hem de tijd te geven om te antwoorden.

Zojuist ben ik een uur bezig geweest om het berghok weer op orde te krijgen. Er is niets gestolen, en dat is niet zo vreemd want er valt niets te stelen. Wat ik er schrijf, verstop ik heel goed: niemand zal het ooit vinden. Ik heb de blaadjes in mijn hand. Ze zijn nog lauw, en als ik ze bij mijn gezicht breng om hun geur op te snuiven, ruik ik de geur van het papier en van de inkt, en nog een geur, een geur van huid. Nee. Niemand zal mijn verstopplaats ooit vinden.

Diodème had ook een verstopplaats en die heb ik net ontdekt, volkomen toevallig, toen ik de la weer in het bureau probeerde te krijgen. Ik keerde het meubelstuk om, en toen ik het op zijn kop had gezet, zag ik een grote envelop die onder het houten tafelblad geplakt zat, precies op de plek waar de la had gezeten die hem moest verbergen. De la was leeg, maar erboven zat een envelop geplakt, wat niemand zou vermoeden.

Er zitten allerlei heel verschillende dingen in. Ik heb het allemaal uitgezocht. Allereerst een lange lijst met twee kolommen: de eerste draagt de titel 'Voltooide romans' en de andere 'Nog te schrijven romans'. In de eerste kolom staan vijf boektitels: *Het meisje aan de waterkant*, *De verliefde kapitein*, *De bloeiende winter*, *De boeketten van Mirna* en *Onrustige harten*. Niet alleen ken ik die titels, maar ook weet ik alles over die romans, want Diodème heeft ze me voorgelezen in zijn woning vol boeken, registers en vellen papier, die voortdurend in brand dreigden te vliegen door de brandende kaarsen terwijl ik vocht tegen de slaap, maar Diodème was zo geboeid door zijn eigen verhalen en woorden dat hij niet merkte dat ik zat te knikkebollen.

Ik glimlachte toen ik de lijst doorlas, want de titels brachten me alle momenten die ik met Diodème had doorgebracht in herinnering, en ik zag zijn fijn besneden gezicht weer voor me dat onder het lezen steeds levendiger werd. Bij het zien van de tweede lijst, die van de Nog te schrijven romans, barstte ik in lachen uit bij de gedachte waar ik aan ontsnapt was. Diodème had er wel zestig titels op gezet! De meeste leken op elkaar, en waren een mengsel van suikerwater en verbeelding. Maar twee staken schril af, en daar had Diodème een paar potloodstrepen onder gezet: *Het verraad der rechtvaardigen* en *Berouw*. De laatste titel stond trouwens vier keer vermeld, in steeds grotere letters, alsof Diodèmes potlood ervan was gaan stotteren.

Op een ander vel had hij een soort stamboom van zijn familie getekend. De namen van zijn ouders, grootouders en overgrootouders stonden erop, met hun geboorte- en sterfdata en hun geboorteplaatsen. Er stonden ook ooms, tantes, neven en verre verwanten bij. Maar er waren ook gaten, lege plekken, lijnen die abrupt ophielden bij een witte vlek of een vraagteken. Zo vertoonde de boom zware, overladen takken die bijna bezweken onder de hoeveelheid namen, en andere takken die kaal waren, gereduceerd tot een enkele streep die zonder enige versiering wegkwijnde. Ik moest denken aan de vreemde wouden van symbolen en dode levens die al onze bomen samen zouden vormen als we ze allemaal bij elkaar zouden zetten. De mijne zou schuilgaan in de overwoekering van de zijtakken van allerlei families die hun nagedachtenis al eeuwenlang koesteren als hun kostbaarste erfgoed. Het zou trouwens geen boom zijn, maar slechts een mager stammetje. Boven mijn naam zouden alleen twee twijgen te zien zijn, snel afgekapt, kaal, zonder blad, in absoluut stilzwijgen gehuld. Maar misschien zou ik er toch nog in slagen om een plaatsje te vinden voor Fédorine, zoals je soms op een kwijnend plantje een steviger takje kunt enten, zodat het daaraan zijn kracht en zijn sap kan ontlenen.

In de envelop zaten ook twee bijna stukgelezen brieven, waarvan het papier pluizig was geworden en op de vouwen haast was doorgescheurd. Ze waren ondertekend met 'Magdalena' en ze waren heel lang geleden aan Diodème geschreven, lang voordat hij in het dorp was komen wonen. Het waren twee liefdesbrieven, maar in de tweede liet ze weten dat de liefde voorbij was. Het stond er in eenvoudige bewoordingen, zonder grote woorden, zonder ophef of huilerig effectbejag. Het stond er als een vaststaande levenswaarheid, een feit waar niets aan te veranderen valt, dat je dwingt het hoofd te buigen en het lot te aanvaarden. Ik ben niet van plan om die brieven hier geheel of gedeeltelijk over te nemen. Ze zijn niet van mij. Ze zijn geen onderdeel van mijn geschiedenis. Toen ik ze las, bedacht ik dat ze er misschien de reden van zijn geweest dat Diodème hiernaartoe was gekomen, misschien had hij afstand willen scheppen tussen zijn vroegere bestaan en het dagelijks leven dat hij hier in het dorp kon opbouwen. Ik weet niet of het hem gelukt is om de wond te dichten. Ik weet ook niet of hij dat wel wilde. Soms zijn mensen gehecht aan hun littekens.

Ik had fragmenten van Diodèmes leven in handen, kleine, essentiële dingen die samen licht wierpen op een geest die er niet meer was. Toen ik dacht aan zijn leven, aan het mijne en dat van Emélia, Fédorine, en van de Anderer, waarover ik eigenlijk bijna niets wist, waarvan ik me alleen maar een voorstelling maakte, ging ik het dorp opeens in een heel ander licht zien: opeens werd het de laatste plek, daar waar mensen heen gaan die duisternis en leegte achter zich laten; geen plek waar je opnieuw kunt beginnen, maar de plek waar alles eindigt, waar alles alleen maar kan eindigen.

Er zat nog iets in de grote bruine envelop. Nog een brief. Een brief aan mij. Ik pakte hem heel nieuwsgierig beet, want het is vreemd als een dode tegen je spreekt. Diodèmes brief begon met de woorden: 'Vergeef me, Brodeck, vergeef me alsjeblieft,' en eindigde daar ook mee.

Het is een lange brief en ik heb hem gelezen. Ja, ik heb hem gelezen.

Ik weet niet of ik onder woorden kan brengen wat ik

tijdens het lezen voelde. Ik weet niet eens of ik überhaupt wel iets voelde. In ieder geval kan ik in alle oprechtheid zeggen dat ik helemaal geen pijn voelde toen ik Diodèmes brief las, die in feite één lange bekentenis is, want bij mij ontbreken de organen waarmee je pijn voelt. Die heb ik niet meer. Die hebben ze in het kamp een voor een verwijderd. En daarna zijn ze helaas nooit meer aangegroeid.

XXX

Ik ben ervan overtuigd dat Diodème dacht dat ik hem diep zou gaan haten als ik zijn brief zou lezen. Diodème dacht dat ik nog tot de menselijke soort behoorde, maar daarin vergiste hij zich.

Nadat ik gisteravond het berghok had opgeruimd, bij toeval de bergplaats had gevonden en alles wat in de bruine envelop zat had bekeken, kroop ik bij Emélia in bed. Het was al laat. Ze sliep. Ik kroop dicht tegen haar aan. Ik voelde haar warmte en de vorm van haar lichaam en ik viel meteen in slaap. Ik dacht niet eens aan wat ik had gelezen. Mijn ziel was merkwaardig licht en mijn lichaam loodzwaar van vermoeidheid en ontrafelde verbanden. Ik viel blij in slaap, zoals kinderen dat elke avond doen. En ik droomde, geen nare dromen zoals ik die gewoonlijk heb, waarin ik onophoudelijk om de zwarte put van de Kazerskwir heen draai, steeds opnieuw – nee, het waren vredige dromen.

Ik zag de student Kelmar weer voor me. Hij leefde nog en droeg zijn mooie witte linnen overhemd met de geborduurde kabelmotieven. Maar nu was het smetteloos schoon, en het deed zijn gebruinde huid en ranke hals goed uitkomen. En we stonden niet op de weg naar het kamp. We zaten ook niet in de wagon waarin we al die dagen en nachten met honderden anderen op elkaar gepakt hadden gezeten. We waren ergens waar ik geen enkele herinnering aan had; ik zou niet eens kunnen zeggen of het binnen of buiten was. Zoals Kelmar eruitzag had ik hem nog nooit gezien. Hij had geen littekens van klappen. Zijn wangen waren gladgeschoren. Zijn kleren roken lekker fris. Hij glimlachte. Hij praatte tegen me. Hij praatte langdurig tegen me, en ik luisterde zonder hem in de rede te vallen. Op een gegeven moment stond hij op en ik begreep dat hij weg moest, daar hoefde hij niets voor te zeggen. Hij keek me aan, glimlachte, en de laatste woorden die we wisselden, herinner ik me exact: 'Na wat we in de wagon hebben gedaan, had ik er een eind aan moeten maken, Kelmar, net als jij: niet meer rennen, stil blijven staan op de weg.'

'Je hebt gedaan wat je dacht dat goed was, Brodeck.'

'Nee, jij had gelijk. We verdienden het. Ik was laf.'

'Ik weet niet of ik gelijk had. De dood van een mens kan nooit worden opgeheven door nog een mensenoffer, Brodeck. Dat zou te gemakkelijk zijn. En het is niet aan jou om te oordelen. En ook niet aan mij. Het is niet aan de mens om zijn naaste te beoordelen. Daar is de mens niet voor gemaakt.'

'Denk je dat de tijd voor mij gekomen is om bij je te komen, Kelmar?'

'Blijf waar je bent, Brodeck. Jij hoort nog daar.'

Dat zijn de laatste woorden die ik me herinner. Ik wilde naar hem toe lopen om hem te omhelzen, maar ik voelde alleen lucht tussen mijn armen.

Ik denk niet dat onze dromen voorbodes zijn, zoals sommige mensen beweren. Ik denk alleen dat ze op het juiste moment aan ons verschijnen en ons in het holst van de nacht vertellen waar we overdag misschien niet aan durven denken.

Ik zal Diodèmes brief niet in zijn geheel overschrijven.

Trouwens, ik heb hem niet meer. Ik besef hoeveel moeite het hem gekost moet hebben hem te schrijven.

Ik ben niet uit mezelf naar het kamp vertrokken. Ik ben gearresteerd en weggevoerd. De Fratergekeime waren nog maar een week in ons dorp. De oorlog was drie maanden eerder begonnen. We waren afgesneden van de buitenwereld en we wisten haast niets van wat er gebeurde. De bergen beschermen ons vaak tegen problemen, maar ze snijden ons ook af van een deel van het leven.

Op een dag zagen we ze: een lange, dunne, in stofwolken gehulde colonne die snel over de weg vanaf de grens kwam aangemarcheerd. Niemand probeerde de opmars te stuiten – dat zou ook zinloos geweest zijn, en ik denk dat iedereen aan de dood van de twee zoons van Orschwir dacht en boven alles wilde vermijden dat er nog meer slachtoffers zouden vallen.

Maar de voornaamste reden was het feit dat die gehelmde, gewapende mannen, die alle troepen die ze waren tegengekomen zo verpletterend verslagen hadden, veel dichter bij de bewoners van deze streek stonden dan de overgrote meerderheid van de bevolking van ons eigen land. Voor de mensen hier bestond dat land nauwelijks. Het was zoiets als een vrouw die je af en toe een levensteken stuurt, een briefje of een verzoek, maar van wie je de ogen of lippen nooit te zien krijgt. De soldaten van de overwinnaars hadden dezelfde gewoontes als wij en ze spraken een taal die zo dicht bij de onze lag dat we nauwelijks moeite hoefden te doen om hem te verstaan en te gebruiken. De geschiedenis van onze streek liep parallel aan die van hen. We deelden dezelfde legendes, liedjes, dichters, rijmpjes, dezelfde manieren om vlees uit te benen en soep te koken, dezelfde melancholie en dezelfde neiging tot drankzucht. Uiteindelijk zijn grenzen slechts potloodlijnen op een landkaart. Ze doorsnijden werelden, maar scheiden die niet. Vaak zijn ze net zo vlot weer vergeten als ze getrokken zijn.

Het bataljon dat het dorp binnentrok bestond uit een honderdtal mannen onder leiding van een kapitein die Adolf Buller heette. Ik heb hem maar kort gekend. In mijn herinnering was hij een klein, broodmager mannetje met een tic waardoor zijn kin ongeveer om de twintig seconden naar links schoot. Hij reed op een modderig paard met vuile manen en had altijd een rotting bij zich, een kort gevalletje met een gevlochten uiteinde.

Orschwir en pastoor Peiper vatten post aan de rand van het dorp om de overwinnaars te verwelkomen en te smeken de inwoners en huizen te sparen, terwijl alle deuren en luiken vergrendeld waren en iedereen zijn adem inhield.

Kapitein Buller hoorde Orschwirs gestamel aan zonder van zijn paard af te stijgen. Naast hem stond een vaandeldrager met een lans waaraan een rood met zwarte standaard hing. De volgende dag al werd de vlag op het dak van het gemeentehuis vervangen door een andere, die de naam van het regiment vermeldde waarvan het bataljon deel uitmaakte: 'Der unverwundbar Anlauf' – Het onverwoestbare elan – alsook het devies: 'Hinter uns, niemand' – Na ons niemand.

Buller gaf Orschwir geen antwoord; zijn kin schoot een paar maal naar links, toen duwde hij de burgemeester zachtjes met zijn rotting opzij en vervolgde zijn weg, gevolgd door zijn soldaten.

Je zou verwachten dat hij zou eisen dat zijn mannen goed gehuisvest zouden worden, warm, in bedden tussen de dikke muren van de huizen. Maar de troepen sloegen hun kamp op op het marktplein, ze haalden grote tenten tevoorschijn die ze in een handomdraai opzetten. Daarna klopten de soldaten op de deuren om alle wapens – voornamelijk jachtgeweren – te verzamelen en in beslag te nemen. Ze gingen zonder geweld en uiterst beleefd te werk. Maar toen Aloïs Cathor, die aardewerk repareerde en altijd slimme spelletjes wilde spelen, zei dat hij geen wapens had, hielden ze hem onder schot en doorzochten het hele kot waarin hij woonde, totdat ze uiteindelijk een oude proppenschieter tevoorschijn haalden. Ze zwaaiden ermee onder zijn neus en namen hem en het geweer mee naar kapitein Buller, die voor zijn tent een borrel zat te drinken, terwijl de ordonnans achter hem klaarstond met de fles om zijn glas weer vol te schenken. De soldaten legden de kwestie uit. Cathor was een en al spot. Buller nam hem van hoofd tot voeten op, sloeg zijn glas pruimenbrandewijn in één teug achterover, kreeg zijn zenuwtic, liet zich bijschenken, wenkte met zijn rotting een luitenant met rode wangen en strogeel haar bij zich en fluisterde hem iets in het oor. De man knikte, klakte met zijn hakken, salueerde en vertrok met de twee soldaten en de gevangene.

Een paar uur later trok een tamboer door de straten met de boodschap dat de gehele bevolking, niemand uitgezonderd, zich om zeven uur op het kerkplein moest verzamelen om aanwezig te zijn bij een uiterst belangrijke gebeurtenis. Er gold een algehele aanwezigheidsplicht, en op niet-verschijnen stonden sancties.

Kort voor het genoemde tijdstip kwam iedereen uit zijn huis. Zwijgend. Al snel waren de straten gevuld met een vreemde, zwijgende optocht van mensen die niet op of om durfden te kijken en geen contact met elkaar durfden te zoeken. Emélia en ik hielden elkaars hand stevig vast. We waren bang. Iedereen was bang. Kapitein Buller wachtte ons op op het plein voor de kerk, met de rotting in zijn hand en de beide luitenants naast zich: degene die ik net al noemde en een tweede met een gedrongen postuur en donker haar. Toen het kleine kerkplein vol was en iedereen doodstil stond te wachten – er was geen geluid meer te horen – nam hij het woord: 'Inwoners, wij zijn hier niet gekomen om dingen kapot te maken of te verwoesten. Alleen een krankzinnige vernietigt zijn eigen bezittingen. En krankzinnig zijn wij niet. Uw dorp smaakt vanaf nu het voorrecht deel te mogen uitmaken van het Grote Territorium. Het is uw thuis, en uw thuis is ons thuis. Vanaf nu zijn wij verenigd in een duizendjarige toekomst. Ons ras is het eerste ras, oeroud en onbezoedeld, en het zal ook het uwe zijn als u erin toestemt u te ontdoen van de onzuivere elementen in uw midden. Om die reden dienen wij samen te leven in een goede verstandhouding en met absolute wederzijdse eerlijkheid. Probeert u ons dus niet voor te liegen. Probeert u niet met ons te spotten. Vandaag heeft iemand dat wel geprobeerd. Wij hopen dat zijn voorbeeld geen navolging zal vinden.'

Buller had een zachte, bijna vrouwelijke stem, en het vreemde was dat als hij sprak die onbeheersbare tic van zijn kin die hem op een kapotte automaat deed lijken, verdween. Toen hij was uitgesproken werd volgens een onwrikbaar protocol, dat eruitzag alsof het al vele malen gerepeteerd was, Aloïs Cathor voorgeleid, vergezeld door de twee soldaten die hem onder hun hoede hadden. Een meter achter hen liep een derde soldaat die iets zwaars droeg; we zagen nog niet goed wat het was, maar toen hij het neerzette bleek het een stuk hout te zijn, een stuk van de stam van een dennenboom, ongeveer een meter hoog. Daarna ging alles erg snel: de soldaten grepen Cathor vast, dwongen hem op de knieën, legden zijn hoofd op de boomstam en deden een stap terug. Toen arriveerde er een vierde soldaat die we nog niet hadden gezien. Er hing een groot, donker leren schort voor zijn borst en zijn benen. Hij hield een grote hakbijl vast. Hij ging vlak bij Cathor staan, tilde zijn bijl omhoog en voordat iemand wist wat er gebeurde, liet hij hem krachtig op de nek van de aardewerkhersteller neerkomen. Het afgehakte hoofd rolde van het blok. Een golf bloed spoot uit het lichaam, dat nog een paar seconden heftig spartelde, als een gans waarvan de kop wordt afgesneden, kwam toen tot rust en werd stil. Cathors hoofd staarde ons aan vanaf de grond. Zijn mond en ogen stonden wijd open, alsof hij ons iets gevraagd had waarop wij nog geen antwoord hadden gegeven.

Het was allemaal razendsnel gegaan. Het afschuwelijke tafereel had ons allemaal doen verstenen. De stem van de kapitein haalde ons uit onze verdoving en dompelde ons onder in een andere, nog grotere ontzetting: 'Dit gebeurt er met mensen die spelletjes met ons spelen. Vergeet dat niet, inwoners! En opdat u er goed over zult nadenken, laten we het hoofd en het lichaam van deze Fremdër hier liggen! Het is ten strengste verboden hem te begraven, op straffe van hetzelfde lot! Nog een laatste raad: zuiver het dorp! Wacht niet tot wij het doen. Doe het zelf, nu het nog kan! En nu naar huis allemaal, verspreidt u! Ik wens u goedenavond.'

Zijn kin schoot even naar links alsof hij een vlieg verjoeg; hij sloeg met zijn rotting tegen de naad van zijn broek, maakte rechtsomkeert en verdween samen met zijn luitenants.

Emélia stond trillend tegen me aan; ze snikte. Ik trok haar zo dicht mogelijk tegen mijn borst. Zachtjes zei ze steeds opnieuw: 'Dit is een nachtmerrie, hè, Brodeck? Dit is toch een nachtmerrie?'

Ze bleef maar naar Cathors onthoofde lichaam bij de voet van het blok staren.

'Kom,' zei ik, en ik legde mijn hand voor haar ogen.

Later, toen we in bed lagen, werd er op de deur geklopt. Ik voelde Emélia rillen. Ik wist dat ze niet sliep. Ik kuste haar nek en liep naar beneden. Fédorine had de bezoeker al binnengelaten. Het was Diodème. Ze hield zielsveel van hem. In de oude taal noemde ze hem de 'Klübeigge', de Wetenschapper. We gingen aan tafel zitten. Fédorine bracht ons twee mokken en vulde ze met kruidenthee die ze van tijm, munt, melisse en dennenknoppen had getrokken.

'Wat ga je doen?' vroeg Diodème.

'Hoe bedoel je, wat ga ik doen?'

'Tja, weet ik het, jij was er toch ook bij, je hebt toch gezien wat ze met Cathor hebben gedaan?'

'Dat heb ik gezien, ja.'

'En je hebt toch gehoord wat die officier zei?'

'Dat we van het lijk af moeten blijven? Dat deed me denken aan een Griekse sage die Nösel ons op de universiteit vertelde, over een prinses die...'

'Laat die Griekse prinsessen toch slapen! Daar wou ik het niet over hebben,' onderbrak Diodème me, terwijl hij voortdurend zijn handen open en dicht vouwde. 'Wat dacht je dat hij bedoelde toen hij het had over "het dorp zuiveren"?'

'Die lui zijn stapelgek. Toen ik in de Hoofdstad was, heb ik ze bezig gezien. Waarom denk je dat ik weer naar het dorp ben gekomen?'

'Ze zijn misschien gek, maar nu ze de Keizer hebben verjaagd en de grens zijn overgestoken, zijn ze wel de baas.'

'Ze gaan wel weer weg, Diodème. Uiteindelijk gaan ze wel weer weg. Waarom zouden ze hier blijven? Er is hier niks. Dit is het einde van de wereld. Ze wilden even laten zien dat ze de baas zijn. Dat is ze gelukt. Ze wilden ons doodsangst inboezemen. Dat is ze ook gelukt. Ze blijven nog een paar dagen en dan gaan ze weer door.'

'Maar de kapitein stond toch te dreigen. Hij zei dat we het dorp moesten zuiveren.'

'En wat wil je dan gaan doen? De straten schrobben met een bezem en een emmer water?'

'Maak nou geen grapjes, Brodeck! Denk je dat zij grapjes maken? Het was geen loze opmerking; hij had zijn woorden zorgvuldig gekozen, hij zei niet zomaar wat! Net zoals hij die arme Cathor een Fremdër noemde...'

'Daarmee duiden ze iedereen aan die hun niet zint – Fremdër in de betekenis van "uitschot". In de Pürische Nacht heb ik dat woord op allerlei voordeuren zien staan.'

'Je weet dat het ook "vreemdeling" betekent?'

'Maar Cathor was toch geen vreemdeling! Zijn familie is zo oud als het dorp!'

Diodème deed het boordje van zijn overhemd, dat hem leek te verstikken, iets losser. Hij veegde met zijn hand over zijn bezwete voorhoofd, wierp me een angstige blik toe, richtte zijn ogen op zijn mok, nam een slok, keek me tersluiks aan, sloeg zijn ogen weer neer en zei bijna fluisterend: 'Maar jij dan, Brodeck... jij dan?'

XXXI

Ik weet hoezeer angst iemand kan veranderen.

Vroeger wist ik dat niet, maar ik heb het geleerd. In het kamp. Ik heb mensen zien brullen, met hun hoofd tegen een stenen muur zien bonken, zich op prikkeldraad zien werpen dat zo scherp was als een scheermes. Ik heb mensen gezien die het in hun broek deden, die helemaal leegliepen, die kotsten en alles wat ze aan vloeistoffen, sappen en gassen in zich hadden eruit gooiden. Ik heb mensen zien bidden en anderen de naam van God horen vervloeken en Hem met verwensingen horen overladen. Ik heb zelfs een man aan angst zien sterven. Hij stierf van angst toen hij bij het dagelijkse spelletje van de bewakers werd aangewezen om te worden opgehangen. Toen de bewaker voor hem stilhield en lachend 'Du!' zei, bleef de man stokstijf staan. Zijn gezicht verried geen enkele emotie, geen enkele verwarring, geen enkele gedachte. En toen de bewaker zijn glimlach begon te verliezen en zijn stok ophief, viel de man als een blok neer, dood voordat de ander hem had kunnen raken.

In het kamp heb ik een paradox geleerd: de mens kan grote hoogten bereiken, maar haalt dat niveau nooit. Dat onvermogen is inherent aan onze natuur. Die duizelingwekkende tocht waarbij ik trede voor trede langs de smerige ladder afdaalde die me steeds dieper in de Kazerskwir bracht, leidde er niet alleen toe dat ik mijn eigen persoonlijkheid verloor, maar ook dat ik mij ten volle bewust werd van de motieven van mijn beulen en degenen die me aan hen hadden uitgeleverd. En zo werd het in zekere zin ook een eerste aanzet tot vergeving.

Ik was meer het slachtoffer geworden van andermans angst dan van hun haat, of van enige andere emotie. Omdat de angst sommige mensen naar de keel vloog, werd ik uitgeleverd aan de beulen, en die beulen, mannen die vroeger net als ik waren geweest, waren zelf ook uit angst in monsters veranderd; de angst had het zaad van het kwaad dat ze in zich droegen, dat wij allemaal in ons dragen, in staat gesteld om te ontkiemen.

Ik had de gevolgen van de executie van Aloïs Cathor verkeerd ingeschat. De afschuwelijke, weerzinwekkende wreedheid had ik ook gevoeld, maar ik had niet begrepen hoe die zou doorwerken in de geest van de mensen, en ook niet hoe de woorden van kapitein Buller in tientallen schedels waren gaan malen en hoe ze mijn dorpsgenoten totaal van de wijs brachten, zodat ze tot een beslissing kwamen waar ik het slachtoffer van zou worden. En dan was er natuurlijk nog het stoffelijk overschot van Cathor, zijn hoofd dat op een paar meter van zijn lichaam op de grond lag, en de zon die erop scheen, en alle insecten met zulke korte levens dat ze 's morgens geboren werden en 's avonds alweer stierven, maar die gedurende hun kortstondig bestaan urenlang rond het lijk gonsden en zich naar het feestmaal haastten, dartelend, cirkelend, zoemend, dol gemaakt door dat grote brok vlees dat lag te rotten in de zon.

Het hele dorp was vergeven van een misselijkmakende stank. Het was alsof de wind Buller terwille wilde zijn. Hij woei het kerkplein op, zoog zich vol met de uitwasemingen van het lijk, en verspreidde die geur in wervelingen door de straten; hij danste woest rond, glipte onder de deuren door en dwars door de slecht sluitende vensters, de losliggende dakpannen, en doordrong ons van het misselijkmakende bewijs van Cathors dood.

Ondertussen gedroegen de soldaten zich uiterst correct, alsof er niets aan de hand was. Er werd niet gestolen, geplunderd, afgeperst of opgeëist. In de winkel betaalden ze voor wat ze nodig hadden. Ze namen hun soldatenmuts af als ze vrouwen of jonge meisjes tegenkwamen. Ze hakten hout voor oude weduwen. Ze grapten met de kinderen, die angstig wegrenden. Ze salueerden voor de burgemeester, de pastoor en Diodème.

Kapitein Buller maakte iedere ochtend en avond op zijn magere, korte beentjes een wandeling door de straten, altijd vergezeld van zijn luitenants en zijn tic. Hij liep snel, alsof hij ergens verwacht werd, en sloeg geen acht op de mensen die hij tegenkwam. Af en toe gebruikte hij zijn rotting om in de lucht te slaan of wat bijen te verjagen.

De dorpelingen waren verdoofd. Er werd nauwelijks gesproken. Iedereen liep recht op zijn doel af met de blik naar de grond. Ze waren volledig van slag.

Diodème had ik niet meer gezien sinds de avond van de executie. Wat ik nu ga beschrijven, heb ik uit de lange brief die hij me heeft nagelaten.

Op de avond van de derde dag dat de Fratergekeime in het dorp was, ontbood Buller Orschwir en Diodème. Dat hij Orschwir liet komen was logisch, die was immers burgemeester, maar dat Diodème werd ontboden was een andere zaak. Maar Buller was de vraag voor – die Diodème trouwens nooit had durven stellen – en vertelde dat hij de onderwijzer was en vast minder stom dan de rest en het dus wel zou begrijpen.

Hij ontving ze in zijn tent. Er stonden een veldbed,

een bureau, een stoel, een soort hutkoffer, en een hangkast van textiel die eruitzag als een grote hoes, waar een paar uniformen in leken te hangen. Op het bureau lagen papieren met de naam van het regiment erop, pennen en een vloei, en er stonden een inktpot en een ingelijste foto van een dikke vrouw met zes kinderen om zich heen, van wie de kleinste een jaar of twee was en de oudste ongeveer vijftien.

Buller zat een brief te schrijven. Hij zat met zijn rug naar ze toe. Hij nam ruim de tijd om hem af te maken, te herlezen, in een envelop te doen, die dicht te plakken en op zijn bureau te leggen, maar uiteindelijk draaide hij zich om naar de twee mannen die vanzelfsprekend onbeweeglijk stonden te wachten. Buller keek ze lang en zwijgend aan; hij probeerde natuurlijk te bepalen wat voor vlees hij in de kuip had. Diodème voelde zijn hart bonken in zijn borstkas; zijn handpalmen waren drijfnat. Hij vroeg zich af waarom hij hier was en hoe lang deze marteling zou duren. Door Bullers tic schoot zijn kin met regelmatige tussenpozen naar links. Hij greep de rotting die vlak bij hem op het bed lag en streelde hem langzaam en zacht, alsof het een huisdier was.

'En?' vroeg hij ten slotte.

Orschwirs mond viel open. Hij wist niet wat hij moest zeggen en keek naar Diodème, die niet eens durfde te slikken.

'En?' herhaalde Buller, zonder echt ongeduldig te klinken.

Orschwir raapte al zijn moed bij elkaar en zei met verstikte stem: 'Hoe bedoelt u, kapitein...?' wat Buller een glimlach ontlokte.

'De zuivering, meneer de burgemeester! Wat anders? Hoe staat het met de zuivering?'

Orschwir keek weer naar Diodème, maar die probeerde zijn blik te ontwijken en keek naar de grond, en de burgemeester, die gewoonlijk zo zelfverzekerd was, wiens woorden vaak zo scherp waren als messen, die van niets onder de indruk was, als een echte rijke, machtige man, begon te hakkelen en verloor zijn laatste restje zelfvertrouwen tegenover deze man in uniform die maar half zo groot was als hij, deze piepkleine man met de belachelijke tic, die zijn rotting haast vrouwelijk streelde.

'Tja... kapitein... we... we... hebben niet precies... wel... begrepen wat... wat u bedoelde.'

Orschwir kromp in elkaar en liet zijn schouders hangen alsof hij een te hevige inspanning had geleverd.

Buller lachte schamper en stond op, hij ijsbeerde door zijn tent en leek na te denken; toen ging hij recht tegenover ze staan.

'Hebt u wel eens goed naar vlinders gekeken, meneer de burgemeester, en u ook, meneer de onderwijzer? Vlinders ja, de soort maakt niet uit. Niet? Wat jammer... Heel jammer! Zelf heb ik mijn leven aan vlinders gewijd. Sommige mensen houden zich bezig met scheikunde, geneeskunde, mineralogie, filosofie of geschiedenis, maar ik heb mijn hele leven aan vlinders gewijd. Het is een diersoort die dat volkomen verdient, hoewel er maar weinig mensen zijn die dat beseffen. Dat is spijtig, want als wij ons vaker zouden verdiepen in die schitterende, kwetsbare wezentjes, zouden wij ook buitengewoon veel over de menselijke soort te weten komen. Zo heeft men bij een variëteit van de schubvleugeligen die bekendstaat onder de naam *Rex flammae* een gedraging waargenomen die op het eerste gezicht ongerijmd lijkt, maar die uiteindelijk volkomen logisch blijkt te zijn en, zou ik eraan toevoegen als dat woord enige betekenis had wanneer het op vlinders wordt toegepast, buitengewoon intelligent. De Rex flammae leeft in groepen van zo'n twintig exemplaren. Men vermoedt dat er in die groepen een zekere mate van samenwerking bestaat, zodat wanneer er een genoeg voedsel heeft gevonden, de hele groep daarin meedeelt. Ze mengen zich vaak onder groepen vlinders van een andere soort, maar zodra er een jager opduikt schijnen de Rex flammae elkaar op de een of andere manier te waarschuwen zodat ze een veilig heenkomen kunnen zoeken. De andere vlinders die een moment geleden nog deel van de groep uitmaakten, lijken die informatie niet te krijgen, en worden dus opgegeten door de vogel. Door de rover een prooi te gunnen, stellen de Rex flammae hun eigen overleven veilig. Zolang alles goed gaat, is de aanwezigheid van een paar vreemdelingen niet storend – misschien profiteren ze er zelfs op enigerlei wijze van – maar zodra er gevaar dreigt, zodra de integriteit en het voortbestaan van de eigen groep op het spel staan, worden die buitenstaanders zonder aarzeling opgeofferd.'

Buller zweeg en begon weer te ijsberen, terwijl hij de hevig zwetende Orschwir en Diodème bleef aankijken.

'Bekrompen geesten zullen het gedrag van die vlinders misschien immoreel vinden, maar wat is dat, moraal, en wat heeft die voor nut? De enige geldige moraal is het leven. Doden hebben altijd ongelijk.'

De kapitein nam weer plaats achter zijn bureau en besteedde geen aandacht meer aan Diodème en de burgemeester, die stilletjes de tent verlieten. Een paar uur later was mijn lot bezegeld. De al eerder genoemde Erweckens'Bruderschaf, de Broederschap van het ontwaken, kwam bijeen in het kleine achterzaaltje van de herberg van Schloss. Diodème was er ook bij. In zijn brief bezweert hij me dat hij geen lid was van de broederschap, dat hij die keer voor het eerst was uitgenodigd. Wat maakt het uit? De eerste keer, de laatste keer, waar verandert dat wat aan?

Diodème vermeldt de namen van de aanwezigen niet. Hij zegt alleen hoeveel het er waren. Ze waren met zijn zessen, plus hijzelf. Hoewel hij het niet zegt, vermoed ik uiteraard dat Orschwir erbij was en verslag deed van Adolf Bullers vlindermonoloog. De woorden van de kapitein werden gewogen. Ze begrepen ervan wat ze moesten begrijpen, of liever gezegd: wat ze wilden begrijpen. Ze overtuigden zichzelf ervan dat zij de Rex flammae waren, de vlinders waar de kapitein het over had, en dat ze om te overleven degenen die anders waren uit de gemeenschap moesten verwijderen. Iedereen pakte een velletje papier en schreef er de namen van de foute vlinders op. Ik neem aan dat de burgemeester ze verzamelde en voorlas.

Op alle papiertjes stonden twee namen: die van Simon Frippman en die van mij. Diodème bezweert me dat hij mijn naam niet heeft opgeschreven, maar ik geloof hem niet. En ook als het waar was, dan nog zullen de anderen hem snel overtuigd hebben van de noodzaak om mij er ook bij te zetten.

Frippman en ik waren geen van beiden in het dorp geboren en we zagen er anders uit dan de mensen van hier: onze ogen waren te donker, ons haar te zwart, onze huid te bruin, we kwamen van ver, we hadden beiden een duister verleden en een pijnlijke, eeuwenoude geschiedenis vol omzwervingen. Ik vertelde al hoe ik in dit dorp terecht was gekomen, op de handkar van Fédorine, nadat ik lang tussen de ruïnes had rondgezworven, ook toen al omringd door allerlei doden, een wees zonder geheugen.

Frippman was tien jaar eerder in het dorp aangekomen, hij brabbelde wat dialect, en vermengde dat met de oude taal die ik van Fédorine had geleerd. Aangezien de meeste mensen hem niet begrepen werd ik vaak gevraagd om te tolken. Het was alsof Frippman een harde klap op zijn hoofd had gehad. Hij zei voortdurend zijn naam en zijn voornaam, en verder had hij weinig te melden. Omdat hij zachtaardig was, werd hij niet verstoten. Er werd een bed voor hem gevonden in een schuur die bij de boerderij van Vurtenhau hoorde. Hij zat vol goede wil. Overdag hielp hij met hooien, ploegen, melken of houthakken, zonder ooit een teken van vermoeidheid te vertonen. In ruil voor zijn werk kreeg hij eten. Hij klaagde nooit, floot deuntjes die wij niet kenden. Hij werd geadopteerd. Hij liet zich zonder moeite temmen. Simon Frippman en ik waren 'Fremdër' – uitschot of vreemdelingen –, vlinders die geduld worden zolang alles goed gaat en die je als zoenoffer aanbiedt in moeilijker tijden.

Het vreemde is dat degenen die ons aan Buller besloten uit te leveren – en dus de dood in te jagen, dat kon ze toch niet ontgaan! – het erover eens waren dat Fédorine en Emélia gespaard moesten blijven, hoewel dat toch ook foute vlinders waren. Ik weet niet of je bij de wens om ze te sparen, die onachtzaamheid, van moed kunt spreken. Ik denk eerder dat het een gebaar van boetedoening was. De mensen die ons uitleverden, wilden tot elke prijs een zuiver, onaangetast plekje in hun geweten bewaren, een klein hoekje dat vrij was van alle kwaad, dat hen in staat zou stellen het slechte wat ze hadden gedaan te vergeten, of althans om er ondanks alles mee te kunnen leven.

Even voor middernacht trapten de soldaten onze voordeur in. Niet lang daarvoor waren de mannen die vergaderd hadden naar kapitein Buller gegaan om hem de twee namen te geven. Diodème was er ook. Hij moest huilen, schreef hij in zijn brief. Hij moest huilen, maar hij was er wel.

Nog voordat ik de tijd had om te beseffen wat er gebeurde, stonden de soldaten al in de slaapkamer. Ze grepen me onder mijn oksels en sleurden me naar buiten. Emélia gilde, klampte zich aan me vast, probeerde ze met haar zwakke vuisten te lijf te gaan. Ze sloegen er geen acht op. De tranen biggelden over Fédorines oude wangen. Ik werd weer het kleine verdwaalde jongetje van vroeger, en ik wist dat Fédorine hetzelfde dacht. We stonden op straat. Ik zag Simon Frippman met zijn handen geboeid op de rug tussen twee soldaten staan wachten. Hij glimlachte naar me, wenste me goedenavond alsof er niets aan de hand was, en merkte op dat het best frisjes was. Emélia probeerde me te omhelzen, maar ze werd weggeduwd en viel op de grond.

'Je komt terug, Brodeck! Je komt terug!' schreeuwde ze, en de soldaten barstten in lachen uit.

XXXII

Ik voel geen enkele haat jegens Diodème. Ik neem het hem niet kwalijk. Toen ik zijn brief las, dacht ik meer aan zijn pijn dan aan de mijne. En nu begreep ik alles beter. Ik begreep waarom hij zich in mijn afwezigheid met zo veel warmte om Fédorine en Emélia had bekommerd, ze elke dag had bezocht en steeds had geholpen. En ze was blijven helpen toen Emélia in haar diepe zwijgzaamheid was weggezonken. En ik begreep ook waarom hij, toen hij me terugzag na het kamp, na het eerste moment van verbijstering zijn vreugde de vrije loop liet, me fijnkneep in zijn armen, met me ronddanste, lachend en zwierend en nog meer zwierend totdat ik flauwviel. Nu ik terug was, kon hij eindelijk verder leven.

'Brodeck, mijn leven lang heb ik geprobeerd een man te zijn; ik ben er niet altijd in geslaagd. Ik vraag niet om vergiffenis van God, maar wel van jou. Ooit zul je deze brief vinden. Ik weet dat jij deze schrijftafel als aandenken zult krijgen als ik dit ondermaanse heb verlaten, en daarom verberg ik deze brief erin. Ik weet het zeker, want je hebt het zo vaak over dit bureau, je zegt altijd dat je er wel lekker aan zult kunnen schrijven, omdat ik dat immers altijd doe. Vroeg of laat zul je deze brief dus vinden. En dan zul je alles weten. Alles. Ook over Emélia,

> Brodeck. Ik heb alles achterhaald. Dat was ik aan je verplicht. Ik weet wie het waren. Er waren niet alleen soldaten bij, maar ook 'Dörfermesch' – mannen uit het dorp. Ik heb hun namen op de achterkant van dit papier geschreven. Er is geen vergissing mogelijk. Doe ermee wat je wilt, Brodeck. En vergeef het me, Brodeck, alsjeblieft, vergeef het me...'

Het einde van de brief heb ik heel vaak herlezen, en altijd stuitte ik op die laatste zinnen. Ik kon me er niet toe brengen te doen wat Diodème van me vroeg, het papier omdraaien en de namen lezen. Namen van mannen die ik wel moest kennen, want het is een klein dorp. Ik wist dat Emélia en Poupchette vlak bij me lagen te slapen. Mijn Emélia en mijn allerliefste Poupchette.

Plotseling moet ik aan de Anderer denken. Hem had ik alles verteld.

Het was twee weken nadat ik hem op de steen van de Lingen had zien zitten en hij had uitgekeken over het landschap en er een schets van had gemaakt. Ik kwam terug van een lange looptocht over de hooggelegen stoppelvelden: ik had de toestand van de paden tussen de weilanden opgenomen. Ik was in alle vroegte vertrokken en ik had een heel eind afgelegd. Ik was blij dat ik weer in het dorp was, want ik had honger en dorst. Ik zag hem op het moment dat hij uit de stal van Solzner kwam. Hij was bij zijn paard en zijn ezel geweest. We groetten elkaar. Ik was hem al gepasseerd toen ik hem hoorde zeggen: 'Zou u mijn uitnodiging misschien nu willen aannemen?'

Bijna had ik hem geantwoord dat ik te moe was en dat ik zo snel mogelijk naar huis wilde, naar mijn vrouw en dochter, maar ik hoefde hem maar aan te kijken en de verwachtingsvolle, brede glimlach op zijn ronde gezicht te zien, of ik hoorde mezelf het tegendeel zeggen. Hij leek blij en vroeg me mee te gaan.

Toen we de herberg binnenkwamen, stond Schloss de vloer te schrobben. Er waren geen klanten. De herbergier wilde vragen wat ik wilde drinken maar veranderde van gedachten toen hij zag dat ik met de Anderer meeliep en achter hem aan de trap op ging. Schloss stond op zijn bezem geleund en wierp me een vreemde blik toe; toen pakte hij het hengsel van de emmer beet alsof hij ergens heel kwaad over was en smeet het water dat er nog in zat woedend over de houten vloer.

In de kamer van de Anderer hing een verstikkende geur van wierook en rozenwater. In een hoek stonden zijn hutkoffers open. Ze zaten vol boeken met banden met goudbeslag en lappen stof: zijde, fluweel, brokaat en tule, waarvan hij er trouwens ook een paar voor de muren had gespannen om het saaie gebarsten gips te verbergen. Ze gaven de kamer iets van een oosters nomadenkamp. Vlak daarnaast stonden twee grote tekenmappen waar veel indrukwekkende vellen papier in moesten zitten, want ze zaten boordevol, maar de zorgvuldig dichtgeknoopte linten zorgden ervoor dat je niets van de inhoud kon zien. Op het tafeltje dat dienstdeed als bureau lagen oude, gekleurde landkaarten uitgespreid, kaarten die niets met deze streek te maken hadden, met volslagen onbekende landvormen en rivierstromen. Ook stonden er een groot geelkoperen kompas, een verrekijker, een passer en nog een meetinstrument dat op een theodoliet leek, maar dan wel een heel kleine, en het zwarte notitieboekje dat nu dicht was.

De Anderer haalde drie delen van wat een encyclopedie leek uit de enige fauteuil in het vertrek en liet me daarin plaatsnemen. Uit een ivoren kistje pakte hij twee zeer dunne kopjes uit China of India, versierd met een afbeelding van krijgers met pijl en boog en knielende prinsessen, die hij op twee bijpassende schoteltjes zette. Op het nachtkastje stond een grote verzilverde samovar met een tuit als de hals van een zwaan. De Anderer pakte hem op, goot kokend water in de kopjes, wierp er toen wat verschrompelde, droge, diepbruine blaadjes in die zich uitvouwden tot een ster, even aan de oppervlakte van het water bleven drijven en toen langzaam naar de bodem zonken. Ik besefte dat ik ernaar had zitten kijken alsof het een goocheltruc was, en ik besefte ook dat mijn gastheer me geamuseerd had gadegeslagen.

'Weinig inspanning, groot effect. Je kunt de mensen al met minder in de luren leggen,' zei hij en hij reikte me een kopje aan; daarna ging hij tegenover me op de bureaustoel zitten, die zo klein was dat zijn brede billen er aan beide kanten overheen stulpten. Hij bracht het kopje naar zijn lippen, blies erop om de thee te laten afkoelen en dronk ervan, zichtbaar genietend, met kleine teugjes. Toen zette hij het kopje weer neer, stond op, rommelde wat in de grootste hutkoffer, die waar de grote boeken in zaten, en kwam terug met een map waarvan de kaft zo versleten was dat het duidelijk was dat de map vaak ter hand was genomen. Het was trouwens het stoffigste exemplaar uit de kist, van al die boeken die schitterden van het goud op snee.

'Kijkt u hier maar eens naar, ik weet zeker dat het u zal interesseren.'

Ik sloeg het boek open en kon mijn ogen niet geloven. Het was het *Liber florae montanarum* van broeder Abigaël Sturens, in 1702 gedrukt in Müns en verlucht met honderden ingekleurde gravures die zich achter in het boek bevonden. Ik had er in alle bibliotheken van de Hoofdstad naar gezocht, maar het nooit gevonden. Er werd gezegd dat er maar vier exemplaren van bestonden. De handelswaarde was enorm: veel geletterde rijken zouden er een fortuin voor overhebben om het in bezit te krijgen. En de wetenschappelijke waarde was onschatbaar, het boek gaf een overzicht van de gehele bergflora, inclusief de meest belangwekkende, zeldzame soorten die inmiddels verdwenen zijn.

De Anderer merkte ongetwijfeld hoezeer het me aangreep, en ik deed ook geen poging om het te verbergen.

'U mag er gerust dingen in opzoeken, ga vooral uw gang...'

Ik pakte het op met de gretigheid van een kind dat een prachtig stuk speelgoed ziet, sloeg het open en begon erin te bladeren.

Het was alsof ik in een schatkist dook. De inventarisatie van broeder Sturens was uiterst nauwkeurig en de notities bij alle bloemen of planten bevatten niet alleen alles wat erover bekend was, maar voegden daar ook allerlei details aan toe die ik tot dan toe nooit eerder was tegengekomen.

Maar het meest bijzondere aan dit werk, de reden waarom het zo beroemd was, was de verfijning en de pracht van de prenten die het commentaar vergezelden. De herbaria van moeder Pitz waren een waardevolle bron van informatie: ze hielpen me mijn verslagen af te ronden, vergissingen te corrigeren en mijn rapporten zo nu en dan wat richting te geven. Maar wat ik daarin vond had geen kleur, levendigheid of charme. Je moest al je fantasie en je geheugen inzetten om die slapende, dorre wereld tot zijn voormalige levendigheid vol sap, souplessse en kleur te wekken. Terwijl dit *Liber florae* kennis combineerde met een duivels talent en zo de ware aard van de bloemen wist te vatten. Door de ontstellende precisie van lijnen en kleuren leek het alsof de bloemen een paar tellen eerder op de bladzijden waren gelegd door de hand die ze net had geplukt. Lenteklokjes, venusschoentjes, berggentianen, blauwe monnikskappen, kleinhoefblad, gele lissen, regenboogcampanula's, wolfsmelk, alsem, bergleeuwenklauw, fritillaria, ganzerik, zilverwortel, vetkruid, androsace albana, zwarte helleborus en zilveren alpenklokjes, een eindeloze rondedans waar ik duizelig van werd.

Ik was de Anderer vergeten. Ik was vergeten waar ik was. Maar plotseling verdween mijn roes. Ik sloeg een bladzijde om en zag toen opeens, zo breekbaar als herfstdraden en zo klein dat hij bijna onwerkelijk leek, met blauwe bloemblaadjes die, omzoomd door een bleekroze randje, als kleine, zorgzame handjes de gouden, in een krans geplaatste meeldraden omsloten: de ravijnmaagdenpalm.

Ik moet geschreeuwd hebben. Een afbeelding van die bloem! Hier, vlak voor mijn ogen, lag een bewijs dat hij bestond, hier, in dit antieke, weelderige boek dat op mijn knieën lag, en daar verscheen ook het gezicht van de student Kelmar weer voor me, die over mijn schouder meekeek, die zo vaak met mij over dit bloempje had gesproken en die me de belofte had ontfutseld het te zullen vinden.

'Interessant, nietwaar?'

De stem van de Anderer haalde me uit mijn gedachten.

'Naar deze bloem ben ik al zo lang op zoek...' hoorde ik mezelf zeggen met een stem die ik niet herkende.

De Anderer keek me aan met zijn eeuwige glimlach die niet van deze wereld leek. Hij nam een slok thee, zette het kopje weer neer en zei op bijna luchtige toon: 'Wat je in boeken vindt, hoeft niet noodzakelijkerwijs te bestaan. Denkt u niet dat boeken soms liegen?'

'Ik lees bijna nooit meer.'

Er viel een stilte tussen ons, die we geen van beiden probeerden te doorbreken. Ik had het boek dichtgeslagen en drukte het tegen me aan. Ik dacht aan Kelmar. Ik zag ons allebei de wagon uit komen. Ik hoorde het geschreeuw van onze metgezellen in het ongeluk en dat van de bewakers en hun honden. Toen verscheen het gezicht van Emélia voor me, haar mooie gezicht dat geen woorden had, haar lippen die hun eeuwige refrein neuriedden. Ik voelde de vriendelijke blik van de Anderer op me rusten. En toen kwam het er zomaar uit. Ik vertelde over Emélia. Waarom deed ik dat? Waarom vertelde ik die man die ik helemaal niet kende dingen die ik nog nooit aan iemand had verteld? Kennelijk had ik meer behoefte dan ik wilde toegeven om hardop te zeggen wat mijn hart zo zwaar maakte. Als pastoor Peiper niet zo was veranderd, als hij na de oorlog geen met eau-de-vie doordrenkte vogelverschrikker was geworden, had ik het misschien wel aan hem verteld. Al ben ik daar nog niet eens zo zeker van.

Ik zei al dat de Anderer een glimlach had die niet van deze wereld leek te zijn. Maar dat komt omdat hij ook niet van deze wereld wás. Hij maakte geen deel uit van onze geschiedenis. Hij had geen plek in de Geschiedenis. Hij kwam nergens vandaan, en nu er geen spoor meer van hem over is, lijkt het alsof hij nooit heeft bestaan. Dus aan wie kon ik het beter vertellen dan aan hem? Hij stond aan de kant van niemand.

Ik vertelde hoe ik tussen die twee soldaten in was vertrokken, met achter me Emélia die op de grond lag te huilen en te schreeuwen. Ik vertelde ook dat Frippman in een uitstekend humeur was en niet besefte wat er met ons gebeurde en wat ons onvermijdelijk te wachten stond.

Nog diezelfde avond werden we te voet uit het dorp gevoerd onder toezicht van twee soldaten te paard; we waren met onze handen aan elkaar gebonden met een riem. De reis duurde vier dagen en al die tijd gaven de soldaten ons alleen wat water en de resten van hun maaltijden. Frippman maakte zich niet druk. Hij sprak onder het lopen steeds over hetzelfde: hoe je moet dorsen, de vorm van de maan, en dat hij meende dat hij op straat vaak door katten werd gevolgd. Dat alles vertelde hij in dat brabbeltaaltje van hem, een mengsel van het dialect en de oude taal. Pas tijdens die dagen die we samen doorbrachten, besefte ik dat hij achterlijk was, terwijl ik hem tot dan toe gewoon voor een zonderling had gehouden. Hij vond alles prachtig: de tred van de paarden, de gepoetste laarzen van de bewakers, hun uniformknopen die blonken in de zon, het landschap, het gezang van de vogels. De soldaten mishandelden ons niet. Ze sleepten ons mee, alsof we bagage waren. Ze richtten nooit het woord tot ons, maar we werden ook niet geslagen.

Toen we aankwamen in S., dat in rep en roer was, half verwoest, met straten vol puin en verkoolde ruïnes, werden we een week lang op het station geparkeerd. Daar zat van alles door elkaar: mannen, vrouwen en hele gezinnen, sommigen arm, anderen die nog tekenen van hun vroegere welstand vertoonden en die diep neerkeken op de rest. Er waren er honderden zoals wij. Allemaal Fremdër. Dat was trouwens onze naam geworden.

De soldaten noemden ons nooit anders, zonder onderscheid des persoons. Langzamerhand hielden we op te bestaan als individu. We droegen allemaal dezelfde naam, moesten reageren op een naam die geen naam was.

We wisten niet wat ons te wachten stond. Frippman bleef continu bij me in de buurt. Hij liet me nooit alleen. Soms hield hij mijn arm een tijd vast, omklemde hem met beide handen als een bang kind. Ik liet hem begaan. Het is altijd beter om het onbekende met zijn tweeën tegemoet te gaan. Op een dag vond er een schifting plaats. Frippman werd ingedeeld in de linkerrij en ik in de rechter.

'Schussa Brodeck! Au baldiegeï en Dörfe!' – Dag Brodeck, tot binnenkort in het dorp! riep hij met een stralend gezicht toen zijn rij afmarcheerde. Ik kon niet antwoorden. Ik maakte alleen een gebaar naar hem, een klein gebaar zodat hij zich geen zorgen zou maken, niets zou vermoeden van mijn voorgevoel van de grote leegte waar wij met stokslagen heen werden geleid – eerst hij, daarna ik. Hij draaide zich weer om en al fluitend stapte hij stevig door.

Ik heb Frippman nooit teruggezien. Hij is niet naar het dorp teruggekeerd. Baerensbourg, de stratenmaker, heeft zijn naam in de steen van het monument gebeiteld. In tegenstelling tot de mijne heeft hij hem niet meer hoeven verwijderen.

Emélia en Fédorine bleven alleen achter in het huis. Ze werden door het dorp gemeden. Alsof ze een besmettelijke ziekte hadden opgelopen. Diodème was de enige die zich om hen bekommerde, uit vriendschap en uit schaamte, zoals ik al zei. Maar in ieder geval bekommerde hij zich om hen.

De mensen bestelden haast geen uitzetten, tafellakens, gordijnen en zakdoeken meer bij Emélia. Maar nu ze niets meer te borduren had, bleef ze toch niet met lege handen zitten. Ze hadden eten en warmte nodig. Ik had haar geleerd wat de bossen en stoppelvelden allemaal konden opleveren: takken, boomstronken, bessen, paddenstoelen, kruiden en wilde slasoorten. Fédorine leerde haar hoe je met lijm of draad vogels kon vangen, hoe je konijnen kon strikken en eekhoorns naar de voet van grote sparren kon lokken waar je ze met een steen kon doodslaan. Ze kwamen niet om van de honger.

Iedere dag schreef Emélia een paar regels voor me in een opschrijfboekje dat ik later heb gevonden. Het waren altijd eenvoudige, lieve zinnen over mij en over haar, over ons, alsof ik ieder moment thuis kon komen. Ze vertelde wat er die dag gebeurd was en begon altijd met dezelfde woorden: 'Mijn lieve Brodeck...' Er zat geen spoortje bitterheid in haar woorden. Ze sprak nooit over de Fratergekeime. Ik weet zeker dat ze dat bewust deed. Het was een prachtige manier om te doen alsof ze er niet waren. Dat boekje heb ik natuurlijk bewaard. Ik lees er vaak in. Het is een lang, ontroerend relaas van de dagen dat ik er niet was. Het is onze geschiedenis. Het zijn woorden van licht die een tegenwicht bieden aan alle duisternis. Ik wil ze voor mezelf houden, voor mij alleen, als het laatste spoortje van Emélia's stem voordat die weggleed in de duisternis.

Orschwir nam niet de moeite om hen te bezoeken. Op een dag liet hij een half varken bezorgen, dat ze 's ochtends voor de deur vonden. Peiper kwam twee of drie keer langs, maar Fédorine was daar niet zo blij mee; hij bleef urenlang bij de kachel zitten en dronk de fles pruimenjenever leeg die ze voor hem uit de kast haalde, terwijl zijn woorden steeds onsamenhangender werden. Op een avond had ze hem er zelfs met de bezem uit gejaagd.

Het dorp was nog steeds bezet door Adolf Buller en zijn soldaten. Een week na de arrestatie van Frippman en mij gaf hij eindelijk toestemming om Cathor te begraven. Cathors enige familie was Beckenfür, die met zijn zuster was getrouwd. Hij nam het karwei op zich.

'Het was walgelijk, Brodeck! Echt, geen pretje! Zijn hoofd was tweemaal zo groot als zijn romp, een rare ballon was het, met een gebarsten zwarte huid. En over de rest zullen we het maar helemaal niet hebben...'

Afgezien van de executie en onze arrestatie gedroegen de Fratergekeime zich uiterst wellevend tegenover de bevolking, zodat beide gebeurtenissen algauw vergeten werden, of beter gezegd: zodat de mensen hun uiterste best deden om ze te vergeten. Toen kwam Göbbler weer naar het dorp, samen met zijn dikke vrouw. Hij ging weer in het huis wonen dat hij vijftien jaar daarvoor had verlaten en werd door het hele dorp met open armen ontvangen, in het bijzonder door Orschwir, want ze hadden bij elkaar in de klas gezeten.

Ik ben ervan overtuigd dat het Göbblers schuld was dat het dorp langzaam afgleed. Hij wees de mensen erop dat de bezetting ook voordelen had, dat de soldaten geen vijanden waren, maar integendeel een garantie voor vrede en veiligheid en dat ze van het dorp en de omgeving een gebied zonder bloedvergieten hadden gemaakt. Het was niet moeilijk de mensen ervan te overtuigen dat het goed was als Buller en zijn mannen zo lang mogelijk bleven. Honderd mannen! Dat eet en drinkt en rookt en laat zijn kleren wassen en verstellen en brengt best wel wat geld in het laatje.

Göbbler werd een soort tweede burgemeester, met instemming van het hele dorp en de zegen van Orschwir. Hij was vaak in Bullers tent te vinden; die had hem eerst vol argwaan bejegend maar begon hem bijna als een kameraad te beschouwen toen hij besefte hoeveel profijt hij kon hebben van dit onderkruipsel en de toenadering die hij voorstond. En Boulla droeg ook haar steentje bij door haar benen te spreiden voor alle militairen, en ze verdeelde haar gunsten eerlijk tussen de officieren en de manschappen.

'Tja, wat wil je, we raakten eraan gewend,' zei Schloss op de dag dat hij huilend aan mijn tafeltje zat. 'Het was normaal geworden. Het waren per slot net zulke mensen als wij, uit dezelfde klei getrokken. We spraken over dezelfde dingen en bijna in dezelfde taal. Op den duur kenden we ze bijna allemaal bij de voornaam. Sommigen deden klusjes voor de bejaarden en anderen speelden met de kinderen. En iedere ochtend maakten ze met tien man de straten schoon. Weer anderen hielden de paden op orde, hakten hout, verspreidden de mest. Het dorp was nog nooit zo schoon geweest! Tja, wat moet ik zeggen? Als ze hier kwamen, schonk ik hun glazen vol, had ik ze soms in hun gezicht moeten spugen? Dacht je dat we zo wilden eindigen als Cathor, of zomaar wilden verdwijnen, zoals jij en Frippman?'

De Fratergekeime bleven bijna tien maanden in het dorp. Er waren geen noemenswaardige incidenten. Maar in de laatste weken sloeg de stemming om. Later hoorden we hoe dat kwam: de locatie en het karakter van de oorlog waren gewijzigd. Als een lentebrand waarvan de door de wind aangewakkerde scherpe rook warrig omhoog stijgt en plotseling van richting verandert, zo liet de victorie het ene kamp in de steek ten gunste van het andere. Geen enkel bericht bereikte het dorp – niet de bewoners in elk geval. En zolang zij niets wisten, konden ze ook niet gevaarlijk worden. Maar Buller wist alles. Ik schep er genoegen in me voor te stellen dat zijn door de tic geteisterde gezicht steeds harder begon te schudden naarmate steeds meer missives hem berichtten over de smadelijke aftocht, de vernedering, de instorting van het Grote Territorium dat zijn macht had moeten uitbreiden over de wereld en duizenden jaren zou voortbestaan.

De soldaten voelden de verslagenheid van de baas aan als een hond en werden steeds nerveuzer. De maskers vielen af. Oude reflexen speelden weer op. Slager Brochiert werd onder de ogen van Diodème afgeranseld omdat hij zich vrolijk gemaakt had over een korporaal die gek was op pens. Limmat had verzuimd twee soldaten te groeten die hij tegenkwam; hij werd omvergeduwd en alleen omdat Göbbler net langsliep, werd hij niet bedolven onder de stokslagen. Na een tiental van zulke incidenten begreep iedereen dat de demonen niet verdwenen waren, maar dat ze gewoon kortstondig in slaap gesukkeld waren en dat het nu weer uit was met de rust. De angst keerde terug. En daarmee de wens die te bezweren.

Op een middag, het moet de dag voor het vertrek van de troepen zijn geweest, ontdekten een paar 'Dörfermesch', dorpelingen, die eropuit waren getrokken om hout te sleeën in het Borensfallbos, vlak bij de vlakte van Lichmal onder een stapel sparrentakken die een hut moesten vormen, drie wanhopige jonge meisjes die dicht tegen elkaar kropen toen ze hen zagen aankomen. Ze droegen kleren die niet leken op wat de boerinnen droegen. Hun schoeisel had niets van klompen of werkschoenen. Ze hadden een koffertje bij zich. Ze kwamen van ver, heel ver weg. Ze waren vermoedelijk al weken op de vlucht en ze waren god weet hoe in dit bos terechtgekomen, een omgeving die hun vreemd was en waarin ze zich volkomen hulpeloos voelden. De Dörfermesch gaven ze te eten en te drinken. Ze stortten zich op het voedsel alsof ze al dagen niets gegeten hadden. Daarna gingen ze vol vertrouwen mee naar het dorp.

Diodème denkt dat de mannen onderweg nog niet wisten wat ze met de meisjes gingen doen. Ik wil het graag geloven. In elk geval kwamen ze er algauw achter dat het Fremdër waren en dat elke stap, elke meter die hen dichter bij het dorp bracht, hun lot meer bezegelde. Zoals ik al zei, was Göbbler een belangrijk man geworden, de enige die echt door kapitein Buller werd geaccepteerd. De mannen brachten de meisjes naar zijn huis. Hij overtuigde ze ervan dat het noodzakelijk was de meisjes uit te leveren aan de Fratergekeime om zo weer bij ze in de gunst te komen, ze te kalmeren en tot rede te brengen. Ondertussen stonden de meisjes voor het huis te wachten in een zware regenbui die plotseling was losgebarsten.

De hemel speelt een spelletje met ons. Ik heb vaak tegen mezelf gezegd dat Emélia misschien nooit uit het raam zou hebben gekeken als die regen niet opeens zo hard op de dakpannen had gekletterd. Dan had ze die drie drijfnatte, bevende, magere, uitgeputte meisjes niet gezien. Dan zou ze niet naar buiten zijn gelopen om ze uit te nodigen bij het vuur te komen zitten. En was ze er dus niet bij geweest toen de twee soldaten die door een dorpsbewoner waren gewaarschuwd de meisjes kwamen ophalen. Dan zou ze niet geprotesteerd hebben. Dan had ze niet tegen Göbbler staan schreeuwen – want dat heeft ze vast gedaan – dat het onmenselijk was wat hij deed, en dan had ze hem niet in het gezicht geslagen.

Dan hadden de soldaten haar niet vastgegrepen. Dan hadden ze haar niet samen met die drie meisjes meegenomen. Dan had ze niet de eerste stap in de afgrond gezet.

Regen. Doodgewone regen, regen die op daken en vensters klettert.

De Anderer hoorde me aan. Af en toe deed hij heet water en wat theeblaadjes in zijn kop. Terwijl ik sprak, hield ik het oude *Liber florae montanarum* stevig in mijn armen geklemd alsof het een levend wezen was. Aangespoord door de vriendelijke stilte en de glimlach van de Anderer vertelde ik verder. Het bracht me tot rust om alles eindelijk eens te vertellen, om te praten tegen deze onbekende met het vreemde hoofd en de rare kleren, op deze plek die maar weinig weg had van een slaapkamer.

De rest vertelde ik in een paar woorden. Er viel niets meer te zeggen. Buller en zijn mannen braken hun kamp op. Op het marktplein heerste de koortsachtige drukte van een kudde dieren in een onweersbui. Bevelen, geschreeuw, flessen waaruit gedronken werd en die daarna tegen de grond werden gesmeten, tientallen dronkaards die lachten, wankelden, elkaar uitscholden, dit alles in het bijzijn van Buller die stram onder de luifel van zijn tent stond, met een hoofd waarvan de kin door de tic steeds sneller opzij schoot. Het was een paradoxaal moment waarop de Fratergekeime nog altijd de baas waren, hoewel ze wisten dat ze verloren hadden. Ze waren gevallen goden, machthebbers die voorvoelden dat ze weldra ontwapend zouden worden. Hun voeten stonden nog in de droom, maar ze wisten dat ze aan hun voeten waren opgehangen.

Dit was het tafereel waarin de kleine stoet van de drie jonge meisjes en Emélia aankwam, opgebracht door de

Dörfermesch en de twee soldaten. In een mum van tijd werden ze alle vier omsingeld, omvergeworpen, aangeraakt en betast, zoals men zich op een prooi stort. Onder luid gelach verdwenen ze in een kring die zich om hen sloot, een kring van agressieve dronkaards die hen met veel gescheld en vuile praatjes naar de schuur van Otto Mischenbaum duwde, een oude boer van bijna honderd die geen nageslacht had – 'Hab nie Zei gehab, nieman Zei gehab' – Daar heb ik nooit tijd voor gehad, nooit! – en die tegenwoordig zijn keuken niet meer uit kwam.

Ze verdwenen erin.

Ze werden erdoor verzwolgen.

Toen was er niets meer.

De volgende dag was het plein leeg, er lagen alleen nog ontelbaar veel glasscherven. De Fratergekeime waren vertrokken. Het enige wat nog aan ze herinnerde waren een zurige wijngeur, uitgekotste jenever en grote plassen bier. Alle huisdeuren zaten potdicht na die nacht vol braaksel, waarin de soldaten en ook enkele mannelijke dorpsbewoners, met de zegen van Buller, zielen en lichamen hadden gebroken. Niemand durfde naar buiten te komen. En Fédorine klopte op alle deuren, ze klopte en klopte en klopte. Tot ze bij de schuur kwam.

'Ik ben naar binnen gegaan, Brodeck.' De oude Fédorine vertelt het me terwijl ze me met een lepel voert. Mijn handen zitten onder de wonden. Mijn lippen doen vreselijk pijn. Mijn gebroken tanden ook, alsof de scherpe randen in mijn tandvlees snijden. Ik ben net teruggekeerd na bijna twee jaar buiten de wereld te hebben verbleven. Ik ben uit het kamp vertrokken. Ik heb over wegen en paden gelopen. Ik ben weer terug. Maar ik ben nog steeds halfdood. Ik ben zo zwak. Een paar dagen geleden heb ik de deur opengeduwd. Ik trof Fédorine thuis aan, en toen ze me zag, liet ze de grote aardewerken schaal die ze aan het afdrogen was uit haar handen vallen, zodat het motief van rode bloemen alle kanten opspatte. Ook vond ik Emélia terug, nog mooier, ja, nog veel mooier dan in mijn herinneringen, en dat zijn geen loze woorden. Emélia die bij de kachel zat en die ondanks het geluid van de brekende schaal, ondanks mijn stem die haar riep, ondanks mijn hand op haar schouder, niet opkeek en het liedje bleef neuriën, het liedje dat me door de ziel sneed: '*Schöner Prinz so liet, Zu weit fortgegangen*', het lied van het begin van onze liefde. En toen ik haar naam noemde, toen ik hem een paar keer uitsprak, met intense vreugde omdat ik weer bij haar was, toen ik mijn hand op haar schouder legde en haar wangen en haren streelde, toen zag ik dat haar ogen mij niet zagen en begreep ik dat ze me niet hoorde, dat het prachtige lichaam en gezicht van Emélia hier wel zaten, maar dat haar ziel elders was, waar wist ik niet, op een onbekende plek waarvan ik mezelf beloofde dat ik hem ooit zou vinden om haar daar weg te halen, en precies op dat moment, op het moment waarop ik het beloofde, hoorde ik voor het eerst een stemmetje dat ik niet kende, een kinderstemmetje dat uit onze slaapkamer kwam, en dat lettergrepen tegen elkaar sloeg zoals je stenen tegen elkaar slaat om er vonken vanaf te laten spatten; het klonk als een vrolijke, onbeteugelde, verwarde waterval, een dwaas gemurmel waarvan ik nu weet dat het heel dicht in de buurt komt van de taal van engelen.

'Ik liep de schuur in, Brodeck. Ik ging naar binnen. Het was doodstil en aardedonker. Ik zag gestaltes die languit tegen elkaar aan lagen, onbeweeglijk. Ik knielde erbij neer. Ik ben te bekend met de dood om hem niet te herkennen. Daar lagen de drie meisjes, zo jong, nog geen twintig, alle drie met de ogen wijd open. Ik drukte hun oogleden dicht. En Emélia was er ook. Ze was de enige die nog een beetje ademde. Ze hadden haar voor dood achtergelaten, maar ze wou niet sterven, Brodeck, ze wou niet, want ze wist dat jij terug zou komen, ze wist het, Brodeck... Toen ik bij haar kwam en haar gezicht tegen mijn lichaam drukte, begon ze te neuriën, het liedje dat ze sindsdien altijd neuriet... Ik wiegde haar en wiegde haar, wat heb ik haar lang gewiegd...'

Er zat geen water meer in de samovar. Ik legde het *Liber florae* voorzichtig naast me neer. Buiten was het bijna donker. De Anderer had het raam een beetje opengezet. De geur van warme hars en droge humus stroomde het vertrek in. Ik had lang zitten praten, urenlang waarschijnlijk, maar hij had me niet onderbroken. Ik wilde net mijn excuses aanbieden dat ik schaamteloos en ongevraagd zo langdurig mijn hart bij hem had uitgestort, toen er pal achter mij een klokkenspel klonk. Het was een vreemde klok, zoals ze die vroeger maakten, met het formaat van de grote horloges die vroeger in rijtuigen werden gehangen. Hij was me nog niet eerder opgevallen. Met zijn fijne gouden wijzers wees de klok acht uur aan. De kast was van ivoor met goud, en de uren waren aangegeven met blauw email op een ivoren ondergrond. Onder de as van de wijzers had de klokkenmaker, Benedik Fürstenfelder, zijn naam gegraveerd, en daaronder stond zijn devies, in een prachtig schuinschrift geschreven: '*Alle verwunden, eine tödtet*' – Alle vrouwen verwonden je, eentje is dodelijk.

Toen ik opstond las ik het devies hardop voor. De Anderer kwam zelf ook overeind. Ik had veel gepraat. Misschien wel te veel. Het was tijd om naar huis te gaan. Ik was in de war, hij moest niet denken dat ik... Hij onderbrak me met een energiek gebaar van zijn korte, dikke hand die leek op de hand van een mollige vrouw.

'U hoeft zich niet te verontschuldigen,' zei hij met een stem zo zacht als een ademtocht. 'Ik weet dat het helpt om te vertellen.'

XXXIII

Ik weet niet of de Anderer gelijk had.

Misschien zijn er dingen waar niets tegen helpt. Eigenlijk is vertellen misschien helemaal niet zo'n goede remedie. Misschien zorgt het er alleen maar voor dat de wonden openblijven, zoals je houtskool smeulend houdt om te zorgen dat het vuur meteen weer op kan laaien zodra je dat wilt.

De brief van Diodème heb ik verbrand. Natuurlijk heb ik hem verbrand. Het schrijven had hem ook geen zier geholpen. En ik zou er ook niets mee opgeschoten zijn als ik de namen had gelezen van de Dörfermesch die hij op de achterkant van het laatste vel had gezet. Helemaal niets. Ik ben niet wraakzuchtig. Ergens zal ik altijd Hond Brodeck blijven, een wezen dat liever in het stof bijt dan echt bijt, en misschien is dat maar beter ook.

Die avond ging ik niet meteen naar huis. Ik maakte een lange omweg. Het was een zachte nacht. In de hemel die zich terugtrok dreven de sterren hun zilveren spijkers in het zwart van de nacht. Er zijn momenten dat alles op aarde een ondraaglijke schoonheid heeft, een schoonheid die alleen maar zo zacht en groots lijkt te zijn om de lelijkheid van onze situatie te benadrukken. Ik liep langs de oever van de Staubi, stroomopwaarts van de Baptisterbrücke, tot aan een groepje knotwilgen die Baerensbourg elk jaar in januari mishandelt door ze van al hun takken te ontdoen. Daar zijn de drie meisjes begraven. Dat weet ik. Diodème heeft het me verteld. Hij heeft me de precieze plek aangewezen. Er is geen graf. Er staat geen kruis. Niets. Maar ik weet dat daar onder het gras de meisjes liggen, Marisa, Therne en Judith. Namen zijn belangrijk. Het zijn hun namen. De namen die ik ze gegeven heb. Want de Dörfermesch hebben ze niet alleen gedood, ze hebben ook alles van ze uitgewist, zodat niemand nog weet hoe ze heetten, waar ze vandaan kwamen, of wie ze werkelijk waren.

De Staubi is hier zo prachtig. Hij stroomt met zijn heldere water door een bedding van grijze stenen. Hij murmelt en zingt. Het klinkt bijna als een mensenstem. Een delicaat muziekje dat hij aanbiedt aan iedereen die bereid is de oren te spitsen en even in het gras te gaan zitten.

De Anderer kwam hier vaak, dan ging hij ook in het gras zitten en schreef iets in zijn boekje, of hij ging zitten tekenen. Ik denk dat sommige mensen hem er wel eens hebben zien zitten, uitgerekend daar, en ze zullen gedacht hebben dat het geen toeval was dat hij uitgerekend daar zat, vlak bij de stille graven van de meisjes. En omdat hij daar zo vaak zat, werd er zonder dat hij het wist een begin gemaakt met zijn veroordeling en kwamen de Dörfermesch langzaam tot het besluit dat hij moest sterven. Gruwelijkheden moet je nooit ophalen, ook al doe je het niet bewust en wil je het helemaal niet, anders komen ze weer tot leven en worden ze groter. Dan boren ze zich een weg in de hoofden, ze groeien en brengen zichzelf opnieuw tot leven.

Ook Diodème heeft daar in de buurt de dood gevonden. Dat is eigenlijk een rare uitdrukking, 'de dood vinden', maar ik denk dat die voor hem wel passend is: om iets te vinden moet je ernaar zoeken. En ik denk dat Diodème de dood heeft gezocht.

Vooral nu ik zijn brief heb gelezen, geloof ik niet meer dat de anderen hem gedood hebben zoals ze de Anderer hebben gedood. Nee. Ik ben er nu van overtuigd dat de waarheid ergens anders ligt.

Ik weet dat Diodème zijn huis uit kwam. Ik weet dat hij het dorp uit liep. Ik weet dat hij langs de oever van de Staubi wandelde, tegen de stroom van zijn leven in. Hij dacht aan onze lange wandelingen, aan de woorden die we gewisseld hadden, hij dacht aan onze vriendschap. Hij had zijn brief net af, en toen hij daar langs het water liep, moest hij daaraan denken. Hij liep langs de knotwilgen en dacht aan de meisjes; hij liep en hij liep en hij liep, hij probeerde de spoken te verjagen, hij probeerde nog een laatste keer met me te praten, daar ben ik zeker van; ik ben ervan overtuigd dat hij mijn naam heeft uitgesproken; hij klom op de rots van Tizenthal en de korte klim deed hem goed, want hoe hoger hij kwam, hoe lichter hij zich voelde. Eenmaal op de top keek hij uit over de daken van het dorp, hij keek hoe de maan werd weerspiegeld in de rimpels van het water, hij keek nog één keer naar zijn leven, hij voelde de nachtwind in zijn baard en in zijn haar. Hij deed zijn ogen dicht en liet zich vallen. Het was een lange val. Misschien valt hij nog steeds, daar waar hij nu is.

Op de avond van de Ereigniës was Diodème niet in de herberg. Hij was niet eens in het dorp, want hij was samen met de belastingontvanger Alfred Wurtzwiller met de hazenlip op weg naar S., waar Orschwir hem naartoe had gestuurd met wat belangrijke papieren. Ik denk dat hij hem uit de buurt wilde hebben.

Toen Diodème drie dagen later terugkwam, wilde ik

hem alles vertellen, maar hij onderbrak me al snel: 'Ik wil het niet horen, Brodeck, hou het maar voor je, trouwens, je weet het niet zeker, misschien is hij gewoon vertrokken zonder iemand iets te zeggen, misschien is hij ertussenuit geknepen en verdwenen zoals hij gekomen is, je hebt niets gezien. Dat zei je toch zelf? Trouwens, heeft hij eigenlijk wel bestaan, die Anderer van jou?'

Ik kon mijn oren niet geloven.

'Zeg, Diodème, je gaat me toch niet...'

'Hou je mond, Brodeck, ga me niet vertellen wat ik wel of niet moet doen. Laat me met rust! We hebben al genoeg ellende in het dorp gehad.'

Toen maakte hij zich snel uit de voeten en liet me achter in de Silkesteeg. Ik denk dat Diodème diezelfde avond nog aan zijn brief is begonnen. De dood van de Anderer maakte te veel bij hem los, meer dan hij aankon.

Ik heb de la en het bureau gerepareerd. Het is vrij goed gelukt, vind ik. Daarna heb ik ze ingewreven met bijenwas. Het ruikt lekker. Het weerspiegelt de vlam van de kaars. Ik zit er weer aan te schrijven. Het is koud in het berghok, maar de bladzijden houden de warmte van Emélia's buik lang vast. Want ik bewaar de woorden tegen haar buik aan. Iedere ochtend was ik haar en kleed ik haar aan, en iedere avond kleed ik haar uit. Als ik nagenoeg de hele nacht heb zitten schrijven, wikkel ik de bladzijden 's ochtends in een fijn geweven linnen zakje dat ik om haar buik knoop, onder haar hemd. En elke avond als ik haar naar bed breng, maak ik het zakje, dat warm is en haar geur draagt, weer los. Ik zeg tegen mezelf dat Poupchette in Emélia's buik gegroeid is, en dat de geschiedenis die ik schrijf in zekere zin ook uit haar buik komt. Die parallel bevalt me en geeft me hoop.

Ik heb het Verslag waar Orschwir en de anderen op

wachten bijna af. In feite hoef ik er bijna niets meer aan toe te voegen. Maar ik wil het niet aan ze geven voordat ik mijn eigen geschiedenis ook af heb. Ik heb nog een paar paden te bewandelen. Nog wat zaken te combineren. Nog enkele deuren te openen. Maar nu nog niet, nog niet meteen.

Want eerst moet ik de dagen beschrijven die voorafgingen aan de Ereigniës. Stelt u zich het koord voor van een boog die steeds strakker wordt gespannen: ieder uur wat strakker. Dan krijgt u een idee van de weken die voorafgingen aan de Ereigniës, want het hele dorp was in die periode zo gespannen als een boog, zonder te weten welke pijl er afgeschoten zou worden en wat het doelwit zou zijn.

De zomer verhitte ons als een oven. De oude mensen zeiden dat ze nog nooit zo'n hittegolf hadden meegemaakt. Zelfs diep in het bos, tussen de rotsen waar je in augustus gewoonlijk de koele adem van de ondergrondse gletsjers uit de diepte voelde komen, waaide nu een warme wind. Insecten dwarrelden rond en wreven hun dekschilden tegen elkaar boven het uitgedroogde mos, en dit geluid, dat klonk als een valse viool, drong zo hard de schedel binnen van de mannen die het hout hakten dat ze voortdurend uiterst geïrriteerd waren. De bronnen droogden op. In de putten stond het water lager dan ooit. Zelfs de Staubi was een dun, verstikt stroompje, en de forellen, zalmen en goudforellen stierven bij bosjes. De koeien snakten naar adem. Hun uitgedroogde uiers gaven alleen wat zurige, dunne melk. Ze waren weer op stal gezet en mochten pas bij donker naar buiten. Ze lagen op hun zij, ze sloten hun dikke oogleden over hun glanzende ogen en lieten een tong uit hun bek hangen die zo wit was als gips.

Je moest hoog de stoppelvelden in om wat koelte te vinden; het meest getroffen hadden het nog de kuddes geiten en schapen met hun herders en hoeders, die op de hoogvlaktes gulzig de koele wind indronken.

Beneden hen, in de straten en huizen, gingen alle gesprekken over de felle zon die tot ieders wanhoop elke ochtend weer opkwam, razendsnel omhoogklom in de volkomen lege, blauwe lucht en de hele dag bleef branden. De mensen bewogen nauwelijks. Ze lagen maar wat te herkauwen. Het kleinste glaasje wijn steeg de mannen al naar het hoofd en aan het kleinste voorwendsel hadden ze genoeg om in drift te ontsteken. Zo'n droogte is de schuld van niemand. Er is niemand die je ter verantwoording kunt roepen. Dus moet je je woede op iets anders koelen, op iets of op iemand.

Laat ik duidelijk zijn. Ik wil niet beweren dat de Ereigniës heeft plaatsgevonden omdat het in de weken ervoor zo verstikkend heet was en de hersenen kookten als water in een ketel op een laaiend vuur. Ik denk dat het ook gebeurd zou zijn als het de hele zomer geregend had. Maar dan had het wel meer tijd gekost. Dan was het niet zo overhaast gegaan, als de boog die zich spant, die ik net noemde. Dan was het anders gegaan, maar was het wel gebeurd.

Mensen zijn bang voor iemand die niets zegt. Die zijn mond houdt. Die zwijgend toekijkt. Hoe kun je weten wat iemand denkt die niets zegt? Dat de Anderer maar met één enkel woord op de toespraak van de burgemeester had gereageerd, was niet goed gevallen.

De volgende dag, toen het feest, de gratis wijn en het dansen achter de rug waren, begon men weer over zijn houding, zijn glimlach, zijn ouderwetse kleren, de roze crème op zijn wangen, zijn ezel, zijn paard en de namen die hij ze had gegeven, waarom hij hier gekomen was en waarom hij bij ons bleef.

En je kunt niet zeggen dat de Anderer in de dagen daarna beter zijn best deed. Ik ben ervan overtuigd dat ik degene ben met wie hij het meest heeft gepraat, met uitzondering dan van pastoor Peiper, maar van die kant ben ik niets te weten gekomen – niet wie van hen het meest aan het woord was en niet waarover het ging – en oordeelt u zelf maar, ik heb op deze bladzijden alles opgeschreven wat hij heeft gezegd. Het is maar een regel of tien, nauwelijks meer. Als hij je tegenkwam, negeerde hij je niet. Hij lichtte zijn hoed even op, neeg zijn grote hoofd waar nog maar een paar lange, krullende haren op zaten en glimlachte, maar hij hield zijn lippen op elkaar.

En dan was er natuurlijk nog zijn zwarte opschrijfboekje, met alle aantekeningen die we hem hadden zien maken en de schetsen en tekeningen. Ik heb het gesprek tussen Dorcha, Pfimling, Vogel en Hausorn dat ik die marktdag onderschepte toch zeker niet verzonnen! En zij waren niet de enigen die zich aan hem ergerden. Met welk doel zat hij alles op te schrijven? Waarom deed hij dat? Waar zou dat allemaal toe leiden?

Uiteindelijk zouden we het merken.

Op de vierentwintigste augustus.

Het echte begin van zijn einde.

XXXIV

Die ochtend vond iedereen een naar rozenessence geurend kaartje onder de voordeur met in zeer elegante letters van violette inkt de volgende tekst:

Hedenavond, zeven uur
Te Herberg Schloss
Landschappen en portretten

De kaartjes werden van alle kanten bekeken, omgedraaid, teruggedraaid en besnoven, en de weinige woorden werden gelezen en herlezen. Om zeven uur 's ochtends zag het in de herberg al zwart van de mensen. Van de mannen. Alleen maar mannen, natuurlijk, maar sommige waren er door hun vrouw op uit gestuurd om de laatste nieuwtjes te vergaren. Schloss had moeite om iedereen te bedienen, zo veel uitgestoken armen en lege glazen waren er.

'Zeg eens, Schloss, wat heeft die kermis te betekenen?'

Schouder aan schouder stond iedereen te drinken, wijn, schorick, bier. Buiten brandde de zon al fel. Ze stonden dicht op elkaar gepakt en spitsten hun oren.

'Heeft hij een klap van de molen gehad, die huurder van jou?'

'Wat spookt hij uit?'

'Scheitekliche, of wat?'

'Nou, Schloss, vertel dan! Kom op!'

'Blijft die kwibus hier nog lang?'

'Waar denkt hij wel dat hij is, met dat meurende kartonnetje?'

'Waar ziet hij ons voor aan, schone deernes?'

'Wat zijn dat, deernes?'

'Weet ik veel, ik zei niks!'

'Grote genade, zeg, Schloss, geef eens antwoord! Zeg dan wat!'

De vragen kwamen sneller dan mitrailleurvuur. En Schloss incasseerde ze als onschadelijke kogels. Ze brachten alleen een leep glimlachje op zijn dikke gezicht. Hij zei niets. Hij liet de spanning stijgen. Het was allemaal uitstekend voor de zaken. Van praten krijg je dorst.

'Je blijft verdomme toch niet tot vanavond tegen ons zwijgen, mag ik hopen?'

'Zit-ie boven?'

'Aan de kant!'

'Kom op, Schloss!'

'Ja, goed zo – heidaar, koppen dicht, Schloss gaat wat zeggen!'

Iedereen hield zijn adem in. De twee of drie aanwezigen die het nog niet doorhadden en hun gesprekjes voortzetten, werden snel tot de orde geroepen. Alle blikken, waarvan sommige al niet meer zo helder waren, kwamen samen bij de herbergier, die alle tijd nam en veel theater maakte.

'Nou goed, omdat jullie zo aandringen...'

Een groot rumoer, blij en opgelucht, zette zijn woorden kracht bij.

'Ik zal alles vertellen wat ik weet,' vervolgde Schloss.

Nekken werden gedraaid en zo ver mogelijk naar hem uitgestrekt. Hij gooide zijn theedoek neer, legde zijn handen plat op de bar en keek toen lange tijd zwijgend naar het plafond. Iedereen deed hem na, en als er op dat moment iemand de herberg was binnengekomen, zou hij zich vast hebben afgevraagd waarom die veertig mannen daar zwijgend en koortsig naar het vuile, berookte plafond met de zwarte balken stonden te staren, alsof ze het een belangrijke vraag hadden gesteld.

'Alles wat ik weet,' vervolgde Schloss op vertrouwelijke toon en met zeer lage stem, terwijl zijn woorden werden ingedronken als onvoorstelbaar kostbare eau-de-vie, 'is dat ik bijna niets weet. Erewoord!'

Het werd weer rumoerig, maar nu klonk het teleurgesteld en ook een beetje boos; vuisten sloegen op de bar, scheldwoorden vlogen door de lucht, enzovoort. Schloss hief zijn armen om iedereen tot rust te manen, maar hij moest zich overschreeuwen om gehoord te worden: 'Hij heeft alleen gevraagd of hij de hele zaal vanaf zes uur mag hebben om voorbereidingen te treffen.'

'Voorbereidingen? Waarvoor?'

'Weet ik niet! Ik weet alleen dat hij de drank betaalt.'

Men lachte weer. Het vooruitzicht dat je je voor minimale kosten kon volgooien was voldoende om alle vragen van tafel te vegen. Langzaam maar zeker stroomde de herberg leeg; zelf wilde ik ook weggaan toen ik een hand op mijn schouder voelde. Het was Schloss.

'Jou heb ik niets horen zeggen, Brodeck.'

'Ik heb de anderen laten praten.'

'Had jij dan geen vragen? Misschien heb je wel geen vragen omdat je alles al weet... Misschien zit jij ook in het complot...'

'En waarom zou ik in het complot zitten?'

'Ik heb je een tijdje geleden met hem naar zijn kamer zien gaan, en toen ben je urenlang gebleven; jullie moeten het toch ergens over gehad hebben om de tijd door te komen?'

Schloss bracht zijn gezicht vlak bij het mijne. Op dit uur van de dag was het al zo heet dat hij uit zijn hele lichaam zweette, als een stuk spek op een gloeiend fornuis.

'Laat me met rust, Schloss. Ik heb het druk.'

'Zo mag je niet tegen me praten, Brodeck, dat mag niet!'

Toen hij het zei, beschouwde ik het als een dreigement. Maar sinds die dag dat hij in tranen tegenover me aan tafel zat en over zijn dode kindje vertelde, ben ik daar niet meer zo zeker van. Soms zijn mensen zo onhandig dat je hun bedoelingen aanziet voor het tegendeel van wat ze zijn.

Mijn tocht naar de herberg had niets anders opgeleverd dan de informatie dat de Anderer er met zijn kleine geurende kaartjes in was geslaagd om alle aandacht op zich te vestigen. Hoewel het nog geen zeven uur was, waaide er toch al geen zuchtje wind meer. De zwaluwen in de lucht zagen er uitgeput uit en leken langzamer te vliegen dan anders. Een piepklein, haast doorzichtig wolkje dat de vorm van een hulstblad aannam, dreef eenzaam en op grote hoogte langs. Zelfs de dieren waren stil. De hanen hadden niet gekraaid. De kippen zaten er stil en onbeweeglijk bij, op zoek naar verkoeling, ineengedoken in stoffige kuiltjes die ze in het zand van de hoenderhokken hadden uitgegraven. De katten lagen op hun zij te dommelen in de schaduw van de koetspoorten, met hun pootjes uitgestrekt en hun tong uit hun halfopen bek.

Toen ik langs de smederij van Gott liep, hoorde ik daarbinnen een enorme herrie; het was een kabaal van jewelste. Gott die aan het opruimen was. Hij zag me, gebaarde me te wachten en liep naar me toe. De smederij was in ruste. Er brandden geen vuren en Gott had zich gewassen, geschoren, geknipt. Hij was niet gekleed in dat eeuwige leren schort dat zijn schouders bloot liet, maar in een schoon overhemd, een hoge broek en bretels.

'Wat denk jij ervan, Brodeck?'

Ik haalde nietszeggend mijn schouders op, want ik wist niet of hij op de hitte, de Anderer, het kaartje met rozenwater of nog iets heel anders doelde.

'Ik denk dat het allemaal de lucht in gaat, met een grote klap, en dat wordt geen mooi gezicht, neem dat maar van mij aan!'

Hij sprak met gebalde vuisten en zijn kaken strak op elkaar geklemd. Zijn gebarsten lip bewoog als een spier en zijn rode baard leek op een brandend struikgewas. Hij was drie koppen groter dan ik en hij moest zich voorover buigen om in mijn oor te kunnen fluisteren.

'Het kan zo niet doorgaan, en ik ben niet de enige die er zo over denkt! Jij hebt gestudeerd, jij weet meer dan wij – hoe gaat dit aflopen?'

'Ik weet het niet, Gott, we moeten de avond maar afwachten, dan zien we wel verder.'

'De avond? Waarom?'

'Jij hebt toch ook een kaartje gekregen, net als iedereen? Om zeven uur merken we het wel.'

Gott deed een stap achteruit en nam me nauwkeurig op, alsof ik gek was geworden.

'Waarom begin je over kaartjes als ik het over die verdomde zon heb? Die al drie weken lang onze schedels verschroeit! Het is zo snikheet dat ik niet meer kan werken en dan kom jij met een verhaal over kaartjes aanzetten?'

Door een zucht van achter in de smederij keken we allebei om. De Ohnmeist, zo mager als een lat, die zich uitrekte en gaapte.

'Niemand is zo gelukkig als hij,' zei ik tegen Gott.

'Of niemand zo gelukkig is als hij zou ik niet kunnen zeggen, maar ik weet wel dat niemand zo lui is als hij!'

En alsof de hond de smid bij wie hij tijdelijk was ingetrokken gelijk wilde geven, legde hij zijn kop op zijn voorpoten en sliep rustig verder.

Het was alweer zo'n zomerdag die je roosterde op een open vuur. Maar het was een bijzondere dag die als het ware was uitgehold: de binnenste uren hadden geen enkel belang, alleen de avond was de moeite van de overweging waard, de avond waar we op zaten te wachten en waar we naar uitkeken. Ik weet nog dat ik nadat ik thuiskwam van mijn bezoek aan de herberg, de rest van de dag niet meer naar buiten ben gegaan. Ik ordende de aantekeningen die ik die maand had gemaakt over het gebruik van de bossen, de opbrengst per perceel, de houtkap die al had plaatsgevonden en de kap die nog moest gebeuren, de nieuwe aanplant, het inzaaien, het hoge hout dat we volgend jaar konden opruimen, de verdeling van de kaprechten, de afbetaling van de schulden. Ik ging in de kelder zitten om wat verkoeling te vinden, maar zelfs daar, waar de muren gewoonlijk ijskoud vocht uitzweten, trof ik niets anders dan zware, kleverige lucht die nauwelijks minder lauw was dan in de andere kamers. Zo nu en dan hoorde ik boven mijn hoofd Poupchettes schaterlach; Fédorine had haar poedelnaakt in een grote houten teil vol fris water gezet. Urenlang deed ze alsof ze een vis was, ze werd het nooit moe, terwijl Emélia vlak bij haar bij het raam zat waardoorheen ze niets zag, met haar handen plat op haar knieën, en haar melancholieke deuntje neuriede.

Toen ik weer uit de kelder naar boven kwam, zat

Poupchette afgedroogd, opgewreven en helemaal roze achter een groot bord vol heldere soep, een bouillon van wortel en kervel.

'Papa weg? Gaat papa weg?' zei Poupchette omdat ik me opmaakte om naar buiten te gaan. Ze liet zich van haar stoel vallen, rende naar me toe en gooide zich in mijn armen. 'Ik ben zo terug,' zei ik. 'Ik kom je straks een nachtzoen brengen. Lief zijn!' 'Lief! Lief! Lief!' herhaalde ze lachend, terwijl ze om haar as draaide alsof ze de wals danste.

O, kleine Poupchette. Sommige mensen zullen je vertellen dat je een kind bent van het niets, een kind van smerigheid, verwekt door haat en angst. Sommige mensen zullen zeggen dat je een monster bent, voortgekomen uit gruwelijkheden, een smerig kind dat al smerig was voordat het geboren werd. Alsjeblieft, kleintje, luister niet naar ze. Ik zeg je dat ik je vader ben en dat ik van je hou. Ik zeg je dat er af en toe uit gruwelijkheid schoonheid, puurheid en gratie wordt geboren. Ik zeg je dat ik altijd je vader zal zijn. Ik zeg je dat de mooiste rozen soms opschieten uit een grond van ettervocht. Ik zeg je dat je de dageraad bent, de nieuwe dag, alle nieuwe dagen, en dat het enige wat telt is dat jij een belofte bent. Ik zeg je dat je mijn nieuwe kans en mijn vergeving bent. Poupchette, ik zeg je dat je heel mijn leven bent.

Ik deed de deur achter me dicht op hetzelfde moment dat Göbbler de zijne dichtdeed. En we waren allebei zo verbaasd dat we beiden naar de lucht keken. Onze huizen zijn vanzelfsprekend donker. Ze zijn gebouwd voor de winter, en zelfs als de zon fel schijnt moeten we vaak een paar kaarsen aansteken om iets te zien. Zodra ik over de drempel stapte en de duisternis verliet, verwachtte ik de felle zon te zien die al wekenlang onveranderlijk ons dagelijks leven bepaalde. Maar het leek alsof er een enorme doffe deken van grijsachtig beige met zwartachtige strepen over de hemel was gegooid. Aan de oostelijke horizon verdwenen de kammen van de Hörni's in het dikke metaalachtige magma, aangetast door het wollige gangreen van de wolken, zodat je het verstikkende gevoel kreeg dat de hemel steeds lager kwam te hangen en uiteindelijk, vroeger of later, de bossen en de daken van de huizen zou verpletteren. Her en der zag je helle marmeringen in de deegachtige massa die hem kortstondig deden oplichten met een onwerkelijk, geelachtig licht, maar die onderdrukte of mislukte flitsen gingen nooit met enig lawaai gepaard. De hitte was dik geworden en vloog je naar de keel als de hand van een misdadiger die hem vastgrijpt en met onverbiddelijke zekerheid dichtknijpt.

Toen we van de eerste verbazing waren bekomen, zetten Göbbler en ik ons in beweging – alweer precies op hetzelfde moment. Als automaten, met dezelfde pas, en zo gebeurde het dat we naast elkaar door het stof van de straat liepen, dat in het vreemde licht op berkenas leek. Ik werd omringd door de geur van kippenstront en kippenveren, zo misselijkmakend als de geur van oude verrotte bloemstelen, dagenlang vergeten in een vaas.

Ik had volstrekt geen zin om met Göbbler te praten en de stilte stoorde me niet. Ik verwachtte dat hij ieder moment een gesprek met me zou aanknopen, maar niets daarvan. We liepen zwijgend door de straten, ongeveer alsof we naar de kerk gingen voor een begrafenis en we beseften dat in het aangezicht van de dood alle woorden tekortschieten.

Naarmate we dichter bij de herberg kwamen, doemden uit alle straten, steegjes, gangetjes en portieken gestaltes op die met ons meeliepen en ons omringden, eveneens zwijgend. Misschien werd de diepe stilte overigens niet veroorzaakt door het vooruitzicht van wat we in de herberg te zien zouden krijgen, maar door de plotselinge weersomslag, de dikke laag metaal die over de hemel lag en een winterse duisternis in de namiddag zaaide.

In deze rivier van lichamen die met iedere stap aanzwol, bevonden zich geen vrouwen. We waren alleen met mannen – mannen onder elkaar. Terwijl er, net als overal, wel vrouwen in het dorp zijn: jonge vrouwen, oude vrouwen, mooie vrouwen, oerlelijke vrouwen, vrouwen die denken en vrouwen die weten. De vrouwen die ons op de wereld hebben gezet om te zien hoe we hem kapotmaken, die ons het leven schenken en later heel veel redenen hebben om dat te betreuren. Aan hen dacht ik, toen ik daar zwijgend voortstapte te midden van al die mannen die ook liepen te zwijgen, en aan mijn moeder. Die niet meer bestaat, terwijl ik nog wel besta. Die geen gezicht heeft, terwijl ik er wel een heb.

Af en toe bekijk ik mezelf in de kleine spiegel die thuis boven de gootsteen hangt. Ik kijk naar mijn neus, de vorm van mijn ogen, de kleur van mijn ogen en mijn haar, de lijn van mijn lippen en mijn oren, de teint van mijn huid. Uit al die dingen probeer ik het portret van de afwezige samen te stellen, van de vrouw die op een dag een klein lichaampje tussen haar dijen uit zag komen dat ze tegen haar borst drukte en streelde, dat ze warmte en melk gaf, met wie ze praatte en die ze een naam gaf, en om wie ze ongetwijfeld heeft geglimlacht van geluk. Ik weet dat het verspilde moeite was. Ik zal haar gezicht nooit kunnen uittekenen of uit de duisternis kunnen trekken waarin het al zo lang geleden is verdwenen.

Bij Schloss stond niets meer op zijn plaats. Het was er

onherkenbaar veranderd. Alsof de herberg een metamorfose had ondergaan. We kwamen op onze tenen naar binnen, we durfden haast niet. Zelfs diegenen die gewoonlijk een grote bek hebben, waren heel stilletjes. Veel mensen keken naar Orschwir, in de verwachting dat de burgemeester anders was dan zij en het goede voorbeeld wel zou geven van hoe je je moest gedragen, wat je moest zeggen en wat juist niet. Maar Orschwir was niet anders dan de rest. Hij was niet vlotter dan wij en wist het ook niet beter.

De tafels waren tegen de muren geschoven en gedekt met schone tafellakens, waarop tientallen glazen en flessen in het gelid stonden als soldaten bij de aanvang van de strijd. Ook stonden er grote schalen met gesneden worst, stukken kaas, ham, mager spek, brood en brioches, genoeg om een heel regiment te voeden. Alle ogen vielen direct op de uitstalling van dranken en etenswaren, die we hier alleen maar kennen van bruiloften bij rijke boeren die hun kinderen een verbintenis lieten aangaan en indruk wilden maken. Ook merkten we pas later dat er aan de muren een stuk of twintig lappen hingen over wat wel schilderijen zouden zijn. Sommige aanwezigen wezen elkaar er met een hoofdknik op, maar we kregen geen tijd er meer mee te doen of over te zeggen, want de traptreden kraakten en de Anderer verscheen.

Hij was niet gekleed in de rare kleren waar we uiteindelijk toch wel aan gewend waren geraakt: het hemd met de bef, de mantel en de broek met smalle pijpen. Hij droeg alleen een ruimvallend wit gewaad dat zijn hele lichaam omhulde en tot op de grond viel en aan de bovenkant zijn dikke nek vrijliet, alsof de beul zijn kraag alvast had weggeknipt.

De Anderer daalde een paar treden af, en dat zag er

vreemd uit, want het gewaad was zo lang dat je zijn voeten niet zag: het leek of hij als een spook een paar duim boven de grond zweefde. Niemand zei iets toen hij verscheen, en hij was de reacties voor door zelf het woord te nemen met zijn onopvallende stem die iets van een fluit had: 'Ik heb lang nagedacht hoe ik u zou kunnen bedanken voor uw ontvangst en uw gastvrijheid. Ik kwam tot de slotsom dat ik moest doen waar ik goed in ben: kijken en luisteren, de ziel van de dingen en de mensen proberen te vatten. Ik heb veel gereisd in mijn leven. Misschien is dat de reden dat mijn oog meer ziet en mijn oor meer hoort. Zonder opschepperij meen ik dat ik u en de streek waarin u leeft grotendeels heb begrepen. Beschouwt u mijn werkjes daarom als een eerbetoon. Iets anders zijn ze niet. Meneer Schloss, wilt u zo goed zijn?'

De herbergier, die zo ongeveer in de houding stond, wachtte alleen op dat teken om tot actie over te gaan. In een oogwenk rende hij langs de wanden van zijn gelagzaal en trok de doeken weg die de schilderijen verborgen, en alsof dat tafereel nog niet bizar genoeg was, klonk op dat moment de eerste donderslag, droog en streng, als een zweepslag op het achterwerk van een oude knol.

Wat op de geparfumeerde kaartjes stond, klopte als een bus: er hingen portretten en landschappen. Het waren geen schilderijen, maar inkttekeningen, soms opgebouwd uit grote penseelstreken, dan weer uit extreem fijne lijntjes die elkaar raakten, overlapten en kruisten. Als in een processie, een merkwaardige kruisweg, liepen we langs de werken om ze van dichtbij te bekijken. Sommige mensen stonden er met hun neus bovenop, zoals Göbbler en meester Limmat die zo kippig waren als een mol; anderen leunden zo ver achterover dat ze bijna omvielen om de tekeningen in hun geheel te kunnen overzien. De eerste kreten van verbazing en het eerste nerveuze gelach stegen op toen men zichzelf of anderen in de portretten begon te herkennen. De Anderer had een selectie gemaakt. Hoe, dat was een raadsel. Er hing een portret van Orschwir, van Hausorn, pastoor Peiper, Göbbler, Dorcha, Vurtenhau, Röppel, Ulrich Yackob de koster, Schloss, en van mijzelf. Aan landschappen hing er het kerkplein met de lage huizen eromheen, de rotsen van het Tizenthal, de Baptisterbrücke met op de achtergrond het groepje knotwilgen, de vlakte van Lichmal en de grote zaal van de herberg van Schloss.

Het vreemde was dat je de gezichten en plaatsen op de tekeningen wel herkende, maar dat je toch niet kon zeggen dat het perfecte gelijkenissen waren. Het was alsof ze een echo lieten zien van wat je kende, dat ze er een indruk van gaven, een weergalm die je geest bereikte en de portretten, die voor je ogen slechts werden gesuggereerd, daar voltooid werden.

Toen iedereen de ronde had gemaakt, begon het echte werk. Men keerde de tekeningen de rug toe alsof ze er niet hingen. Er ontstond een grote trek naar de met etenswaren beladen tafels. Je zou denken dat de meeste aanwezigen al in geen tijden meer gegeten of gedronken hadden. Als wilden gingen ze tekeer. In een oogwenk was alles verdwenen dat was klaargezet, maar Schloss had kennelijk opdracht om ervoor te zorgen dat er altijd volle flessen en schalen stonden, want het buffet werd niet leger. De wangen werden roder, de voorhoofden begonnen te zweten, de woorden werden luider en de eerste scheldwoorden ketsten af tegen de muren. Ongetwijfeld waren de meeste aanwezigen alweer vergeten waarom ze hier waren; niemand had nog oog voor de werken. Het enige wat telde was dat ze zich konden volstouwen. De Anderer was verdwenen. Het was Diodème die me daarop wees.

'Direct na zijn praatje is hij weer naar zijn kamer gegaan. En, wat zeg je ervan?'

'Waarvan?'

'Van dit alles...'

Diodème maakte een handgebaar dat de tentoonstelling aan de muren omvatte. Ik geloof dat ik mijn schouders ophaalde.

'Grappig, je kan niet zeggen dat dat portret van jou echt lijkt, en toch ben je het precies; ik weet niet hoe ik het moet zeggen, maar kom maar eens kijken...'

Ik wilde niet onvriendelijk zijn tegen Diodème en daarom liep ik mee. We wurmden ons tussen de lichamen door, tussen de geuren, het zweet, de adem die zwaar was van de wijn en het bier. De stemmen raakten verhit en de geesten ook; er werd luid gepraat. Orschwir had zijn otterbonten muts afgezet. Meester Knopf floot. De Zungfrost, die gewoonlijk alleen water dronk, was aangeschoten van de drie glazen die hij onder dwang naar binnen had gewerkt en begon te dansen. Drie mannen hielden lachend Lulla Carpak in toom, een zwerver met geel haar en een kleur van knollen die als hij dronken was altijd iemand voor zijn bek wilde slaan.

'Kijk eens goed...' zei Diodème. We stonden vlak bij de tekening. Ik keek. Heel lang. Aanvankelijk zonder echt aandacht te besteden aan al die lijnen die de Anderer naast elkaar had gezet, en toen, beetje bij beetje, zonder dat ik begreep waarom of hoe, drong ik dieper in de tekening door.

Toen ik hem een paar minuten eerder voor het eerst had gezien, was me er niets bijzonders aan opgevallen.

Mijn naam stond erbij en misschien voelde ik me een beetje gegeneerd omdat hij me had getekend, zodat ik snel had weggekeken en haastig naar de volgende prent was gelopen. Maar nu ik hem terugzag, nu ik voor hem stond en hem goed in me opnam, leek het alsof ik erdoor werd opgezogen, alsof hij een ziel had, en ik zag geen lijnen, curves, punten en vlekken meer, maar flarden van mijn leven. Het portret dat de Anderer van me gemaakt had, leek te leven. Met *mijn* leven. Het confronteerde me met mezelf, met mijn pijn, mijn duizelingen, angsten en verlangens. Ik zag mijn uitgedoofde kindertijd en de lange maanden in het kamp. Ik zag mijn terugkeer. Ik zag het zwijgen van Emélia. Alles zag ik. Het was een ondoorzichtige spiegel die me alles wat ik ooit geweest was, alles wat ik was, in mijn gezicht wierp. Diodème bracht me terug naar de realiteit.

'En...?'

'Wat vreemd,' zei ik.

'En als je goed kijkt, als je echt *kijkt* zijn alle tekeningen zo: niet natuurgetrouw, maar wel heel waar.'

Misschien kwam het door zijn passie voor romans dat Diodème altijd naar de dubbele lading van woorden zocht en dat zijn verbeelding altijd tien keer zo snel ging. Maar wat hij op die dag tegen me zei, was niet belachelijk. Ik maakte een langzame nieuwe ronde langs de tekeningen die de Anderer in de herberg had opgehangen. De landschappen die me eerst koud hadden gelaten, kwamen tot leven en de gezichten onthulden geheimen en worstelingen, lelijkheid, gebreken, problemen en schanddaden. Ik had geen druppel wijn of bier aangeraakt en toch stond ik te wankelen; mijn hoofd tolde. Het portret van Göbbler was bijvoorbeeld vrij kwaadaardig van opzet: als je er schuin van links naar keek, zag je een glimlachend gezicht met vredige trekken en ogen die in de verte keken, maar bekeek je het van rechts, dan dwongen diezelfde lijnen de mond, de blik en het voorhoofd in een kwaadaardige grijns, een afschuwelijk wrede, hoogmoedige grimas. Het portret van Orschwir sprak over lafheid, schipperen met principes, slapheid en kuiperijen. Dat van Dorcha vertelde over geweld, bloeddorst, daden die niet meer hersteld konden worden. Dat van Vurtenhau over bekrompenheid, domheid, afgunst en woede. Dat van Peiper suggereerde onthechting, schaamte en zwakte. Zo was het met alle gezichten. De portretten die de Anderer had gemaakt waren wonderbaarlijke onthullingen die de diepste aard van de mensen naar de oppervlakte brachten. Het was een galerie van spierpoppen.

En dan de landschappen! Terwijl je toch denkt dat een landschap zo weinig betekent. Zo weinig zegt. Op zijn best ga je erdoor nadenken over jezelf, maar meer ook niet. De landschappen die de Anderer had gemaakt, droegen echter iets uit. Ze vertelden een verhaal. Ze vertoonden sporen van wat ze hadden meegemaakt. Ze getuigden van zaken die waren gebeurd. Op het kerkplein lag een inktvlek, precies op de plek van de terechtstelling, die de herinnering opriep aan het bloed dat bij zijn onthoofding uit het lichaam van Aloïs Cathor was gestroomd, en als je op dezelfde tekening naar de huizen rondom het plein keek, zag je dat alle deuren gesloten waren, op een na, die heel duidelijk openstond: de deur van de schuur van Otto Mischenbaum... echt, ik verzin het niet! En als je je hoofd boog om bijvoorbeeld de tekening van de Baptisterbrücke onder een hoek te bekijken, zag je dat de wortels van de wilgen drie gezichten vormden, jongemeisjesgezichten. Terwijl je in de vlakte van Lichmal dan weer gezichten zag in de takken van de eiken, als je tenminste een beetje door je oogharen keek. En als ik in sommige andere tekeningen van de Anderer niet direct zag wat ik erin zou moeten zien, dan kwam dat alleen omdat de gebeurtenissen waarover ze verhaalden nog niet hadden plaatsgevonden. Zoals de rotsen van Tizenthal, die toen nog doodgewone rotsen waren, niet mooi en niet lelijk, zonder geschiedenis of legendes, en bij die tekening zag ik Diodème weer. Hij stond aan de grond genageld, onbeweeglijk als een grenspaal. Versteend. Ik moest zijn naam drie keer zeggen voordat hij zich omdraaide en me aankeek.

'Wat zie je erin?' vroeg ik.

'Van alles, van alles...' antwoordde hij dromerig.

Meer zei hij niet. Later, na zijn dood, had ik natuurlijk tijd om na te denken. En ik dacht aan de tekening.

Je zou kunnen denken dat mijn hoofd oververhit was en mijn hersenen niet goed meer werkten. Dat er kop noch staart zit aan wat ik hier over die tekeningen schrijf. Dat je wel een heel zieke geest en een heel ziek hoofd moet hebben om zo veel te zien in wat simpele krabbels. En dat het heel makkelijk is om dat allemaal te beweren als er geen enkel bewijs meer van is, als de tekeningen niet meer bestaan, als ze allemaal vernietigd zijn. Want ze zijn allemaal vernietigd! Diezelfde avond nog wel! Als dat niet bewijst dat ik gelijk heb, wat dan wel? Ze zijn aan duizend stukken gescheurd, versnipperd en in de as gelegd, omdat ze op hun eigen manier vertelden over zaken die nooit uitgesproken hadden moeten worden; ze brachten waarheden aan het licht die juist waren weggestopt.

Ik had mijn portie wel gehad.

Ik verliet de herberg waar de drank steeds rijkelijker

begon te vloeien en waar er werd gebrald als beesten, al waren het nu nog blije beesten met een vrolijke dronk. Diodème is wel tot het einde gebleven, en zo komt het dat ik alles weet. Schloss bleef nog ongeveer een uur lang bierkannen en flessen tevoorschijn halen, maar toen kwam opeens het staakt-het-vuren: de munitie was op. Waarschijnlijk was het bedrag bereikt dat hij en de Anderer waren overeengekomen. Het was het begin van de woede. Eerst werd die uitgedrukt met woorden, toen met gebaren, maar het was nog niet erg: er werd wat kapot gegooid, maar niets ernstigs. Toen echter veranderde het rumoer van karakter, zoals wanneer je een kalf weghaalt van de uier: eerst jammert het, dan legt het zich erbij neer en gaat om zich heen op zoek naar ander vermaak, een andere reden van bestaan. En toen herinnerden ze zich weer waarom ze waren gekomen. Ze draaiden zich weer naar de tekeningen en keken er opnieuw naar. Of anders. Of met ogen die meer zagen. Zeg het maar. En ze zagen het. Ze zagen het. Glashelder. Ze zagen wie ze waren en wat ze hadden gedaan. Ze zagen alles in de tekeningen van de Anderer wat Diodème en ik er ook in hadden gezien. En uiteraard konden ze het niet verdragen. Wie zou dat wel kunnen?

'Eén grote plundering! Ik weet niet wie er begon, maar eigenlijk doet het er ook niet toe, want iedereen ging los en niemand probeerde de boel te sussen. De pastoor was zo zat als een kanon, die lag al een hele tijd onder een tafel te slapen en zoog op de punt van zijn soutane als een kind op zijn duim. De oudjes waren kort na jou naar huis gegaan; wat Orschwir betreft, die stond erbij en keek ernaar, hij deed niet mee maar zag er heel tevreden uit, en toen zijn eigen portret door de zoon van Kipoft in het vuur werd gegooid, was hij daar niet bepaald rouwig om, neem dat maar van me aan! Toen ging alles heel snel, in een mum van tijd waren de muren leeggehaald. Schloss was de enige die er ontstemd over leek.'

Dat vertelde Diodème me twee dagen later, en sinds die beruchte avond had het aan één stuk door geregend. Alsof de hemel heel wat schoon te wassen had voor de mensen, hun vuile was voor ze deed omdat ze daar zelf niet toe in staat waren. De muren van de huizen leken te huilen en door de straten stroomden bruinige beekjes en de mest uit de stallen spoelde de straatstenen en voerde steentjes, strohalmen, schillen, doppen en afval mee. Het waren overigens merkwaardige buien: een onophoudelijke waterstroom uit de hemel die je niet eens meer zag vanwege een dikke, vuile, doorweekte baard van wolken die hem continu aan het zicht onttrok. Hier hadden we wekenlang op gewacht. Wekenlang was het dorp in de hitte weggekookt, en met het dorp de lichamen, zenuwen, spieren, verlangens en krachten, en toen was het gaan onweren, de vonken van het onweer waren het reusachtige antwoord op de vonken van de mensen, op dat wat in de herberg van Schloss was losgebarsten, de lachwekkende slachting van de tekeningen, want op het moment dat die mini-repetitie voor de Ereigniës plaatsvond, dat de afgoden werden verbrand zoals later de man zelf zou worden gedood, werd de lucht te zwaar en barstte van het oosten tot het westen open, over de gehele breedte van de hemel, en wierp enorme ladingen grijs water uit, zo dik en zwaar als slootwater, alsof hij zijn darmen en ingewanden leegde.

Schloss zette iedereen eruit, de burgmeester incluis, en die hele gezellige bende klotste door de regen en het onweer; sommigen gingen languit liggen, deden of ze in de plassen zwommen, schreeuwden als schoolkinderen zonder toezicht en smeten handenvol modder in elkaars gezicht alsof het sneeuwballen waren.

Ik mag graag denken dat de Anderer vanachter het raam naar het schouwspel stond te kijken. Ik stel me voor dat hij lachte, met dat speciale lachje van hem. De hemel bracht hem een eerbetoon, en alles wat hij aan zijn voeten zag, de drijfnatte menigte die elkaar kotsend uitschold en wiens lachsalvo's tegen elkaar botsten, de warrige woorden en de stralen pis – alles gaf zijn verwoeste portretten nog meer waarheid. In zekere zin was het een soort overwinning. De meester van het spel werd gekroond.

Maar in dit oord is het beter om geen gelijk te hebben. Daar laat men je namelijk duur voor betalen.

XXXV

De volgende dag was de dag van de katers. Een toestand waarin je schedel in zijn eentje op een trommel begint te slaan en je niet met zekerheid kunt zeggen of je herinneringen echt of gedroomd zijn. Ik denk dat de meeste mensen die tekeer waren gegaan zich behoorlijk stom voelden, misschien ook opgelucht, maar vooral stom. Niet dat ze zich voor de Anderer zouden schamen – nee, over hem stonden de meningen wel vast en zou niets ze nog op andere gedachten kunnen brengen – maar wel voor hun vernielzucht jegens eenvoudige stukjes papier: niet erg mannelijk.

De regen kwam goed uit. Nu hoefden ze niet naar buiten en elkaar niet onder ogen te komen, bij te praten en in de blikken van de anderen te zien wat ze hadden aangericht. Alleen de burgemeester trotseerde de stortbuien die onophoudelijk naar beneden kwamen alsof het half april was. 's Avonds ging hij de straat op en liep rechtstreeks naar de herberg. Toen hij aankwam, was hij doorweekt tot op het bot, en Schloss was stomverbaasd toen hij zijn deur zag opengaan, want die was de hele dag dicht gebleven. Hij was er overigens niet dolenthousiast over dat hij openging. Hij was uren bezig geweest om na de orgie op te ruimen, te dweilen en een groot haardvuur brandend te houden om de plavuizen te drogen en de ranzige lucht te verdrijven. Hij was net klaar. Alles had zijn oorspronkelijke gedaante teruggekregen: de zaal, de tafels en de muren. Alsof er de vorige avond niets was gebeurd. En dan komt Orschwir binnen. Schloss kijkt hem aan alsof het een monster is, geen watervast monster misschien, maar toch een monster. De burgemeester trekt zijn herdersjas uit, hangt hem aan een spijker bij de haard, pakt een grote, gebruikte, nogal vuile zakdoek, veegt zijn gezicht droog en snuit zijn neus, vouwt hem weer op, steekt hem in zijn zak en wendt zich tot Schloss, die wachtend op zijn bezem leunt.

'Ik wil hem spreken. Ga hem halen.'

Het was duidelijk een bevel. Schloss hoefde niet te vragen wie of wat hij bedoelde. Er was niemand anders in de herberg behalve hijzelf en de Anderer. Zoals iedere ochtend had hij een blad voor de kamerdeur gezet met een ronde brioche, een rauw ei en een pot heet water. En zoals iedere dag had hij even later voetstappen op de trap gehoord en de kleine achterdeur open en dicht horen gaan. Zijn gast liep altijd achterlangs als hij naar de stal van vader Solzner ging die aan de herberg grensde, om zijn paard en ezel te bezoeken. En nog een paar minuten later was de deur opnieuw opengegaan en kraakte de trap opnieuw; dat was het.

In een dorp als het onze is de burgemeester een man met gezag. En een eenvoudige herbergier zou het niet in zijn hoofd halen om zijn bevelen in twijfel te trekken. En dus ging Schloss naar boven. Klopte op de kamerdeur. Stond oog in oog met de glimlachende Anderer en bracht hem het verzoek over. De Anderer glimlachte kort, antwoordde niet en trok de deur weer dicht. Schloss ging de trap af.

'Ik geloof dat hij eraan komt.'

Dat zei hij tegen de burgemeester. Waarop Orschwir

antwoordde: 'Goed, Schloss, en ik neem aan dat jij van alles te doen hebt in de keuken, is het niet?'

De herbergier is ook niet gek en stamelt van ja. De burgemeester haalt een kleine, druk bewerkte zilveren sleutel uit zijn zak en laat hem ronddraaien in het slot van de deur van de kleine zaal – de zaal van de Erweckens'Bruderschaf.

'Bewaar jij die sleutel dan niet?' vroeg ik Schloss toen hij me alles vertelde.

'Natuurlijk niet! Ik ben er zelfs nog nooit binnen geweest! Ik weet verdomme niet eens wat voor baard eraan zit, hoeveel sleutels er bestaan of wie ze heeft, behalve de burgemeester en Knopf, en Göbbler vast ook, al weet ik over hem helemaal niets zeker.'

Schloss heeft net bij ons aangeklopt. Hij krabde als een dier aan de deur. Hij had gewacht tot de nacht zo dik was als teer. Ik vermoed dat hij vlak langs de muren van de huizen is geslopen en geen enkel geluid heeft gemaakt. Hij wilde vooral niet gezien worden. Het is de eerste keer dat hij hier een voet over de drempel zet. Ik vroeg me af wat hij in hemelsnaam kwam doen, en toen Fédorine hem zag, keek ze hem aan alsof hij een rattenkeutel was. Ze mag hem niet. Ze beschouwt hem als een dief die de schalen etenswaar die hij zo goedkoop mogelijk inslaat, steevast voor een forse prijs verkoopt. Ze noemt hem 'Schlocheikei', wat in haar oeroude taal een onvertaalbaar woordspel is op de naam van de herbergier en het woord dat 'uitbuiten' betekent. Algauw kwam ze met het excuus dat ze Poupchette naar bed moest brengen en liet ze ons alleen. Toen ze Poupchettes naam noemde, zag ik een triest licht opvlammen in de ogen van de herbergier, en ik dacht aan zijn dode kind; toen doofde het lichtje even snel weer uit.

‘Ik wilde je spreken, Brodeck. Ik moet met je praten om je opnieuw te bewijzen dat ik niet je vijand ben, dat ik geen slecht mens ben. Ik merkte de vorige keer heus wel dat je me niet geloofde. Ik zal alles vertellen wat ik weet. Doe ermee wat je wilt, maar ik waarschuw je: zeg nooit aan iemand dat je het van mij hebt, want ik zal alles ontkennen. Dan zeg ik dat je liegt. Dat ik het nooit gezegd heb. En dat ik zelfs nooit bij je thuis ben geweest. Duidelijk?’

Ik gaf geen antwoord. Ik had hem niets gevraagd. Hij was hier uit eigen beweging gekomen. Het was aan hem om door te gaan, zonder dat ik tot wat dan ook verplicht was.

Uiteindelijk was de Anderer uit zijn kamer gekomen en de burgemeester had hem de kleine zaal van de broederschap laten betreden. Toen deed hij de deur achter zich dicht.

‘Ik bleef in de keuken, zoals Orschwir me had opgedragen. Maar je moet weten dat de kast waarin ik mijn emmers en bezems bewaar is ingebouwd in de muur en dat de achterkant alleen maar uit kierende houten planken bestaat, die door de jaren heen zo zijn gaan werken dat er grote spleten tussen zitten, groot genoeg om erdoorheen te kijken. En de achterkant van die kast grenst aan de kleine zaal. Gerthe wist het. Ik weet dat ze ’s avonds af en toe luisterde naar wat er werd gezegd en wat ze er uitvoerden, al wilde ze dat nooit toegeven omdat ze wist dat ik dan verschrikkelijk kwaad zou worden.’

Die dag deed Schloss dus wat hij zichzelf nog nooit had toegestaan. Waarom? De daden van een mens zijn grillig, en hoe lang je er ook over nadenkt, soms vind je geen goede reden. Misschien wilde hij een man worden, een verbod overtreden en een beproeving doorstaan om zich definitief in het andere kamp te scharen, doen wat volgens hem juist was, of simpelweg zijn veel te lang gemuilkorfde nieuwsgierigheid stillen. Hoe het ook zij: hij wurmde zijn dikke lijf tussen de bezems, spades, emmers en oude stofdoeken en drukte zijn oor tegen de planken.

'Het was een bizar gesprek, Brodeck! Echt bizar... Eerst leek het alsof ze elkaar uitstekend begrepen, dat ze dezelfde taal spraken en aan een half woord genoeg hadden. De burgemeester opende met de opmerking dat hij niet was gekomen om zijn excuses aan te bieden, dat wat er de vorige avond was gebeurd zeker betreurenswaardig was, maar eigenlijk niet meer dan normaal. De Anderer verroerde zich niet.

"De mensen hier zijn nogal onbehouwen, moet u weten," vervolgde de burgemeester. "Als ze een wond hebben en u strooit er peper in, dan trappen ze wild om zich heen, en die tekeningen waren handen vol peper, vindt u niet?"

"Die tekeningen zijn volstrekt onbelangrijk; denk er maar niet meer aan, meneer de burgemeester," antwoordde de Anderer. "Als uw mensen ze niet hadden vernietigd, had ik het zelf gedaan..."'

Op dat punt in zijn verhaal, dat hij oplepelde alsof hij het uit zijn hoofd had geleerd, liet Schloss een pauze vallen: 'Wat ik je nog moet vertellen, Brodeck, is dat ze hele lange pauzes lieten vallen tussen alles wat ze zeiden. De antwoorden volgden niet direct op de vragen en andersom ook niet. Ze zaten elkaar te peilen. Ze speelden een spelletje dat me deed denken aan de manier waarop schaakspelers zich gedragen rondom de zetten die ze doen. Ik hoop dat ik me duidelijk maak?'

Ik maakte een hoofdgebaar dat tot niets verplichtte. Schloss keek naar zijn stevig in elkaar gevouwen handen en vervolgde zijn verhaal.

‘Zou ik u mogen vragen wat u hier precies komt doen?’ had Orschwir gevraagd.

‘Uw dorp leek me de moeite waard.’

‘Maar we zitten hier zo ver van alles.’

‘Misschien juist daarom wel. Ik wilde zien hoe mensen zijn die ver van alles vandaan zitten.’

‘De oorlog heeft hier een ravage aangericht, net als overal.’

‘“De oorlog verwoest en legt bloot...”’

‘Wat bedoelt u?’

‘Laat maar, meneer de burgemeester, een oeroud vers, een vertaalde dichtregel.’

‘Er is niets poëtisch aan oorlog.’

‘Natuurlijk niet, natuurlijk niet.’

‘Het lijkt me beter dat u vertrekt. U wekt dingen die liggen te slapen, misschien ongewild, en daar kan niets goeds van komen. Gaat u alstublieft weg...’

De rest had Schloss niet woordelijk onthouden, want Orschwir liet de korte zinnetjes voor wat ze waren en ging over op eindeloze kronkelende zinnen, een verward betoog waarin hij leek te verdwalen. Maar ik denk dat Orschwir sluw genoeg is om niet blind vooruit te stormen, dat hij zijn woorden en gedachten zorgvuldig woog en alleen maar deed alsof hij onzeker en verward was.

‘Hij was heel sluw,’ vertrouwde Schloss me toe. ‘Want uiteindelijk waren het allemaal dreigementen en toch ook weer niet. Je kon erin horen wat je wilde en het tegendeel ook. En als de Anderer hem er een verwijt over zou maken, kon hij altijd beweren dat het een misverstand was. Het spelletje ging nog even door, maar ik kon nauwelijks bewegen in de kast en ik stikte bijna. Mijn oren klapperden. Ik had het gevoel dat er bijen om me heen vlogen. Ik heb te veel bloed in mijn hoofd en soms gaat het bonzen. Hoe dan ook, op een gegeven moment hoorde ik ze opstaan en naar de deur lopen. En net voordat de burgemeester hem opende, zei hij nog iets, hij stelde een laatste vraag, een vraag die heel veel indruk op me maakte, want zijn stem klonk heel anders dan anders, er klonk zelfs iets van angst in door – hij, die nooit van iets onder de indruk is.

"We weten niet eens hoe u heet..."

"Dat doet er toch ook niet toe... Namen zijn onbelangrijk, ik kan niemand zijn of iedereen," antwoordde de Anderer.

"Mag ik u nog één ding vragen," vervolgde Orschwir na een paar lange seconden, "iets wat me al een tijd bezighoudt."

"Gaat uw gang, meneer de burgemeester."

"Bent u door iemand gestuurd?"

De Anderer lachte dat kleine lachje weer, je weet wel, het leek haast een vrouwenlach. Na een lange stilte gaf hij uiteindelijk antwoord.

"Dat hangt helemaal af van waar u in gelooft, meneer de burgemeester, dat hangt helemaal af van waar u in gelooft. U mag het zelf beslissen..."

Toen lachte hij weer. Ik kreeg er de koude rillingen van, Brodeck, echt waar.'

Schloss had zijn hart gelucht. Hij zag er uitgeput en tegelijkertijd opgelucht uit. Ik haalde twee glazen en een fles eau-de-vie.

'Geloof je me, Brodeck?' vroeg hij met een zweempje angst, terwijl ik de glazen volschonk.

'Waarom zou ik je niet geloven, Schloss?'

Heel snel boog hij het hoofd en nipte van de drank.

Of Schloss de waarheid had verteld of niet, of het gesprek waarover hij me berichtte had plaatsgevonden of niet, op de manier waarop ik het opschrijf of op een andere manier die er al dan niet op lijkt, het is een onbetwistbaar feit dat de Anderer het dorp niet heeft verlaten. Ook staat vast dat het vijf dagen later ophield met regenen en de zon opnieuw aan de hemel verscheen, en dat iedereen weer uit zijn huis kwam en het slot van het onderhoud tussen de burgemeester en de Anderer in alle gesprekken opdook. Het was nog gevaarlijker dan kurkdroog aanmaakhout: het moest wel vlam vatten! Als we een pastoor hadden gehad die zijn hersenen in eigen hand had, had hij met een paar goed gekozen woorden en een beetje gezond verstand grote emmers wijwater kunnen uitstorten om het vuur te blussen. Maar Peiper wierp met zijn wijnovergoten deliriums juist meer olie op het vuur, toen hij de volgende zondag vanaf het preekgestoelte iets brabbelde over de antichrist en het Laatste oordeel. Of hij het woord 'duivel' gebruikt heeft, weet ik niet, of hij dat was of iemand anders, maar in ieder geval deed hij het meeste werk en iedereen hapte toe. Als de Anderer zijn naam niet wilde noemen, zou het dorp er wel een bedenken. Een naam die bij hem paste. Die al eeuwenlang uitstekende diensten verricht, die niet slijt, en altijd opvalt. Effectief en definitief.

Domheid is een ziekte die vaak samengaat met angst. Ze mesten elkaar vet en creëren een gangreen dat het liefst van alles om zich heen wil grijpen. De preek van Peiper en de woorden van de Anderer: een prachtig brouwsel!

Zelf wist hij van niets. Tot dinsdag drie september bleef hij zijn wandelingen maken, en het leek hem niet te verbazen dat niemand nog teruggroette en dat veel mensen een kruis sloegen als hij voorbijkwam. Er liepen geen kinderen meer achter hem aan. Die waren zo streng toegesproken dat ze zich uit de voeten maakten zodra hij bij hen in de buurt kwam. De brutaalsten bekogelden hem zelfs een keer met stenen.

's Ochtends ging hij naar de stal, zoals hij gewend was, om zijn paard en ezel te bezoeken. Maar ondanks de afspraken en de vooruitbetaling aan vader Solzner constateerde hij dat zijn beesten aan hun lot werden overgelaten. De drinkbak stond leeg. De voederbakken ook. Hij ging niet klagen maar deed zelf wat nodig was: hij wreef ze af, roskamde ze, fluisterde in hun oor en stelde ze op hun gemak. Mademoiselle Julie liet haar gele tanden zien en Monsieur Socrate schudde zijn hoofd omhoog en omlaag. Dat was maandagavond. Ik zag het met eigen ogen toen ik na de dag in het bos te hebben doorgebracht naar huis terugkeerde. De Anderer zag me niet. Hij stond met zijn rug naar me toe. Bijna was ik de stal in gelopen om even te kuchen en iets te zeggen, maar ik deed het niet. Ik bleef op de drempel staan. De dieren zagen me wel. Ze keken me met hun grote ogen aan. Ik bleef even staan. Ik hoopte dat een van tweeën hem opmerkzaam zou maken op mijn aanwezigheid, misschien door achteruit te trappen, maar nee. Niets daarvan. De Anderer stond nog steeds met zijn rug naar me toe de dieren te aaien. Ik liep verder.

XXXVI

Diodème kwam me de volgende ochtend halen. Hij was buiten adem, zijn overhemd hing los, zijn broek zat achterstevoren en zijn haren zaten in de war.

'Snel! Kom snel!'

Ik was klompen voor Poupchette aan het uithollen uit blokken donker dennenhout. Het was elf uur 's ochtends.

'Kom dan! Kom dan toch, kijk wat ze gedaan hebben!'

Hij leek zo in paniek dat weigeren onmogelijk was. Ik legde de guts neer, veegde met mijn hand de houtkrullen van me af, als het dons van een geplukte gans, en ging achter hem aan.

Hij vertelde onderweg niets. Hij rende alsof het lot van de wereld ervan afhing en het was moeilijk om zijn lange benen bij te houden. Ik zag dat we naar de bocht in de Staubi liepen die het tuinbouwbedrijf omsluit van Sebastian Uränheim, de belangrijkste producent van kool, knollen en prei in het hele dal, maar ik begreep niet waarom. Zodra we de hoek van het laatste huis omsloegen, zag ik een oploopje op de rivieroever. Er stond een hele mensenmenigte: een stuk of honderd kinderen, vrouwen en mannen, schat ik, die allemaal met hun rug naar ons toe stonden en naar het water keken. En toen werd mijn hart doodsbang, want ik moest nogal stompzinnig aan Poupchette en Emélia denken. Nogal stompzinnig zeg ik, want ik wist dat ze thuis waren. Ze waren thuis toen Diodème me was komen halen. Ze konden dus onmogelijk betrokken zijn bij het vreselijke dat hier was gebeurd. Daar overtuigde ik mezelf van; toen liep ik door.

Iedereen was stil; de menigte zweeg en de gezichten, waar ik me langzaam tussendoor wrong om de oever te bereiken, waren uitdrukkingsloos. Het was heel vreemd: gelaatstrekken die niets uitdrukten, ogen die alleen maar keken, die niet eens knipperden, monden die gesloten bleven, en de lichamen waar ik tegenaan botste, die voor me uiteenweken, waar ik haast doorheen liep alsof ze geen massa hadden en daarna als duikelaartjes hun eerdere houding en positie weer innamen.

Ik was nog maar een meter of drie, vier van de oever verwijderd toen ik het gejammer hoorde. Het was een triest, eensnarig gezang zonder woorden dat zich in je oren boorde en je bloed deed bevriezen, terwijl het toch zo'n warme ochtend was, want na het grote stortbad en het carnaval van wolkbreuken en bliksemschichten had de zon zijn rechtmatige plaats weer opgeëist. Ik had vrijwel de gehele menigte doorkruist. Voor mij stond alleen nog de oudste zoon van Dörfer en naast hem zijn jongere broer, Schmutti, een simpele ziel met op zijn nogal gammele schouders een buitensporig groot hoofd zo dik als een pompoen en zo hol als een holle boomstam. Ik duwde ze zacht opzij en toen zag ik het.

De menigte stond op de plek waar de Staubi op zijn diepst is. Bijna drie meter, maar dat is moeilijk in te schatten, want het water is zo helder en puur dat je de bodem duidelijk kunt zien, zodat het lijkt alsof je er met je vingers bij kan.

Ik heb in mijn leven al heel wat mensen zien huilen. Ik heb al heel wat tranen zien vallen. Ik heb heel veel mensen verpletterd zien worden als walnoten die met een grote kei worden verbrijzeld zodat er alleen maar wat gruis overblijft. In het kamp was dat dagelijkse kost. Maar ondanks al het leed en verdriet dat ik heb gezien zou ik, als ik uit de eindeloze galerij van gezichten waarop pijn te lezen viel, van mensen die plotseling beseften dat ze alles kwijt waren, dat alles hun was afgenomen, dat ze niets meer hadden, niets meer waren, het gezicht zou moeten kiezen waaruit meer leed sprak dan uit alle andere, het gezicht uitkiezen van de Anderer op die ochtend in september aan de oever van de Staubi.

Hij huilde niet. Hij maakte geen weidse gebaren. Het leek alsof hij in tweeën was gespleten. Aan de ene kant was er zijn stem, zijn onophoudelijke gejammer dat op een rouwzang leek, iets dat voorbij de woorden lag, voorbij alle vormen van taal, afkomstig uit de krochten van het lichaam en de ziel, de stem van de pijn. En aan de andere kant zijn rillingen, zijn huiveringen, het ronde gezicht dat van de menigte naar de rivier en van de rivier naar de menigte vloog, zijn lichaam gehuld in een weelderige brokaten kamerjas die duizend mijl van het landschap was verwijderd en waarvan de panden in de modder en het water hadden gehangen en druipend tegen zijn korte benen sloegen.

Ik begreep niet meteen waarom de Anderer er zo aan toe was, waarom hij eruitzag als een automaat die vastzit in een eeuwig herhaalde beweging van waanzin. Ik staarde hem strak aan, in de hoop dat ik iets zou begrijpen als ik maar goed naar zijn gezicht keek, naar zijn mond die een stukje openstond, zijn kamerjas als van een gevolmachtigd minister – zo strak dat ik niet direct bemerkte dat hij iets in zijn rechterhand hield dat leek op een lange, dikke bos haar, vaalblond van kleur.

Het was het haar van de staart van zijn paard, en de lange haren verdwenen in het water als de nog met de kade verbonden meertrossen van een schip dat met man en muis is vergaan. Aan de onderkant van de waterspiegel zag je twee enorme, kalme massa's die zachtjes meedeinden met de stroom. Ik zag het onwerkelijke, bijna vredige tafereel van het grote paard en de ezel die met hun ogen open zachtjes tussen twee waterlagen dreven; ze waren allebei verdronken. Waarom weet ik niet, maar de vacht van de ezel was versierd met duizenden minuscule luchtbelletjes, gepolijst en fluorescerend als parels, en de weelderige, soepele manen van het paard hadden zich vermengd met de algen die op dat punt in dikke lagen groeiden, zodat je zou zweren dat twee mythologische wezens een onwerkelijk ballet opvoerden. Een draaikolk maakte er een cirkelvormige beweging van, een trage wals met geen andere muziek dan een tsjilpende merel die met zijn bruine snavel in de zachte aarde van de oever wroette en er grote rode wormen uit trok – muziek die er niet bij paste en plotseling obsceen leek. Eerst dacht ik dat het door een laatste reflex kwam dat het paard en de ezel zich hadden opgerold en hun poten naar elkaar toe hadden gebracht, zoals wanneer je je klein maakt en oprolt om de kou of het gevaar met niets anders dan je ronde rug te trotseren. Maar toen zag ik dat hun poten vastgebonden waren, met stevige touwen aan elkaar geboeid.

Ik wist niet wat ik moest doen of zeggen. En ook als ik wel iets gezegd zou hebben, weet ik niet of de Anderer me gehoord zou hebben, want hij leek zich diep in zijn smart te hebben opgesloten. Hij probeerde het paard uit het water te trekken, maar natuurlijk lukte dat niet, het paard was veel te zwaar voor hem. Niemand kwam hem te hulp. Niemand stak een hand voor hem uit. De mensenmassa deinsde alleen een stukje terug. Ze hadden genoeg gezien. Hier en daar zag je mensen vertrekken. Al heel snel was er niemand anders meer dan de burgemeester, die later dan de anderen was gekomen, in gezelschap van de Zungfrost die een span ossen voorttrok en het schouwspel aanschouwde zonder van enige verbazing blijk te geven: of hij had het al gezien, of het was hem verteld, of hij was erbij betrokken. Ik verroerde me niet. Orschwir keek me wantrouwig aan.

'Wat ben jij van plan, Brodeck?'

Ik wist niet waarom hij dat vroeg en wat ik moest antwoorden. De burgemeester sprak tegen me zonder zelfs maar rekening te houden met de aanwezigheid van de Anderer.

'Een paard en een ezel, die binden niet zelf hun poten vast,' wilde ik bijna zeggen, maar ik deed er liever het zwijgen toe.

'Ik zou maar naar huis gaan, zoals iedereen,' vervolgde Orschwir.

Eigenlijk had hij gelijk. Ik deed wat hij zei, maar toen ik een paar meter had gelopen, riep hij me terug.

'Brodeck! Breng hem naar de herberg, alsjeblieft.'

Ik weet niet hoe, maar de Zungfrost had de Anderer zover gekregen dat hij had losgelaten. Hij stond roerloos op de oever, met hangende armen, en keek toe hoe de stotteraar de staart van het paard aan een grote leren riem bond die aan het juk van de ossen was bevestigd. Ik legde mijn hand op zijn schouder, maar hij reageerde niet. Daarom stak ik mijn arm in de zijne en begon te lopen. Hij liet me begaan, als een kind. Hij maakte geen geluid.

Niemand kan in zijn eentje twee dieren overmeesteren. Zelfs twee mannen zou dit niet gelukt zijn. Dit was de daad van een groep. En dan nog, het bleef een hele klus! Het is niet moeilijk om de stal binnen te komen; dat zouden ze 's nachts hebben kunnen doen. De twee dieren eruit halen was ook geen kunst: je kon van alles van ze zeggen, maar schuw waren ze niet, eerder vriendelijk en meegaand. Maar om ze daarna bij de rivieroever – want daar moet het gebeurd zijn – zover te krijgen dat ze op hun zij gingen liggen of ze omver te duwen, vervolgens hun poten vast te grijpen, bij elkaar te brengen en stevig vast te binden en de dieren daarna naar het water te slepen of te dragen en ze erin te gooien – dat was nogal wat. Nu ik erover nadenk: het moeten minstens vijf of zes man zijn geweest, en nog grote kerels ook, die niet bang waren voor een trap van een hoef of een paardenbeet.

De wreedheid van hun dood leek niemand te deren. Er werd gezegd dat zulke dieren niets anders dan duivelse creaturen konden zijn. Sommige mensen fluisterden zelfs dat ze ze hadden horen praten. Maar wat je vooral hoorde was dat dit misschien de enige manier was om ons van de Anderer te ontdoen, ervoor te zorgen dat hij zich uit de voeten maakte, dat hij vertrok en terugkeerde naar waar hij vandaan kwam, dat wil zeggen naar een plek die niemand zelfs maar wilde kennen. De idiote gruweldaad was trouwens nogal tegenstrijdig, want als je zijn rijdieren vermoordde om hem duidelijk te maken dat hij moest oprotten, ontnam je hem de enige manier om het dorp snel te kunnen verlaten. Maar moordenaars – mensen of dieren – denken zelden na bij wat ze doen.

XXXVII

Ik heb nog nooit paarden of ezels gedood.

Ik heb ergere dingen gedaan.

Veel ergere dingen.

's Nachts loop ik onophoudelijk langs de rand van de Kazerskwir.

Dan zie ik de wagon voor me.

Maak ik de zes dagen in de wagon weer mee.

En de zes nachten, waaronder, als een nachtmerrie die nooit aan kracht inboet, de vijfde.

We stapten in op het station van S., nadat we, zoals ik al zei, in twee groepen waren opgedeeld. We waren allemaal Fremdër. Sommigen rijk, anderen arm. Sommigen uit de stad, anderen van het platteland. De verschillen vervaagden snel. We werden in grote wagons zonder ramen geduwd. Op de houten vloer lag een beetje stro, maar dat was al vuil. Gewoonlijk zouden er een stuk of dertig mensen in passen, als ze dicht op elkaar zaten. De bewakers propten er meer dan het dubbele aantal in. Er werd geschreeuwd, geklaagd, geprotesteerd, gehuild. Een oude man viel. Anderen die bij hem in de buurt stonden probeerden hem overeind te helpen, maar de bewakers lieten nog meer gevangenen instappen zodat er onvoorspelbare schokken door de menigte gingen, hevige schokken, en de oude man werd onder de voet gelopen door dezelfde mensen die hem hadden willen redden.

Hij was de eerste dode van de wagon.

Toen de vracht een paar minuten later helemaal was ingeladen, schoven de bewakers de ijzeren deur dicht en deden de grendel erop. De duisternis viel over ons heen. Alleen door wat smalle spleten kwam er nog daglicht binnen. Toen zette de trein zich in beweging. Een harde schok pakte ons nog dichter op elkaar. De reis was begonnen.

Onder deze omstandigheden leerde ik de student Kelmar kennen. Door het toeval waren we naast elkaar beland. Kelmar zat rechts van mij, en links van mij zat een heel jonge vrouw die een kind van een paar maanden oud tegen zich aandrukte. We voelden elkaars warmte en roken alle geuren: huid, haren, zweet, kleding. Het was onmogelijk om te bewegen zonder dat er iemand anders meebewoog. We konden niet overeind komen en ons niet verplaatsen. Het schokken van de wagon smeet ons tegen elkaar aan. Aanvankelijk werd er zachtjes gepraat, later niet meer. Er werd gehuild, maar heel weinig. Af en toe klonk er een kinderstem die een liedje zong, maar meestal was er stilte, alleen maar stilte en het geluid van de assen en het contact van de ijzeren wielen op de rails. Soms reeds de wagon urenlang door. Soms stond hij stil, we wisten niet waar of wanneer. In zes dagen werd de grote deur maar één keer op een kiertje gezet, op de ochtend van de vijfde dag – niet om ons eruit te laten, maar zodat handen zonder gezicht een paar emmers lauw water over ons heen konden gooien.

Anders dan anderen met een meer vooruitziende blik, hadden Kelmar en ik niets te eten of te drinken bij ons. Maar vreemd genoeg leden we er niet te erg onder, in ieder geval de eerste dagen niet. Met zachte stem spraken we met elkaar. We haalden herinneringen op aan de

Hoofdstad. We bespraken boeken die we gelezen hadden, vrienden van de universiteit, cafés waar Ulli Rätte en ik waren langsgelopen en waar Kelmar, die uit een gefortuneerde familie kwam, met zijn vrienden afsprak om er geflambeerde eau-de-vie, bier en grote koppen romige chocolademelk te drinken. Kelmar vertelde over zijn familie, over zijn vader die bonthandelaar was, zijn moeder die dagenlang achter de piano zat in het grote huis aan de rivier, zijn zusters, zes in totaal, in de leeftijd van tien tot achttien jaar. Hij vertelde hoe ze heetten, maar dat heb ik niet onthouden. Ik vertelde over Emélia en Fédorine, over het dorp en de landschappen, de bronnen, de bossen, de bloemen en de dieren.

Zo voedden en laafden we ons met woorden, drie dagen lang, in het donker, de stank en de hitte van de wagon. 's Nachts konden we af en toe een beetje slapen, maar als dat onmogelijk was zetten we het gesprek weer voort. Het kind dat de jonge vrouw tegen zich aangedrukt hield maakte nooit enig geluid. Hij dronk van haar borst als zij die gaf, maar vroeg er nooit om. Als hij de tepel in zijn mondje had, zag ik zijn magere wangen hol worden en probeerde hij een beetje melk op te zuigen, maar de borst zag er slap en leeg uit, en de zuigeling kreeg er al snel genoeg van om te zuigen als er niets kwam. Dan goot zijn moeder wat water in zijn mond uit een met stro beschermde mandfles. Anderen in de wagon hadden ook zulke schatten: wat brood, een stukje kaas, een paar droge koekjes, worst en water, die ze angstvallig tussen hun kleren en hun huid bewaarden.

In het begin had ik vreselijke dorst. Mijn mond stond in brand. Ik had het gevoel dat mijn tong zo groot en droog werd als een oude boomstronk en dat hij mijn hele mond zo opvulde dat hij uit elkaar ging barsten. Ik had geen speeksel meer. Mijn tanden leken wel gloeiende kooltjes die als kleine rode dolken in mijn tandvlees staken. Ik dacht dat ze wel zouden bloeden, maar toen ik er met mijn vinger langsstreek, bleek het verbeelding te zijn. Vreemd genoeg verdween de dorst langzaam maar zeker. Ik voelde me steeds zwakker, maar ik had geen dorst meer. En nauwelijks honger. Kelmar en ik bleven praten.

De jonge vrouw schonk geen aandacht aan ons. Toch moest ze ons horen en voelen, net zoals ik haar heup voelde, haar schouder, af en toe haar hoofd als het tegen het mijne sloeg of opzij viel als ze sliep. Ze wisselde geen woord met ons. Ze drukte haar kind tegen zich aan. En even zorgvuldig als haar kind hield ze de mandfles vast met het water dat ze systematisch rantsoeneerde, voor zichzelf en haar kind.

Wij, iedereen die er was, waren elk besef van tijd en plaats kwijtgeraakt. Ik bedoel niet de onmiddellijke plaats, de wagon, maar de ruimte waardoorheen de wagon zich een weg baande. Waar reed hij zo log en traag naartoe? Wat was onze bestemming? Welke streken doorkruisten we? Stonden die wel op de kaart?

Ik weet nu dat ze op geen enkele kaart stonden, dat ze pas ontstonden op het moment dat de wagon erdoorheen reed. De wagon, en alle wagons zoals de onze waarin, net als in de onze, tientallen stikkende vrouwen, kinderen en mannen zaten die door dorst, koorts en honger werden verteerd, dicht op elkaar gepakt, soms een dode tegen een levende aan, al die wagons samen ontdekten met de minuut meer van een land waarvan het kamp het hart was: het land van onmenselijkheid, van de ontkenning van het menselijke. Dat was de tocht die we aflegden, een tocht die vóór ons nog nooit door iemand gemaakt was, in ieder geval niet zo methodisch, zo bewust, zo efficiënt, zonder ruimte voor toeval.

We telden de uren niet meer, de nachten niet meer, het aantal keren dat de zon tussen de planken verscheen. In het begin had het tellen ons geholpen, zoals het ook had geholpen om te proberen onze richting te bepalen, te weten dat we naar het oosten reisden, naar het zuiden of juist naar het noorden. Later vergaten we alles wat geen bron van pijn was. We wisten niets meer. Ik denk nu dat we niet hoopten dat we snel aan zouden komen. Het verlangen had ons in de steek gelaten.

Pas veel later, toen ik aan die verschrikkelijke reis terugdacht en hem opnieuw probeerde mee te maken, ben ik op dat getal van zes dagen en zes nachten gekomen. En sindsdien heb ik me dikwijls afgevraagd of de duur van de reis wel toeval was. Onze beulen geloofden in God. Ze wisten dat Hij volgens de Schrift zes dagen nodig had gehad om de wereld te scheppen. Ze hadden vast bedacht dat je dan ook zes dagen moet nemen om een begin te maken met de verwoesting ervan. Van de wereld die in ons zat. En voor Hem was de zevende dag een rustdag, maar voor ons was het de dag van het einde, toen de beulen de wagondeur openmaakten en ons met stokslagen naar buiten joegen.

Maar voor mij en Kelmar kwam het einde al op de vijfde dag. 's Ochtends gingen de deuren een klein stukje open en werden er emmers water over ons heen gegooid, modderig, lauw water, dat op onze vuile, verwarde, soms dode lichamen werd gesmeten en ze niet verfriste of kalmeerde, maar juist in brand zette. Het leek of dat bedorven water onze dorst niet leste, maar ons juist al het pure, heldere, zuivere water in herinnering bracht dat we ooit zo gulzig hadden gedronken.

De dorst keerde terug. Maar deze keer was het een waanzinnige dorst die ons waanzinnig maakte, waarschijnlijk omdat ons lichaam op het punt stond om op te geven en onze geest zo zwak was dat hij vatbaar werd voor verstandsverbijstering. Laat er geen misverstand over bestaan: ik probeer geen excuus te vinden voor wat we hebben gedaan.

De jonge vrouw naast mij leefde nog, en haar kind ook. In ieder geval ademden ze nog – zwakjes, maar ze ademden wel. De mandfles met water hield ze in leven, en in die mandfles, die in de ogen van Kelmar en mij onuitputtelijk leek, zat nog steeds water. We hoorden het bij iedere beweging van de wagon tegen het glazen omhulsel klotsen. Het was een mooie, onverdraaglijke muziek, die aan kleine beekjes deed denken, bruisende bronnen, de muziek van een fontein. De ogen van de uitgeputte jonge vrouw vielen steeds verder dicht, ze liet zich in een soort dikke slaap glijden waar ze enige ogenblikken later weer uit wakker schrok. In een paar dagen was haar gezicht tien jaar ouder geworden, en het gezicht van de zuigeling ook, die nu de vreemde trekken had van een oud mannetje dat was gekrompen tot het formaat van een pasgeborene.

Kelmar en ik praatten al een hele tijd niet meer met elkaar. We probeerden allebei te leven met de conflicten in ons hoofd en deden ons uiterste best het heden met ons verleden in verband te brengen. De wagon stonk naar rottend vlees, uitwerpselen, bittere gal, en als we afremden werden we belaagd door ontelbare vliegen die het vredige platteland, het groene gras en de rustende aarde achter zich lieten en zich tussen de planken door wurmden om bij ons te komen en onze doodstrijd te benadrukken met de aanraking van hun vleugels.

Ik geloof dat we dat wat we zagen, tegelijk zagen. En in dezelfde beweging keken we elkaar aan. En in de blik die we uitwisselden lag alles besloten. De jonge vrouw was weer in slaap gevallen, maar anders dan de vorige keren was de grip van haar krachteloze armen op haar kind en de glazen mandfles verslapt. Het kind was zo licht dat het tegen het lichaam van zijn moeder aangedrukt bleef, maar de mandfles was door zijn gewicht tot vlak bij mijn linkerbeen gerold. Kelmar en ik begrepen elkaar zonder een woord te zeggen. Ik weet niet of we erover nadachten. Ik weet niet of er iets was waar we over kónden nadenken, en ook niet of we nog wel tot nadenken in staat waren. Ik weet niet wie of wat in ons binnenste, in het allerdiepste van ons, het besluit nam. Onze handen belandden precies tegelijk op de mandfles. We aarzelden geen moment. We wisselden alleen een laatste blik en we dronken, om de beurt, we dronken gulzig van het warme water, tot de laatste druppel, met gesloten ogen, alsof we nog nooit water hadden gedronken, in de wetenschap dat wat er door onze keel stroomde leven was, ja, leven, en het leven smaakte subliem en verrot tegelijk, schitterend en wee, gelukkig en pijnlijk, een smaak die ik me denk ik tot op mijn laatste dag met afgrijzen zal herinneren.

De jonge vrouw brulde langdurig en stierf tegen de avond. Haar kind, het kleine, gerimpelde, bleke lichaam met het zorgelijke voorhoofd en de gezwollen oogleden, overleefde haar een paar uur. Voordat ze stierf maakte ze iedereen die ze in haar buurt vond uit voor dieven en moordenaars en ze bewerkte ze met haar vuisten. Ze waren zo zwak en mager dat ik toen ik aan de buurt was, het gevoel had dat ze me streelde. Ik deed of ik sliep. Kelmar ook. Het beetje water dat we hadden gedronken had ons veel sterker gemaakt, en ook helderder. Zo helder dat we spijt hadden van onze daad, dat we het verschrikkelijk vonden, onze ogen niet meer open durfden te doen om haar te zien en onszelf te zien. De vrouw en haar kind zouden hoe dan ook toch wel gestorven zijn, maar hoe logisch die gedachte ook was, hij was niet toereikend om de schanddaad uit te wissen die we hadden begaan. We beseften dat onze daad de grootste overwinning van onze beulen was. Kelmar misschien nog beter dan ik, want hij koos er korte tijd later voor om niet verder te leven. Hij koos voor een snelle dood. Hij koos ervoor zichzelf te straffen.

Ik koos ervoor om te blijven leven, en mijn leven is mijn straf. Zo kijk ik ertegenaan. Mijn straf is al het lijden dat ik sindsdien heb ondergaan. Mijn straf is Hond Brodeck. Mijn straf is Emélia's stilte, die ik af en toe beschouw als het grootst mogelijke verwijt. Mijn straf zijn de nachtelijk terugkerende nachtmerries. En mijn straf is vooral het eeuwige gevoel dat ik een lichaam bewoon dat ik indertijd heb gestolen in de vorm van een paar druppels water.

XXXVIII

Gisteren kwam ik bezweet uit het berghok, hoewel de kou, de mist en de 'Graufrozt' – die rijp die niet wit is maar grijs en die alleen hier bestaat – de daken bedekte. Ik hoefde maar een tiental meter te lopen om bij Fédorine in de keuken, bij Poupchette in haar bedje en Emélia in ons bed te zijn, maar het leek een eindeloze tocht. Er brandde licht bij Göbbler. Misschien hield hij me in de gaten. Misschien had hij bij het berghok naar het onregelmatige geluid van de machine staan luisteren. Maar het kon me niets schelen. Ik had mijn weg gekozen. Ik was weer in de wagon geweest. Ik had alles verteld.

In de slaapkamer pakte ik de bladen zoals iedere avond in het linnengoed en liet me daarna in het warme bed glijden, en vanochtend bond ik het linnen zakje met mijn biecht zoals elke ochtend tegen Emélia's buik. Zo doe ik het al weken. Emélia laat me begaan, ze schenkt geen aandacht aan mijn bewegingen, maar toen ik deze ochtend mijn hand van haar buik wilde halen, voelde ik haar hand op de mijne; ze kneep er zachtjes in. Het duurde maar kort. En ik heb het niet gezien, het was nog nacht in de kamer. Maar het was geen droom. Dat weet ik zeker. Het kan een onwillekeurige beweging zijn geweest, maar misschien was het wel een streling, een begin of een nieuw begin van strelingen.

Het is een uur of twaalf en het is een dag zonder kleur.

De nacht is niet echt uit de lucht verdwenen. De dag is lui en laat het licht wegvluchten, en er ligt nog steeds rijp op de bomen en de nokken van de daken. Poupchette trekt het vel van Fédorines gezicht naar alle kanten en zij laat het glimlachend toe. Emélia zit op haar plek bij het raam en kijkt naar buiten. Ze neuriet.

Ik heb net de laatste hand aan het Verslag gelegd. Over een paar uur zal ik het naar Orschwir brengen en dan is het allemaal voorbij; dat hoop ik tenminste. Ik heb het niet te moeilijk gemaakt. Ik heb alles proberen te vertellen zonder verraad te plegen. Maar ik heb niets mooier gemaakt dan het is. Ik heb niet gesjoemeld. Ik heb het spoor zo nauwkeurig mogelijk gevolgd. Alleen voor de laatste dag van de Anderer, de dag die voorafging aan de Ereigniës, heb ik leemtes moeten opvullen. Niemand wilde erover praten. Niemand wilde iets vertellen.

Op die beruchte ochtend dat de verdronken kadavers van de ezel en het paard werden gevonden, bracht ik de Anderer dus naar de herberg. Schloss deed open. We keken elkaar aan zonder een woord te wisselen. De Anderer ging naar boven, naar zijn kamer. Hij kwam er de hele dag niet meer uit. Het blad dat Schloss voor hem naar boven bracht raakte hij niet aan.

Langzaam maar zeker pakte iedereen zijn dagelijkse bezigheden weer op. Omdat de hitte minder intens was geworden, gingen de mannen weer naar de velden en het bos. Ook de dieren hieven het hoofd weer op. Vlak bij de rivier werd een brandstapel opgericht waarop Monsieur Socrate en Mademoiselle Julie werden verbrand. De kinderen stonden de hele dag naar het schouwspel te kijken en gooiden af en toe takken in de vlammenzee, en toen ze 's avonds thuiskwamen, zat de geur van gebakken vlees en verteerd hout in hun haar en hun kleren. Toen werd het nacht.

Een uur na zonsondergang klonk het eerste geschreeuw. Een nogal schelle stem, helder en vol verdriet, riep bij iedere deur: 'Moordenaars! Moordenaars!' Het was de stem van de Anderer, die de mensen als een vreemdsoortige nachtwaker herinnerde aan wat ze hadden gedaan of niet hadden voorkomen. Niemand zag hem, maar iedereen hoorde hem. Niemand deed de deur open. Niemand deed de luiken open. Men stopte de oren dicht. Men kroop diep onder de dekens.

De volgende dag werd het kort besproken op de straathoeken en in de winkels, de cafés en de herberg. Al snel ging men over op iets anders. De Anderer was nog steeds niet tevoorschijn gekomen. Hij had zich teruggetrokken in zijn kamer. Het leek of hij was verdwenen of weggevlogen. Maar de volgende avond, twee uur na zonsondergang, klonk het lugubere refrein opnieuw door de straten en bij de deuren: 'Moordenaars! Moordenaars!'

Ik bad dat hij zou ophouden. Ik wist hoe dit zou aflopen. Het paard en de ezel waren nog maar een begin geweest. Het was genoeg geweest om het bloed van de heethoofden tot bedaren te brengen, maar als je ze opnieuw op de zenuwen werkte, zouden ze een andere, definitieve oplossing bedenken. Ik wilde het hem vertellen. Ik ging naar de herberg. Ik klopte op zijn kamerdeur. Er kwam geen antwoord. Ik legde mijn oor op het hout. Niets te horen. Ik probeerde de deur open te maken. Hij zat op slot. Toen zag Schloss me.

'Wat doe je hier, Brodeck? Ik heb je niet binnen zien komen!'

'Waar is hij?'

'Wie bedoel je!'
'De Anderer!'
'Hou op, Brodeck, hou er alsjeblieft mee op...'
Dat was alles wat Schloss die dag zei. Hij draaide me de rug toe en liep weg.

Die avond begon de Anderer op hetzelfde tijdstip aan zijn ronde en zijn geschreeuw als de dagen daarvoor. En ditmaal klapperden de luiken en vlogen er stenen en scheldwoorden door de lucht. Het weerhield de Anderer er niet van om zijn weg te vervolgen en 'Moordenaars! Moordenaars!' naar de duisternis te blijven roepen. Ik kon niet slapen. Op nachten zoals deze had ik geleerd dat de doden de levenden nooit echt verlaten. Ze komen samen zonder elkaar ooit echt gekend te hebben. De doden komen naar ons toe en gaan op de rand van ons bed zitten, op de rand van onze nacht. Ze kijken ons aan en spoken door ons hoofd. Soms strelen ze ons voorhoofd, soms strijken ze met hun ontvleesde handen over onze wangen. Ze proberen onze oogleden te openen, maar zelfs als ze dat lukt zien we ze nog niet altijd.

De volgende dag zat ik de hele dag onbeweeglijk te piekeren. Ik dacht aan de grote Geschiedenis en aan mijn eigen geschiedenis. Kennen degenen die de eerste schrijven de tweede? Hoe komt het dat het geheugen van de ene mens dingen bewaart die anderen vergeten of nooit hebben gezien? Wie heeft er gelijk: degene die zich voorneemt de dingen die gebeurd zijn niet in het donker te laten verdwijnen of degene die alles wat hem niet uitkomt in de duisternis stort? Misschien is leven – overleven – niets anders dan besluiten dat de realiteit niet reëel is, dan een andere realiteit kiezen als de realiteit die je kent ondraaglijk wordt. Trouwens, is dat niet precies wat ik in het kamp heb gedaan? Koos ik er toen niet voor te leven in mijn herinnering en de aanwezigheid van Emélia, en mijn dagelijkse leven te verbannen naar de onwerkelijkheid van een nachtmerrie? Zal de Geschiedenis een grote waarheid zijn die bestaat uit miljoenen aan elkaar genaaide individuele leugens? Vergelijkbaar met de dekens die Fédorine vroeger maakte, toen ik klein was, om eten te kunnen kopen: ze zagen er prachtig en gloednieuw uit, een regenboog van kleur, maar ze bestonden uit restjes textiel in vormen die niet bij elkaar pasten en wol van onduidelijke kwaliteit en onbekende herkomst.

Bij zonsondergang zat ik nog steeds in mijn stoel. In het donker. Fédorine had geen kaarsen aangestoken. We zaten met zijn vieren zwijgend in de schemering. Ik wachtte. Ik wachtte tot het geschreeuw en de lugubere verwijten van de Anderer opnieuw door de nacht zouden schallen, maar er kwam niets. Buiten was het nacht. Stilte. Toen werd ik bang. Ik voelde de angst door me heen stromen, door mijn buik, onder mijn huid, door mijn hele wezen: angst zoals ik die al lang niet meer had gevoeld. Poupchette zong wat voor zich uit. Ze had een beetje koorts. Fédorines drankjes en kruidenthee kregen hem niet omlaag. De oude vrouw vertelde verhaaltjes om haar rustig te krijgen. Ze wilde net aan het verhaal van Bilissi de arme kleermaker beginnen toen ze me vroeg om bij Schloss wat boter te halen, zodat ze zandkoekjes voor Poupchette kon bakken die het meisje 's ochtends in de melk zou kunnen dopen. Ik bleef een paar minuten zitten zonder te antwoorden. Ik wilde niet naar buiten, maar Fédorine drong aan. Uiteindelijk stond ik op uit mijn stoel. Ik pakte mijn jas en ging naar buiten, terwijl ik hoorde hoe de stem van de oude vrouw aan de eerste woorden van het verhaal begon en mijn kleine Poupchette, roze en glimmend van de koorts, haar handjes naar me uitstak en zei: 'Papa, kom terug, kom terug, papa!'

Het verhaal van Bilissi is een heel vreemd verhaal. En het is zonder twijfel het verhaal dat me toen ik klein was het meest intrigeerde als Fédorine het vertelde, want het gaf me het gevoel dat de grond onder mijn voeten verdween, dat ik me nergens aan kon vastklampen, en dat alles wat ik met mijn eigen ogen zag misschien wel niet bestond.

'Bilissi was een kleine, straatarme kleermaker die met zijn moeder, vrouw en dochter in een vervallen krot in de sprookjesstad Pitopoï woont. Op een dag kreeg hij bezoek van drie ruiters. De eerste ruiter stapte naar voren en bestelde een roodfluwelen gewaad voor zijn meester, de koning. Bilissi voerde de opdracht uit en naaide het mooiste kleed dat hij ooit had gemaakt. De ruiter nam het kleed in ontvangst en zei tegen Bilissi: "De koning zal tevreden zijn. Over twee dagen zul je je beloning krijgen." Twee dagen later stierf Bilissi's moeder voor zijn ogen. "Is dat mijn beloning?" vroeg hij zich in-triest af.

De week daarop stapte de tweede ruiter naar voren en klopte op Bilissi's deur. Hij bestelde een blauwzijden kleed voor zijn meester, de koning. Bilissi voerde de opdracht uit en naaide het mooiste kleed dat hij ooit had gemaakt; het was nog veel mooier dan het kleed van rood fluweel. Toen de ruiter het kwam ophalen, zei hij tegen Bilissi: "De koning zal tevreden zijn. Over twee dagen zul je je beloning ontvangen." Twee dagen later stierf Bilissi's vrouw voor zijn ogen. "Is dat mijn beloning?" vroeg hij zich in-triest af.

De week daarop kwam de derde ruiter naar voren en klopte op Bilissi's deur. Hij bestelde een groen brokaten kleed voor zijn meester, de koning. Bilissi aarzelde, probeerde te weigeren, zei dat hij het te druk had, maar de ruiter haalde zijn zwaard al uit de schede. Uiteindelijk nam Bilissi de opdracht aan. Hij naaide het mooiste kleed dat hij ooit had gemaakt; het was nog veel mooier dan het kleed van rood fluweel en het kleed van blauwe zijde. Toen de ruiter het kwam ophalen, zei hij tegen Bilissi: "De koning zal tevreden zijn. Over twee dagen zul je je beloning ontvangen." Maar Bilissi antwoordde: "Laat de koning het kleed en zijn beloning houden, ik hoef niks van hem. Ik ben gelukkig zoals ik ben." De ruiter keek Bilissi verbaasd aan. "Dat is niet verstandig, Bilissi. De koning heeft macht over leven en dood; hij wilde een vader van je maken en je de dochter schenken die je altijd hebt gewild."

"Maar ik heb al een dochter," antwoordde Bilissi, "en ze is mijn grootste schat."

De ruiter keek de kleermaker aan en zei: "Arme Bilissi, de koning heeft je alles wat je had ontnomen: je moeder en je vrouw, en je bent niet eens zo verdrietig, maar ditmaal wilde hij je iets geven wat je niet hebt: een dochter, want de dochter van wie jij de vader denkt te zijn is slechts een spookbeeld, en jij bent in de war. Denk je echt dat dromen meer waard zijn dan het leven?"

De ruiter wachtte Bilissi's antwoord niet af, en die zei trouwens ook niets. Hij dacht bij zichzelf dat de ruiter hem in de maling nam. Hij ging terug naar binnen, nam zijn dochter in zijn armen, zong een liedje voor haar, gaf haar te eten en kuste haar, zonder te beseffen dat zijn lippen niets anders dan de wind beroerden en dat hij nooit, nooit, nooit een dochter had gehad.'

Ik zal niet herhalen wat ik aan het begin van dit lange

verhaal al heb verteld: mijn aankomst in de herberg van Schloss, de zwijgende vergadering van de mannen van het dorp, hun gezichten, mijn afschuw en doodsangst toen ik begreep wat ze hadden gedaan, de kring van lichamen die zich om me heen sloot, hun verzoek en mijn belofte om een verslag te typen op mijn oude schrijfmachine.

Het Verslag is klaar, zoals ik al zei. Ik heb gedaan wat ze me hebben opgedragen. Ik moet het alleen nog naar de burgemeester brengen. Laat hij ermee doen wat hij wil, ik zit er niet meer mee.

XXXIX

Gisteren heb ik Orschwir het Verslag overhandigd – als het tenminste echt gisteren was. Ik heb de velletjes onder mijn arm gestoken en ben onaangekondigd naar hem toe gegaan. Ik liep het dorp door. Het was nog heel vroeg. Ik kwam niemand tegen, behalve de Zungfrost.

'W... w... warm is het niet, hè Brodeck?'

Ik groette gehaast en liep verder.

Ik ging Orschwirs boerderij binnen. Ik liep langs bediendes en varkens. Niemand lette op me. Noch de mensen, noch de dieren zagen me.

Ik trof Orschwir aan zijn grote tafel, net zoals toen ik op de dag na de Ereigniës bij hem was. Maar ditmaal zat hij niet te eten. Hij leek na te denken, met zijn handen gevouwen op tafel. Toen hij me hoorde, keek hij op en glimlachte flauwtjes.

'Daar ben je, Brodeck – hoe gaat het met je? Wil je wel geloven dat ik je al verwachtte... ik had al zo'n gevoel dat je vanochtend zou komen.'

Een andere keer had ik misschien gevraagd hoe hij dat wist, maar nu merkte ik dat het me vreemd genoeg niet interesseerde, of beter gezegd: dat het me niets meer deed, dat hun vragen en antwoorden me niet meer deerden. Orschwir en de anderen hadden lang genoeg met me gespeeld. En nu had de muis geleerd om geen aandacht aan de katten meer te besteden, en als ze vonden dat het dan allemaal te saai was, moesten ze elkaar maar gaan krabben. Op mij hoefden ze niet meer te rekenen. Ze hadden me een opdracht gegeven en nu stonden we quitte. Ik had alles verteld.

Ik legde de papieren waarop ik de feiten had beschreven voor de burgemeester neer.

'Hier is het Verslag waar jullie me om hebben gevraagd.'

Met een verstrooide hand pakte Orschwir de papieren. Nooit had ik hem zo ver weg gezien, zo in gedachten verzonken. Zelfs zijn gezicht had niet de meedogenloze trekken die het gewoonlijk vertoont. Een soort triestheid verzachtte zijn lelijkheid.

'Het Verslag...' zei hij terwijl hij de papieren in een waaier legde.

'Ik wil dat je het direct leest, in mijn bijzijn, en dat je zegt of het zo goed is. Ik heb de tijd. Ik wacht wel.'

Orschwir glimlachte en zei alleen: 'Goed, Brodeck, zoals je wilt... Ik heb ook de tijd...'

De burgemeester begon te lezen, vanaf het begin, vanaf het eerste woord. De stoel was comfortabel. Ik maakte het me gemakkelijk. Ik probeerde aan Orschwirs uitdrukking af te lezen wat hij ervan vond, maar hij vertoonde geen enkele reactie. Hij streek alleen af en toe met zijn grote hand langs zijn voorhoofd, wreef zo nu en dan zijn ogen uit alsof hij niet had geslapen, en kneep zijn mond samen, zonder te beseffen met hoeveel kracht hij op zijn lippen beet.

Buiten hoorde je de grote boerderij ontwaken. Er klonken voetstappen, geschreeuw, geknor, emmers water die over de grond werden uitgegooid, stemmen en knarsende assen – kortom: een heel leven dat zijn loop hernam op een dag zoals alle andere, waarop overal ter wereld mensen geboren werden en andere mensen stierven, in een eeuwige cyclus.

Het lezen duurde een paar uur. Hoeveel uur precies zou ik niet kunnen zeggen. Het voelde of mijn geest tot rust kwam. Ik had hem vrijaf gegeven, alsof hij na een grote krachttoer even op zijn zij mocht gaan liggen om rustig bij te komen en te doen wat hem goeddunkte.

De klok sloeg. Orschwir was uitgelezen. Hij schraapte zijn keel, drie keer achter elkaar; hij raapte de blaadjes bij elkaar en maakte er een keurig stapeltje van waar niets uitstak; toen keek hij me aan met zijn grote, zware ogen.

'En?' vroeg ik.

Het duurde even totdat hij antwoord gaf. Hij kwam zwijgend overeind en liep langzaam om de grote tafel heen, terwijl hij de papieren oprolde tot een soort scepter.

'Ik ben de burgemeester, Brodeck, dat weet je. Maar ik geloof niet dat je begrijpt wat dat inhoudt. Je schrijft goed, Brodeck, we hebben ons niet vergist in onze keuze, en je houdt van metaforen – iets te veel misschien, maar goed... Ik heb nog een metafoor voor je. Je kent de herders op de bergweides, die heb je vaak genoeg gezien. Denk je dat zij houden van de dieren die we aan hun zorgen toevertrouwen? Ik weet het niet. Het is mijn zaak niet of ze van hen houden, en hun zaak ook niet, vind ik. We vertrouwen ze die dieren toe, punt uit. Het is hun taak om voldoende gras voor ze te vinden, zuiver water en veilige weides, beschut tegen de wind. Ze moeten de dieren tegen gevaren beschermen, uit de buurt houden van onverwachte hellingen, rotsen waarop ze zouden kunnen uitglijden en hun nek breken, planten waarvan ze opzwellen en doodgaan, schadelijke of jagende dieren die de zwaksten zouden kunnen aanvallen, en natuurlijk de wolven, als die ooit in de buurt van de kuddes zouden rondzwerven. Een goede herder weet dat en doet dat, of hij nu van zijn dieren houdt of niet. Maar houden de dieren dan van de herder, zul je zeggen? Ik vraag het jou.'

Het was helemaal geen vraag. Hij keek me niet eens aan. Hij bleef om de grote tafel lopen; hij keek naar de grond en sloeg met het Verslag dat hij in zijn rechterhand hield in de palm van zijn linkerhand.

'Weten die dieren überhaupt wel dat ze een herder hebben die zo veel voor ze doet? Beseffen ze dat wel? Ik denk het niet. Ik denk dat ze zich alleen interesseren voor wat ze onder hun poten en voor hun neus vinden: gras, water, stro om op te slapen. Verder niets. Een dorp is klein en kwetsbaar. Dat weet je. Dat weet je heel goed. Het onze had het bijna niet gehaald. De oorlog is erbovenop gevallen als een gigantische molensteen die geen graan maalde, maar het dorp verpletterde en verstikte. Toch zijn we er uiteindelijk in geslaagd om die steen een beetje in beweging te krijgen. Hij heeft niet alles verpletterd. Niet alles. Met wat er over was, hebben we het dorp gerepareerd.'

Orschwir bleef stilstaan bij de grote kachel van blauw met groen geglazuurd aardewerk die een hele hoek van de kamer in beslag nam. Hij boog zich voorover en pakte een houtblok van de kleine stapel die netjes en precies tegen de muur was gestapeld. Hij deed het deurtje van de kachel open en legde het houtblok erin. Er dansten mooie vlammen omheen, snel en beweeglijk. De burgemeester liet het deurtje openstaan. Hij staarde langdurig naar de vlammen. Ze brachten een vrolijk muziekje voort dat iets weg had van de muziek die de warme herfstwind af en toe uit de takken van eikenbomen vol dorre bladeren trekt.

'Een herder moet altijd aan de dag van morgen denken. Alles wat aan gisteren toebehoort, behoort toe aan de dood, en waar het om draait is leven, dat weet jij beter dan wie dan ook, Brodeck, jij die bent teruggekeerd vanwaar men niet terugkeert. En ik moet alles doen wat nodig is om de anderen ook te kunnen laten leven en ze naar de dag van morgen te laten kijken...'

Toen werd het me duidelijk.

'Dat kun je niet menen...' zei ik.

'En waarom niet, Brodeck? Ik ben de herder. De kudde rekent erop dat ik het gevaar op afstand hou, en van alle gevaren is het gevaar van de herinnering een van de grootste; dat hoef ik jou toch niet te vertellen, jij die nooit iets vergeet, die je alles herinnert?'

Orschwir tikte tweemaal met het Verslag tegen mijn borst om me op een afstandje te houden of om zijn woorden in mij te slaan als een spijker in een plank.

'Het is tijd om te vergeten, Brodeck. Dat hebben de mensen nodig.'

Met die laatste woorden schoof Orschwir het Verslag heel langzaam in de haard. In een seconde bloeide het stapeltje papieren open als de blaadjes van een vreemde, enorme, gekwelde bloem; ze verwrongen, lichtten rood op, werden toen zwart, toen grijs, en vielen vervolgens uiteen, vermengden hun overblijfselen tot een brandend stof dat weldra door het vuur werd opgezogen.

'Kijk,' fluisterde Orschwir in mijn oorschelp, 'er is niets van over, helemaal niets. Ben jij er ongelukkiger om?'

'Je hebt het papier verbrand, maar je hebt niet verbrand wat in mijn hoofd zit!'

'Dat klopt, het was maar papier, maar op dat papier stond alles wat het dorp wil vergeten, en nu zullen ze het ook vergeten. Niet iedereen is zoals jij, Brodeck.'

Toen ik thuiskwam, vertelde ik alles aan Fédorine. Poupchette zat bij haar op schoot en deed haar middagdutje; haar wangen waren zo zacht als de blaadjes van de perzikbloemen die aan de bomen in de gaarden groeien en die de eerste bloemen zijn die de prille lente met hun bleekroze kleur verfraaien. 'Blumparadz' noemen we ze hier – paradijsbloemen. Een vreemde naam als je erover nadenkt, alsof het paradijs ergens op aarde zou kunnen liggen, alsof het überhaupt ergens, waar dan ook, zou kunnen bestaan. Emélia zat bij het raam.

'Wat vind jij, Fédorine?' vroeg ik uiteindelijk.

Ze gaf niet echt antwoord, alleen wat halve woorden die niets betekenden, maar toen, na een paar minuten, zei ze: 'De keuze is aan jou, Brodeck, aan jou alleen. We zullen doen wat jij zegt.'

Ik keek ze alle drie aan, het kleine meisje, de jonge vrouw en het oude besje. De eerste sliep alsof ze nog niet geboren was, de tweede zong alsof ze er niet bij was en de derde sprak alsof ze al vertrokken was.

Toen zei ik met een vreemde stem, die nauwelijks van mij was: 'Morgen vertrekken we.'

XXXX

Ik haalde de oude handkar weer tevoorschijn. De kar waarmee Fédorine en ik hier heel lang geleden waren aangekomen. Ik had niet gedacht dat die op een dag nog dienst zou doen. Ik had niet gedacht dat er opnieuw een vertrek zou zijn. Maar misschien is er niets anders dan een eeuwig vertrek voor mensen zoals wij, voor mensen die op ons lijken.

Vanaf nu ben ik ver weg.

Weg van alles.

Weg van de anderen.

Weg uit het dorp.

Misschien ben ik wel nergens meer. Misschien ben ik uit de geschiedenis gestapt. Misschien is de tijd der fabelen wel aangebroken en ben ik de reiziger uit die fabel wel.

Ik heb mijn schrijfmachine in het huis achtergelaten. Die heb ik niet meer nodig. Voortaan schrijf ik in mijn hoofd. Een intiemer boek is er niet. Niemand zal het kunnen lezen. Ik hoef het niet te verstoppen. Het is onvindbaar, voor altijd.

Vanochtend werd ik heel vroeg wakker en ik voelde Emélia tegen me aan, en in haar bedje lag Poupchette nog te slapen met haar duim in haar mond. Ik nam ze allebei in mijn armen. In de keuken zat Fédorine al klaar. Ze zat te wachten. We hadden de spullen al ingepakt.

Zonder geluid te maken gingen we naar buiten. Ik tilde Fédorine op, ze weegt niets, ze is heel oud en heel licht. Wat heeft het leven haar versleten. Ze is als een doek die duizend keer is uitgespoeld. Ik begon te lopen, ik droeg mijn drie schatten en trok de handkar voort. Ooit is er geloof ik een reiziger geweest die zo uit een afgebrande stad is getrokken, met zijn oude vader en zijn jonge zoon op zijn schouders. Dat verhaal zal ik wel ergens gelezen hebben. Ja, dat heb ik vast gelezen. Ik heb heel veel boeken gelezen. En anders heeft Nösel het me verteld. Als het Kelmar of Diodème niet was.

De straten waren rustig en de huizen sliepen. Net als de bewoners van die huizen. Ons dorp leek op wat het was: een kudde, had Orschwir gezegd. Ja, het was een kudde huizen die dicht tegen elkaar aan stonden, vredig onder de onbeweeglijke hemel die nog wel zwart was maar waar geen sterren in stonden, even leeg als de stenen in hun muren. We liepen langs de herberg van Schloss. Er brandde een lichtje in zijn keuken. We liepen langs het café van moeder Pitz, langs de smederij van Gott, langs de bakkerij van Wirfrau; ik hoorde hem het deeg kneden. We liepen langs de markthallen, de kerk, de ijzerwarenwinkel van Röppel, de slagerij van Brochiert. We liepen langs de fonteinen en ik dronk wat water bij wijze van afscheid. Al die plekken waren levend, ongeschonden, gespaard. Ik bleef een ogenblik bij het monument voor de gevallenen staan en ik las er hetzelfde als altijd: de namen van de zoons van Orschwir, van Jenkins de politieman die in de oorlog is gesneuveld, van Cathor, van Frippman, en mijn eigen naam, half uitgewist. Ik bleef niet te lang treuzelen want ik voelde Emélia's hand op mijn keel, ze probeerde me vast duidelijk te maken dat ik door moest lopen, ze heeft het nooit prettig gevonden als ik bij het monument bleef staan om de namen te lezen.

Het was een mooie nacht, koud en helder, een nacht die niet leek te willen eindigen, die zich lui door zijn inkt wentelde, erin bleef ronddraaien zoals wij 's ochtends soms lekker tussen de warme lakens blijven liggen. Ik liep om de boerderij van de burgemeester heen. Ik hoorde de schuifelende varkens in de omheiningen. En ik zag Lise, de Keinauge, over de binnenplaats lopen met in haar hand een emmer waarin melk zat die bij iedere stap over de rand klotste, en een spoor van witheid achter haar trok.

Ik liep. Ik stak de oude stenen brug over de Staubi over. Ik bleef een moment staan om een laatste keer naar het geruis te luisteren. Een rivier vertelt allerlei verhalen, als je tenminste weet hoe je ernaar moet luisteren. Maar de mensen luisteren nooit naar wat rivieren vertellen, wat bossen vertellen, wat dieren, bomen, de hemel, rotsblokken of andere mensen vertellen. Terwijl er een tijd van spreken en een tijd van luisteren is.

Poupchette was nog niet wakker en Fédorine knikkebolde. Alleen Emélia had haar ogen wijd open. Ik kon ze alle drie moeiteloos dragen. Ik voelde geen enkele vermoeidheid. Iets voorbij de brug zag ik de Ohnmeist, op een meter of vijftig van ons vandaan. Hij leek op me te wachten alsof hij me de weg wilde wijzen. Hij begon op een drafje te lopen en liep meer dan een uur lang voor ons uit. Het pad ging omhoog naar het Plateau van Haneck. We liepen door de grote naaldbossen. Het rook er heerlijk naar mos en doornbosjes. Aan de voet van de grote sparren vormde de sneeuw heldere bloemkronen en de wind wiegde de kruinen van de bomen en liet de stammen zachtjes kraken. Toen we aan de bovenrand van het bos kwamen en we door de weiden van de Bourenkopf liepen, rende de Ohnmeist weg en ging op een rots zitten. Hij werd verlicht door het licht van de vroege dageraad, en ik zag dat het niet de Ohnmeist was, die hond die van niemand was en die door onze straten liep en onze huizen binnenwandelde alsof het zijn koninkrijk was, maar een vos, een prachtige vos, stokoud meende ik te zien, die rechtop zat en zijn kop naar me toe draaide, me langdurig aankeek en toen met een soepele, gracieuze sprong in de bremstruiken verdween.

Ik loop en ik voel geen vermoeidheid. Ik ben gelukkig. Ja, ik ben gelukkig.

De bergtoppen die ons omringen zijn mijn handlangers. Ze verbergen ons. Enige ogenblikken geleden heb ik me omgedraaid, vlak bij het kruisbeeld van de mooie vreemde Christus, om een laatste blik op het dorp te werpen. Gewoonlijk is het een prachtig uitkijkpunt. Het dorp lijkt heel klein door de grote afstand. De huizen lijken wel poppenhuisjes. Als je je arm uitsteekt, kun je ze in de holte van je hand houden. Maar vanochtend zag ik niets. Hoe goed ik ook keek, ik zag niets. Terwijl er geen mist was, geen wolken, geen ochtendnevel. En toch lag er geen dorp in de diepte. Het dorp was er niet meer. Mijn dorp was verdwenen. En met het dorp ook alles wat erbij hoorde, de gezichten, de rivier, de mensen, de pijn, de bronnen, de paden waarover ik net had gelopen, de bossen en de rotsen. Alsof het landschap met alles erbij achter mijn voetstappen werd uitgewist. Alsof het decor werd afgebroken naarmate ik verder liep, de beschilderde doeken werden opgerold, de lichten gedoofd. Maar daar ben ik, Brodeck, niet verantwoordelijk voor. Ik heb geen schuld aan die verdwijning. Ik heb hem niet veroorzaakt. Ik heb er niet om gevraagd. Echt niet.

Ik heet Brodeck en ik heb er niets mee te maken.
Ik heet Brodeck.
Brodeck.
In godsnaam, onthoud het.
Brodeck.

Verspreid over deze bladzijden zult u uitspraken aantreffen die ik gewetensvol van andere schrijvers heb geleend, overigens zonder hun toestemming te hebben gevraagd. Ik hoop dat ze het me zullen vergeven en mijn dank aanvaarden.

'*Alle vermunden, eine tödtet*' (Alle vrouwen verwonden je, eentje is dodelijk) is een devies op een zeventiendeeeuws Duits reishorloge, gemaakt door Benedik Fürstenfelder, klokkenmaker te Fridberg, dat enige jaren geleden onder de hamer kwam in een veilinghuis in Frankrijk.

'Het helpt om te vertellen' is een zin van Primo Levi, afkomstig uit zijn verhaal *La sfida della molecola*.

'Is het uur der fabelen niet aangebroken?' behoort toe aan André Dhôtel, uit zijn *Chronique fabuleuse*.

'Ik heb geleerd dat de doden de levenden nooit echt verlaten' is een nagenoeg ongewijzigd citaat van Fady Stephan, dat ik in haar schitterende boek *Le berceau du monde* heb gevonden.

'Ik schrijf in mijn hoofd' is als ik het me goed herinner een opmerking van Jean-Jacques Rousseau in *Bekentenissen*.

DANKWOORD

Ik wil Marie-Charlotte d'Espouy, Laurence Tardieu en Yves Léon hartelijk bedanken omdat Brodeck dankzij hun gezamenlijke interventie uit de computernacht gered kon worden.

Verder zou ik hier graag enige mensen noemen die op verschillende momenten in mijn leven belangrijk voor me zijn geweest, die gedurende de twee jaar dat ik aan deze roman gewerkt heb, uit zicht geraakt zijn, maar die wel in mijn gedachten aanwezig waren en het schrijfproces vergezelden: Marie-Claude de Brunhoff, Laurent Bonelli, Marc Vilrouge, René Laubiès, Jean-Christophe Lafaille, Patrick Berhault, Jacques Villeret.

Ten slotte bedank ik iedereen in het team van uitgeverij Stock die mij, onder leiding van Jean-Marc Roberts, vertrouwen en vriendschap betonen, en aan Michaela Heinz, trouwe lectrice uit Outre-Rhin en waardevolle raadgever.